LEE SU-YEON

A garota da cabine telefônica

Tradução de Jae Hyung Woo

Rocco

Título original
마지막 마음이 들리는 공중전화

Originalmente publicado por Clayhouse Inc.

Edicão brasileira publicada mediante acordo com Clayhouse Inc.,
através da BC Agency, Seul & Patricia Seibel, Portugal

Direitos para a língua portuguesa reservados
com exclusividade para o Brasil à
EDITORA ROCCO LTDA.
Rua Evaristo da Veiga, 65 – 11º andar
Passeio Corporate – Torre 1
20031-040 – Rio de Janeiro - RJ
Tel.: (21) 3525-2000 – Fax: (21) 3525-2001
rocco@rocco.com.br
www.rocco.com.br

Printed in Brazil/Impresso no Brasil

Preparação de originais
NINA LUA

CIP-BRASIL. CATALOGAÇÃO NA PUBLICAÇÃO
SINDICATO NACIONAL DOS EDITORES DE LIVROS, RJ

S972g

Su-Yeon, Lee
A garota da cabine telefônica / Lee Su-Yeon. ; tradução Jae Hyung Woo. - 1. ed.
- Rio de Janeiro : Rocco, 2025.

Tradução de: : 마지막 마음이 들리는 공중전화
ISBN 978-65-5532-573-7
ISBN 978-65-5595-374-9 (recurso eletrônico)

1. Ficção coreana - Coreia (Sul). I. Woo, Jae Hyung. II. Título.

25-98411.5 CDD: 895.73
CDU: 82-3(519.5)

Carla Rosa Martins Gonçalves - Bibliotecária - CRB-7/4782

Este é um romance fictício que aborda questões reais como depressão, automutilação e suicídio. Se você estiver enfrentando dificuldades, lembre-se de que não está sozinho. É possível obter apoio com o CVV através do telefone 188 (24 horas por dia e sem custo de ligação).

Se descobríssemos que nos restam apenas cinco minutos para dizer tudo que queremos dizer, todas as cabines telefônicas ficariam ocupadas por pessoas ligando para outras balbuciando que as amam.

Christopher Morley

PRÓLOGO

Naquele tempo, a iluminação pública do bairro era escassa. Os murais que foram pintados para trazer um senso de comunidade ao local o deixavam mais vivo durante o dia, mas à noite era diferente. Sob o céu escuro, as pinturas assumiam a forma de animais ou de pessoas à espreita, conferindo um aspecto sinistro ao ambiente. Por isso, o pai de dois filhos, Ki-woo, costumava ficar apreensivo com a insistência da filha em sair tarde de casa para encontrá-lo. Recém-formada no ensino fundamental, ela era uma jovem pálida de catorze anos. Sempre que se deparava com o pai virando a esquina, abria um sorriso radiante. Sabendo disso, Ki-woo, que tinha saído um pouco atrasado do trabalho, acelerou o passo.

— Papai!

A menina sempre o esperava no mesmo lugar: a cabine telefônica de um beco escuro. Aquele era o único local onde com certeza haveria um poste de luz, e o brilho dele iluminava o rosto sorridente dela. Ki-woo andou rápido em direção à filha e, quando a alcançou, abraçou-a com força, como se temesse perdê-la.

— Ji-an, eu já falei que você não precisa me esperar. Não é seguro ficar aqui sozinha à noite.

— Tá tudo bem. Se acontecer alguma coisa, tem um telefone aqui do lado.

— Mesmo assim. Na próxima vez me espere em casa, por favor.

— Já falei que tá tudo bem, papai.

Vendo a expressão tranquila no rosto da menina, Ki-woo decidiu deixar a discussão de lado e estendeu a mão para a filha, que já devia estar mofando ali à sua espera. Os dois então caminharam juntos para casa. Quando chegaram, seu filho, que não era nem um pouco afetuoso, o cumprimentou com indiferença. Ki-woo apenas riu. Ele sabia que aqueles momentos do dia a dia eram os mais preciosos.

Aprendera essa lição há muito tempo, justamente naquela cabine telefônica escondida no beco ao lado do mercadinho de esquina, na época em que se mudara para o bairro, após seu divórcio. Na ocasião, Ki-woo tinha saído mais cedo do trabalho para organizar as coisas da mudança e, no caminho, como de costume, parou e ligou para casa. Ji-hoon atendera.

— Você viu a Ji-an?

— Não chegou ainda. Ela não está com você?

Talvez por ser menino, ou por se parecer com a mãe, Ji-hoon não era muito atencioso. As aulas de sua irmã mais nova, Ji-an, terminavam mais cedo, então era de se esperar que ela fosse a primeira a chegar, mas o rapaz não parecia nem sequer ter notado que a irmã não estava em casa. Já Ki-woo tremia de nervoso. Ele não queria pensar o pior, mas os três tinham acabado de se mudar, e Ji-an não estava familiarizada com a região. Ele não sabia aonde a filha costumava ir nem onde poderia ter se perdido. Na pior das hipóteses, teria sido sequestrada. À medida que pensava nas possibilidades, uma sensação de pavor começou a tomar conta dele, um sentimento que é difícil de ser compreendido por alguém que não tem filhos.

— Vou procurar a Ji-an. Já você, fique em casa e espere ela voltar.

— Tá.

Ki-woo estava disposto a vasculhar a vizinhança toda se fosse necessário. Uma parte dele queria agarrar os transeuntes e perguntar se tinham visto sua filha. Mas ninguém parecia se importar. Enquanto procurava freneticamente, o sol começava a se pôr e as sombras se alongavam. Será que deveria ligar para a polícia? Ji-an tinha apenas nove anos. Será que devia ter feito isso desde o começo? Será que tinha acontecido algo com ela? Quando o medo de que talvez nunca achasse sua filha começou a tomar conta dele, o celular tocou. Era um número desconhecido. Com o coração na boca, ele atendeu a ligação.

— Papai?

— Ji-an? É você?

— Papai...

— Onde você está? Tem alguém com você?

— Eu... estou do lado do mercadinho... na cabine telefônica.

A cabine telefônica do beco ao lado do mercadinho. Era lá que sua Ji-an estava. Com o anoitecer, os murais já tinham começado a assumir um aspecto sombrio. Então, sem desligar a chamada, Ki-woo correu ao encontro da filha, tranquilizando-a durante o caminho.

— Está tudo bem. Estou a caminho. Já, já estou chegando.

— Tá...

Quando finalmente chegou ao local e se deparou com a cabine telefônica, iluminada apenas por um poste de luz, Ki-woo viu que Ji-an o esperava dentro dela, então disparou até a filha com o que restava de suas forças. Chegou a se perguntar qual fora a última vez que havia corrido tão rápido, provavelmente ainda era criança. No momento em que alcançou Ji-an, ele a abraçou e a examinou para se certificar de que não estava machucada. Mesmo com a confirmação de que ela estava bem, seus olhos marejaram de lágrimas, como se tivesse recuperado o equilíbrio depois de estar à beira de um abismo.

— Eu estava indo para casa depois da escola, mas não lembrava o caminho de volta. Então continuei andando pelas ruas, mas acabei me perdendo... Até que achei esse lugar e liguei pra você.

— Fez bem. Você fez tudo certo, Ji-an.

Ki-woo a abraçou de novo e arquejou de alívio. A cabine telefônica de onde Ji-an ligou ficava a uns cinco minutos de onde moravam. Pelo jeito, chegou bem perto de casa, mas não identificou o lugar. Quando Ki-woo se acalmou, segurou a mão da menina e explicou o caminho em detalhes.

— Está vendo aquela ladeira? Você vai contar até três quando chegar lá. Então, vai ver um beco. Entre nele e conte até três de novo. A gente mora no prédio marrom ao lado do mural azul. Vai conseguir lembrar na próxima vez?

— Vou, sim.

Depois daquele dia, Ji-an continuou se perdendo de tempos em tempos, mas nunca se esqueceu do caminho da cabine telefônica até sua casa. Não importava onde estivesse, sempre conseguia se guiar até o mercadinho de esquina e achá-la. De lá, voltava para casa. Quando entrou no ensino médio, já não se perdia mais. Por mais desorientada que fosse, depois de seis anos morando no bairro, ele havia se tornado seu lar, repleto de memórias de infância, e um lugar onde ela não conseguiria se perder nem mesmo se quisesse.

Ano após ano, Ji-an continuava saindo para encontrar o pai. Nos dias chuvosos, se abrigava na cabine telefônica e ficava observando as gotas caírem. *Pling, pling.* O som refrescante era agradável aos seus ouvidos. Quando a chuva batia na borda, escutava o som agudo dos respingos; já quando atingia as outras partes, parecia um baque seco. Sempre que os dois sons se misturavam, ela insistia em dizer para Ji-hoon que aquela era a melodia do verão.

Quando a brisa outonal soprava, ela pegava uma folha caída no chão e a colocava em cima da cabine telefônica, como se estivesse deixando uma carta para um desconhecido. Ninguém nunca respondeu. Porém, sempre que Ji-an retornava, não encontrava mais a folha no mesmo lugar. Ela se perguntava quem a teria levado. Não tinha certeza, mas acreditava que era alguém que gostava do outono.

Quando nevava, ela observava em silêncio as próprias pegadas, que logo eram cobertas pela neve que caía. Já no caminho para casa, comparava o tamanho de suas novas pegadas com as de seu pai. E, mesmo com o passar dos anos, sempre que andava sobre a neve, ela se lembrava dos dias em que costumava observar suas pegadas desaparecerem.

E então veio o último ano de que Ji-an se recordava. Seu irmão mais velho, Ji-hoon, conseguira um emprego no interior e saíra da cidade. Até o pai, por quem ela sempre havia esperado, partira. Mesmo assim, Ji-an não deixou de ir à cabine telefônica. Tanto de dia quanto à noite. Ao amanhecer e ao anoitecer. Lá, sentia que o pai poderia voltar a qualquer momento; afinal, era naquela cabine que Ji-an sempre o aguardou. E, embora ele não estivesse por perto, a chuva, as folhas e a neve continuavam caindo. Então Ji-an fez uma ligação. Aos vinte anos, quando foi aceita na faculdade, ela deixou o bairro que amava e só retornou dez anos depois.

— Sério, Ji-an, não tinha um lugar menos isolado, não?! Eu finalmente aluguei um carro e tive que ficar rodando um tempão para encontrar uma vaga. Você sabia que as pessoas estão dizendo que esse lugar é um centro de investigação criminal, necrotério ou algo do tipo, e que é aqui que descobrem a causa da morte das pessoas. Bom, pelo menos eu comi jajangmyeon.

— Sang-woo, você sabe que não tive escolha. Aqui é perto da estação e, considerando nosso orçamento operacional, não tinha outro jeito.

— Fala sério. Tem outro motivo para termos vindo pra cá, não tem? Pelo que reparei, você já conhecia muito bem a senhora do mercadinho.

— Já te falei que cresci aqui.

Há três anos, quando Ji-an estava procurando um espaço para montar o centro de psicologia forense, as opções eram limitadas. Ela estava conciliando sua pós-graduação com o treinamento de campo e, apesar de ter recebido um financiamento do governo, o orçamento era limitado. Quem a ajudou mais tarde foi Sang-woo, que se juntou a ela como sócio da empresa e com quem montou o lugar.

Formado em psicologia e administração de empresas, Sang-woo cursou o ensino superior em uma província. E, embora sua universidade não fosse renomada nem suas notas tivessem sido as melhores, ele possuía algo que fazia com que se destacasse: simpatia e conexões.

Durante seu treinamento em Seul, Ji-an trabalhou, por coincidência, em um projeto com um colega de classe de Sang-woo. Era um estudo sobre o índice de depressão em adolescentes. Na festa de comemoração pelo encerramento do projeto que durou seis meses, Sang-woo apareceu de penetra. Mesmo não tendo relação com o trabalho, ninguém se sentiu desconfortável com a presença dele. Até com Ji-an, que não era muito boa com estranhos, Sang-woo conversou com muita facilidade, quebrando o gelo ao dizer:

— Já faz muito tempo que não bato um papo com alguém da minha idade!

No início, Ji-an ficou confusa e ficou se perguntando se Sang--woo estaria interessado nela, mas logo percebeu que era apenas o jeito simpático e carismático dele. Depois daquele primeiro encontro, Sang-woo passou a conversar com ela de tempos em tempos, geralmente quando Ji-an estava começando a se esquecer dele. Até que, de repente, ela também começou a procurá-lo. Como trabalhavam na mesma área, começaram a se encontrar para tomar uns drinques e desabafar de vez em quando. De alguma forma, o primeiro amigo que Ji-an fez desde que ficou adulta acabou sendo Sang-woo. E, a partir do momento em que o centro de psicologia forense foi inaugurado, ele começou a ajudá-la de forma concreta.

— Conheço um cara que é corretor de imóveis, e ele disse que tem uns lugares legais para recomendar. Comentei sobre o seu projeto e o proprietário não pareceu se importar.

Na época, um dos vários estabelecimentos comerciais disponíveis chamou a atenção de Ji-an. Ficava localizado bem no bairro onde ela passara a infância.

— Quero ver esse aqui — disse ela a Sang-woo, apontando para o prédio em questão.

— Sério? Tem lugares mais novos e melhores. Vamos dar mais uma olhadinha.

— Não, eu quero esse.

— Por que a gente não...

— Já disse que gostei desse.

No fundo, Sang-woo se perguntou se Ji-an sempre fora tão teimosa, mas, por outro lado, não havia motivo para contestar sua decisão. Embora a localização fosse um pouco afastada, era um lugar barato e espaçoso. O corretor de imóveis também elogiou a decisão de Ji-an, alegando que se tratava de uma oportunidade única.

Sem perder tempo, eles marcaram uma visita com o corretor. O prédio cinza ficava em uma das ruelas atrás do mercadinho. Marcas do tempo eram visíveis na fachada. E, apesar da expressão de perplexidade de Sang-woo, Ji-an seguiu determinada.

No quarto andar, quando abriram a porta do escritório, nem parecia que eles estavam no mesmo prédio. Uma janela ampla iluminava o ambiente, e o local era bem silencioso. Como havia bastante luz solar, mesmo no início do inverno, a temperatura era agradável. Por estar vazio, parecia um pouco simples, mas a pintura branca das paredes conferia um ar de limpeza. O pé-direito alto acentuava ainda mais a sensação de amplitude do local.

— Vamos assinar um contrato provisório.

Quando se sentaram para firmar o acordo, o corretor de imóveis de meia-idade e pele bronzeada perguntou, de forma casual:

— Aliás, com o que você trabalha mesmo?

— Ah, com autópsias psicológicas. A ideia é abrir um centro de psicologia forense.

— Autópsia? — indagou o corretor, surpreso, quando estava quase finalizando as assinaturas. — Quer dizer que os corpos também vão vir para cá? O proprietário tinha me falado que seria um consultório de psicologia...

— Ah... Na verdade, não haverá corpos. Resumindo, é um centro psicológico que analisa e investiga as possíveis causas de um suicídio, ampara as famílias enlutadas e trabalha na prevenção...

— Então não vai ter nenhuma sala de autópsia nem nada disso, certo?

O semblante do corretor, tão simpático quando mostrou o escritório, ficou pálido por um instante. Enquanto explicava seu trabalho com o máximo de calma possível, Ji-an apressou-se em finalizar as assinaturas.

— Somos uma instituição financiada pelo governo. Nosso objetivo é amparar famílias enlutadas que perderam entes queridos por suicídio, honrar os falecidos e fornecer aconselhamento e autópsias psicológicas com o propósito de prevenir esse tipo de caso. Aliás, posso fazer o depósito nessa conta mesmo, certo?

— Ah, sim. São cinco milhões de won...

— Acabei de transferir o dinheiro. Vamos precisar do recibo, por favor.

— Sim, claro...

— Enfim, é como um centro de aconselhamento psicológico, só que no nosso caso fazemos uma autópsia psicológica da mente.

Depois que o contrato foi assinado, não demorou muito para que Ji-an começasse as reformas no escritório. Como foi Sang-woo quem fez a ponte entre o centro e a imobiliária, coube a ele explicar ao proprietário o propósito do estabelecimento comercial. Mas, para isso, Ji-an precisou explicar a Sang-woo um pouco mais sobre a autópsia psicológica. Há alguns anos, inclusive, fora ele quem perguntara primeiro:

— Podemos fazer isso juntos?

Naquela época, Sang-woo estava em busca de um emprego e acabou se interessando pelo trabalho de Ji-an.

— Eu iria adorar ter você comigo, Sang-woo.

Ji-an aceitara prontamente a proposta. Não seria fácil administrar o centro por conta própria, e ter alguém tão comunicativo como Sang-woo trabalhando com ela seria bom.

A reforma durou duas semanas, e as mesas de Sang-woo e Ji-an foram colocadas na área principal. Uma copinha foi montada junto à parede, e materiais e arquivos foram organizados na estante. Uma divisória de vidro com persianas foi instalada em um canto para criar um espaço de consulta. Quando a obra foi concluída, havia até uma placa que dizia, em letras nítidas: Centro de Autópsia Psicológica — Quarto Andar.

Ao relembrar aquela época, Ji-an sentiu-se grata por ter tido a sorte de contar com Sang-woo. Ele tinha um olhar aguçado e uma intuição afiada para as pessoas, percebendo até o mais sutil coçar de nariz. Quando uma consulta era marcada, Sang-woo ficava responsável por colocar lenços de papel no porta-guardanapo de linho sobre a mesa, além de preparar vários tipos de chá que ajudavam os clientes a se sentirem mais à vontade. Observando sua delicadeza, Ji-an tinha a impressão de que Sang-woo havia sofrido traumas delicados no passado. Talvez por esse motivo o centro de autópsia psicológica se tornou um sucesso, mesmo sob o olhar severo das pessoas ao redor.

Triiim, triiim.

Na ausência de uma música ambiente ou do som de um rádio, o toque do telefone quebra o silêncio do escritório. Por um momento, Ji-an e Sang-woo param o que estão fazendo. Antes de atender a ligação em sua mesa, Ji-an conta mentalmente:

Um, dois, três.

Após o *três*, ela pega o fone e fala em tom baixo e calmo:

— Olá, aqui é do centro de autópsia psicológica. Como posso ajudar?

Sang-woo não consegue entender o que a pessoa do outro lado da linha está falando, mas escuta uma voz feminina. Ji-an responde "sim" várias vezes. Só depois de cerca de oito "sins" — um de tristeza, um de empatia, um de conforto, um de questionamento etc., ela fala:

— Gostaria que fizéssemos uma visita? Ou prefere vir ao centro pessoalmente?

Ji-an aguarda a resposta da mulher por um momento, então verifica a data, anota o dia e fala no tom mais educado possível:

— Obrigada pela sua ligação. Vejo a senhora na data combinada.

Depois do telefonema de pouco mais de dez minutos, Sang-woo e Ji-an se entreolham. Sem perguntar detalhes, ele pega a anotação que Ji-an lhe entrega e começa a registrar as informações na agenda. Então ela comenta casualmente:

— O marido da cliente cometeu suicídio se jogando de um lugar alto há três meses. Ela entrou com um processo contra a empresa em que o marido trabalhava para que o caso seja considerado um acidente de trabalho, e parece que ficou sabendo do centro por um advogado. Ela agendou uma visita na próxima quinta-feira, às duas da tarde.

— Vou preparar a documentação.

Após três anos trabalhando juntos, Sang-woo já estava familiarizado com os procedimentos. Ele não fez mais perguntas sobre as circunstâncias da cliente; era parte de sua ética profissional não satisfazer a própria curiosidade fazendo com que Ji-an revivesse a dor da morte de alguém. Enquanto trabalhava, ele olhou de relance para o relógio na parede. Os ponteiros pareciam estar parados, mas na verdade se moviam bem lentamente.

— Ji-an, você não disse que ia viajar mais tarde a trabalho para cuidar do caso da sra. Ai-in Kan? — perguntou Sang-woo, como quem quer confirmar uma informação.

— Sim, o voo para Cheon-an é às sete. Preciso começar a me arrumar depois do almoço.

Ji-an deu um sorriso discreto. Sang-woo, por sua vez, retribuiu o sorriso e voltou a se concentrar em sua tarefa. Depois de finalizar o trabalho administrativo, Ji-an, com uma expressão impassível, começou a se preparar para a viagem. A pasta grossa que continha um notebook, documentos e dois gravadores parecia pesada, mas ela a ergueu com a leveza de quem já carregou fardos muito maiores. Aquele era um dia como outro qualquer, tanto para Ji-an quanto para Sang-woo. Mas, por outro lado, era difícil deixar de pensar que alguém morrera. Alguém havia cometido suicídio. Alguém perdera um ente querido. Sem saber o motivo. Sem ouvir. Sem ser confortado. E justamente por isso, não havia música ou rádio no centro.

Quando retornou de viagem, Ji-an foi até o beco familiar. Seus passos ecoavam na passagem estreita e íngreme. A lâmpada velha do único poste que iluminava a cabine telefônica tinha um brilho levemente diferente dos demais. Outrora raro e especial, ele se tornara apenas mais um entre muitos. As casas antigas que o rodeavam também haviam sido reformadas e transformadas em edifícios mistos, apenas aquele espaço continuava intocado. Ji-an entrou novamente na cabine telefônica e, talvez porque ela tenha crescido ou porque estava de salto alto, o teto parecia mais baixo. Então ela verificou as horas e tirou o fone do gancho.

Triiim, triiim.

O som estridente do toque era como um eco do passado, uma melodia melancólica. Ji-an, presa em suas memórias, não conseguiu encerrar aquela ligação.

I

PROIBIDO ESTIGMATIZAR

— Por isso, não pense que foi abandonada. Os dois estavam... querendo o bem um do outro.

— Foi difícil para o seu marido, pois ele amou a família de vocês até o fim.

...

28 de julho de 2022. Quando a sra. Yeon-ah Song (33) tentou despertar o marido, sr. Joo-yeol Kang (36), depois que ele não se levantou pela manhã para trabalhar, Kang só disse que não estava se sentindo muito bem. O homem permaneceu deitado até 10h30, quando se levantou e avisou que daria uma volta.

Ele então pulou do telhado do prédio onde morava (confirmado pelas câmeras de segurança) e foi encontrado por um morador do edifício por volta das 10h43. A causa da morte foram fraturas nas coxas e no peito devido ao impacto da queda. O paciente não costumava ter conflitos em casa e deixou um filho de dois anos. No trabalho, era conhecido por ser um funcionário dedicado, mas, três meses antes de cometer suicídio, havia reclamado de estresse. Um mês antes do ato, recebeu tratamento psiquiátrico e tomou medicação para insônia grave, mas não há registros de tentativas de psicoterapia remota ou presencial. Com base nos relatos do falecido, a cliente atribuiu o suicídio ao estresse profissional e acionou o seguro por acidente de trabalho, mas a solicitação foi indeferida. A cliente solicitou uma autópsia psicológica para o recurso. A investigação deverá ser conduzida sob várias perspectivas.

[17 de novembro de 2022 - Registro de solicitação de caso]

...

Havia poucas nuvens no céu, e alguns até diriam que fazia um dia bonito. Só de olhar para cima, senti um aperto no peito. Não dava para acreditar que aquele momento era real. Cada passo em direção ao prédio alto pesava uma tonelada, e, ao mesmo tempo, minha alma parecia flutuar. *O que estou tentando fazer agora? Por que estou aqui?* Embora tivesse ignorado as perguntas que surgiam na minha mente, assim que parei de andar, tudo voltou como uma avalanche.

— Admitam seus crimes, assumam a responsabilidade! A XX construtora matou meu marido! Vocês são todos assassinos!

O grito ecoou pela rua. Os pedestres pararam. Os carros diminuíram a velocidade e abriram as janelas. Não me importei com os observadores e segui olhando para a frente, para o prédio alto. Conforme ergui o rosto, me deparei novamente com o céu claro além do edifício. Mais uma vez, senti-me perdida no mundo. Respirei fundo e engoli um gemido. Gritei de novo, mais alto do que nunca:

— Meu marido morreu por causa da sua empresa! Uma pessoa morreu. Meu filho... ele tem apenas dois anos... e meu marido está morto! Por causa de vocês, porque vocês não foram responsáveis.

Quando o segundo grito tomou conta das ruas, algumas pessoas começaram a sair correndo do prédio. Continuei inabalável e gritei pela terceira vez na direção delas:

— Mudança injusta de departamento! Muito trabalho! Foi assim que ele morreu! Meu marido morreu assim e...

Senti uma dor no ombro. Um homem grande de colete preto me segurava com força. Então surgiram outros dois de colete preto, um de meia-idade com uniforme de segurança azul desbotado e mais dois funcionários de terno. Eu estava completamente cercada. Um homem de meia-idade de terno, que parecia ter certa autoridade, afastou o sujeito com as mãos em meu ombro e falou calmamente:

— Senhora. Se você fizer isso aqui, terá problemas. A sentença já saiu. Não fizemos nada de errado, entende?

— Meu marido morreu... Ele morreu três meses depois de ser transferido para outro departamento. Ele pulou do próprio prédio! Meu filho... meu filho tem apenas dois anos... Como isso é possível?

— Entendo seus sentimentos. Entendo, mesmo. Mas, se você continuar fazendo isso, também teremos problemas. Vamos precisar tomar providências legais. A senhora não pode interferir no trabalho da empresa dessa forma. O que os outros funcionários vão pensar?

— Vão ficar sabendo que essa é uma empresa que mata pessoas.

Cerrei os dentes. Queria cuspir na cara dele. O homem de meia-idade passou a mão pelos cabelos grisalhos, impaciente. Enquanto observava os olhos dele examinando as pessoas ao nosso redor, minha raiva aumentou. Aquele olhar. O olhar de preocupação com o que os outros pensam. Se importa com a opinião alheia, mas matou meu marido. E ainda por cima tenta fingir que nada aconteceu, que está tudo bem. Eu o encarei fixamente. Ele suspirou e tentou dizer com calma:

— Se continuar falando assim, teremos problemas. Vamos encerrar por hoje. O dia está frio, e você disse que tem um filho, certo? Que dó de uma criança que tem uma mãe que age assim.

O tom ligeiramente irônico no final me irritou. Aquele jeitinho de falar era como um gancho rasgando meu coração.

— Filho da puta...

Ele continuou olhando para as pessoas ao redor. Vê-lo fazer isso me deixou sem fôlego. Ele não sabia de nada. Não fazia ideia de como eu me sentia com a perda do meu marido. Como era ter que criar uma criança que perdeu o pai. Como se sentiam os familiares que tinham sido deixados para trás. Quando a raiva e a tristeza me deixaram incapaz de falar, ele se aproximou de mim e disse em um tom de voz baixo:

— Senhora, por favor, saia enquanto está sendo tratada com respeito. Sendo suicídio ou não, por que culpar a empresa pela morte dele? É por dinheiro? Se estiver se sentindo injustiçada, entre com um recurso em vez de fazer isso aqui. Se bem que não deve dar em nada...

— Vou expor vocês até o fim... até o fim. Todos vocês! São todos assassinos! Todos farinha do mesmo saco, assassinos!

— Então, se a senhora se sente injustiçada, não faça isso, procure a justiça. Vá embora logo... — pediu ele, de forma contida.

Era nítido que a paciência dele estava se esgotando. Dois homens continuavam me cercando, um de cada lado. O segurança de prontidão e o funcionário que parecia ser um subordinado, nos observavam sem saber o que fazer. Os malditos só ficavam olhando. Meu corpo enrijeceu outra vez, e eu só conseguia fuzilá-los com o olhar. Fiquei me sentindo péssima. Cada vez que engolia em seco, doía como se eu estivesse ingerindo espinhos.

— Ei, chame um táxi para ela. Senhora, por favor, volte para casa.

O homem fez um gesto para o funcionário mais jovem, que agiu rapidamente, correndo até o meio-fio e agitando as mãos para chamar um táxi o mais depressa possível. Sem esperar que eu dissesse alguma coisa, assim que viu um carro parar, o homem, antes de seguir em direção ao enorme edifício, apenas me dirigiu algumas palavras:

— Aqui está o dinheiro para a corrida. Vá cuidar do seu filho e pare de fazer escândalo.

Observei enquanto ele se afastava, andando a passos largos, sem hesitação. De repente, senti vontade de vomitar e engoli a bile. Tudo começou a girar. Como fiquei momentaneamente atordoada e imóvel, o jovem funcionário passou o braço em minha volta e me guiou em direção ao táxi. Sem forças, a única coisa que eu podia fazer era acompanhá-lo. O homem de colete preto permaneceu de pé, observando por um instante, depois se virou e retornou ao trabalho. O funcionário que me empurrou para dentro do táxi estendeu um envelope branco pela janela do carro e disse:

— Para pagar a corrida. Por favor, volte com cuidado. Conto com o senhor, motorista!

O carro partiu contra minha vontade. A estrada principal entre Yeok-sam e Gang-nam era como o inferno. Será que ele, que teve de trabalhar em uma empresa tão sufocante a ponto de querer morrer, sentia o mesmo quando percorria esse caminho? Será que ia e voltava com essa sensação horrível? Dia após dia.

Quando pensei nisso, comecei a chorar copiosamente. Dentro do táxi, sem saber para onde estava indo, não conseguia parar de soluçar. As lágrimas caíam e encharcavam minhas roupas. Será que só me restava o arrependimento? Por que ele não voltava para mim? Por quê? O remorso começou a tomar conta de mim. Eu deveria ter percebido, tê-lo ajudado de alguma forma. No entanto, independentemente de como eu me sentia, não havia como voltar no tempo. O mundo era cruel.

O centro não ficava longe da estação, mas parecia muito distante por causa da subida. Depois de sair da estação, caminhei pela avenida principal por cerca de cinco minutos e virei à direita, na viela estreita e íngreme. Felizmente, os sapatos cor de marfim tinham salto baixo, então não foi desconfortável subir a ladeira. Segui em frente e, passo a passo, cheguei a um cruzamento.

— Hmm, dizem que é por aqui...

Observei ao redor do cruzamento. Segundo o mapa, eu havia chegado ao meu destino. Devo ter ficado parada por cerca de cinco minutos, até que uma loja chamou minha atenção. Embora fosse antiga, parecia que a maior parte da vizinhança frequentava o local, resistindo às grandes redes. Do lado de fora, vários idosos desfrutavam de uma bebida durante o dia. Então uma mulher que parecia ser a dona fez contato visual comigo quando saiu pela porta, com uma garrafa na mão. Tentei desviar o olhar, mas ela me chamou:

— O que você está fazendo aqui, jovem?

— Ah... eu estava procurando um lugar.

Abri um sorriso sem graça enquanto a mulher me encarava. Segui comparando o mapa e o prédio, sem conseguir sair do cruzamento, então ela voltou a falar:

— Jovem, por acaso você está procurando uma agência?

— Uma agência?

— Um lugar que dizem que ajuda a descobrir o motivo da morte das pessoas. Fica no quarto andar do prédio ao lado.

— Ah...

Enquanto meu olhar seguia a indicação da dona da loja, uma placa chamou minha atenção: CENTRO DE AUTÓPSIA PSICOLÓGICA — QUARTO ANDAR.

Esse era o lugar que o advogado havia mencionado. Quando o seguro por acidente de trabalho do meu marido foi rejeitado, procurei um advogado para recorrer da decisão. Ele sugeriu uma autópsia psicológica e explicou brevemente que o centro onde era feito o procedimento havia sido criado para descobrir o motivo por trás de um suicídio, na esperança de proporcionar um desfecho e conforto aos enlutados, além de estabelecer um plano de prevenção ao suicídio.

Preocupado comigo, ele dissera:

— Você precisa fazer uma autópsia psicológica para descobrir por que o seu marido fez o que fez, mas acho que pode ser útil para a senhora também. Tenho certeza de que vai ajudá-la.

Ele tinha motivos para se preocupar. Nos meses anteriores, eu perdera quase dez quilos, ficava irritada com frequência e falava menos. Se fosse médico em vez de advogado, talvez ele tivesse me internado na hora.

— Obrigada.

Fiz um aceno de cabeça e segui em frente. Meus sapatos de salto baixo ecoavam ao tocar o chão e, talvez pelo nervosismo, minhas mãos tremiam. Quando abri a porta de vidro do prédio antigo, me deparei com um corredor mais conservado do que a fachada. Quarto andar, sem elevador. Regulei a respiração, atenta a cada passo que eu dava. Não fazia ideia de que um lugar como esse existia, tampouco imaginei que um dia o visitaria. Estava começando a pensar em como havia acabado nessa situação quando cheguei ao quarto andar. Porta de vidro limpa, sem impressões digitais. Ao empurrar a maçaneta branca, ouvi um sininho tocar. Meus pensamentos desapareceram, deixando apenas o eco daquele som na minha mente.

— Olá. É Yeon-ah Song, certo?

— Sim, sou eu.

Quando ouvi meu nome em voz baixa, meu coração se acalmou. A presença suave e densa da dona da voz chamou minha atenção. Ela tinha um sorriso brilhante, mas cansado, que dava indícios da natureza de seu trabalho. A calça e a blusa marrons lhe conferiam um toque de elegância, e a atenção aos detalhes se fazia presente nos cabelos bem-penteados. Mesmo me vendo parada na entrada, ela não me apressou. Depois de alguns instantes, falou comigo com cuidado:

— Você gostaria de se sentar? Aceita um chá?

— Ah, sim.

Segui suas palavras e dei um passo de cada vez, consciente do fato de que estava entrando por vontade própria. Pelo menos desta vez. Sentei-me no sofá, conforme a orientação dela. Não era nem muito macio, nem muito duro. Um leve aroma de algodão emanava do estofado. Assim que senti o cheiro, comecei a notar, lentamente, meu entorno. Uma área de escritório com divisórias e uma recepção com sofá. Mesa baixa. Um espaço isolado por um vidro opaco. Teto branco com um padrão ondulado, contrastando com o interior sofisticado, uma grande janela antiga e a paisagem exterior. Enquanto eu observava, ela pousou uma xícara de chá na minha frente e se sentou.

— Visto de fora, o prédio parece meio velho, né? Faz só três anos que o centro foi inaugurado. Mas o interior está organizado.

— Está, mesmo...

— Meu nome é Ji-an Kang e administro o centro de autópsia psicológica. Aquele ali é o Sang-woo Lim, que ajuda na operação geral. O centro tem menos gente do que imaginou, não é?

Ela sorriu timidamente. Olhei para o homem chamado Sang-woo. Ele era corpulento e um pouco parecido com um urso. Quando nossos olhares se cruzaram, ele sorriu gentilmente. Isso bastou para que eu percebesse que era amigável.

— A senhora disse que quer reabrir o caso do sr. Ju-yeol Kang.

Voltei à realidade. Assim que ouvi o nome do meu marido, me dei conta do motivo de eu estar ali. Foi o suficiente para que as minhas mãos voltassem a tremer involuntariamente. Percebi que meus pés estavam batendo no chão, fazendo barulho. Ji-an seguiu me olhando, sem estranhar o meu comportamento. Porém, como se algo tivesse tocado seu coração, suas sobrancelhas baixaram ligeiramente e sua expressão ficou triste. Ela falou devagar:

— Foi... muito difícil, não foi?

Com essa única frase, a tristeza que havia sido reprimida durante tanto tempo veio à tona. Não consegui responder, só assenti de leve. Tentei me recompor e limpei as lágrimas que começavam a se acumular nos meus olhos. Em silêncio, ela apontou para um lenço de papel sobre a mesa, como se chorar não fosse um problema.

Silêncio. E mais silêncio. Quanto tempo se passou? Acabei não derramando nem uma lágrima. Mas meu corpo estava exausto, como se eu já tivesse chorado muito. Uma tarde arrastada. Só se ouvia Sang-woo digitando de vez em quando ao computador. Eu não sabia o que dizer. Como se tivesse percebido minha confusão, ela falou pouco antes que a situação ficasse constrangedora:

— Fiquei sabendo do caso por meio do seu advogado. Antes da autópsia psicológica, a senhora precisa assinar alguns documentos. Este é um termo de consentimento sobre as informações necessárias para a investigação. Após a assinatura, faremos uma entrevista. Além da senhora, também entrevistaremos pessoas próximas ao falecido. Está tudo bem se fizermos a entrevista hoje?

Como se estivesse pedindo permissão, ela se inclinou e fitou meus olhos. Não consegui decifrar o que se passava por trás daqueles olhos escuros sob pálpebras finas. Se era genuína compaixão ou empatia por alguém que perdeu o marido. Não sabia dizer qual era a intenção dela com esse trabalho. Mas assenti. O que ela pretendia com aquilo não tinha a menor importância. Para obter um resultado favorável no recurso, para restaurar a reputação de Joo-yeol, eu faria qualquer coisa. Ir à empresa, fazer um protesto ou entrar com uma ação judicial. Qualquer coisa.

— Sang-woo, por favor, prepare os documentos.

— Certo.

O som da impressora preencheu o espaço. Minha visão ficou turva. Senti um movimento intenso ao redor e então um documento foi colocado diante de mim. Ao lado, uma caneta esferográfica com o logotipo “Centro de Autópsia Psicológica”.

Enquanto eu assinava, ela explicava o conteúdo. Termo de consentimento para informações pessoais, formulário de confirmação de registro, relatório de autópsia... Nenhuma das frases cheias de palavras desconhecidas entrou na minha cabeça. Sem parar para pensar, fui preenchendo os campos de assinatura.

— Os documentos estão em ordem. Podemos começar a entrevista?

— Sim, podemos...

— Vamos para a sala de consulta, então. Por aqui, por favor.

Ela se levantou e abriu a porta de um espaço separado no canto do escritório.

A expressão "sala de consulta" me fez sentir como se estivesse ali para tratar dos meus próprios problemas, e não dos do meu marido. Eu nunca tinha feito terapia, e me perguntei se Joo-yeol se sentira assim em sua primeira consulta com o psiquiatra. Aquela sensação de precisar se agarrar a qualquer coisa. De estar à beira de um precipício, sem ter para onde ir. De contar uma história que ninguém quis ouvir. Carregando o peso desses sentimentos, entrei na sala.

Quando ela fechou a porta, tudo ficou surpreendentemente silencioso. Era como se eu estivesse em um mundo diferente.

Assim que me sentei, ela se acomodou à minha frente. Atrás dela, havia uma parede cinza; à direita, era possível ver a rua através da grande janela. Mesmo em um andar baixo, a vista era ampla e o lugar, cheio de luz solar. Será que isso se devia ao fato de o edifício ficar em uma ladeira íngreme? Ao seguir os raios de sol com os olhos, cheguei ao rosto dela. A claridade iluminava todo o lado direito, revelando um pouco de sombra em seu interior oculto.

— Quer que eu acenda a luz?

Neguei com a cabeça. A ideia da luz fluorescente me pareceu invasiva, como se fosse expor demais o meu coração. Um pouco de escuridão e sombra me deixavam mais confortável, então respondi que preferia do jeito que estava. Com a minha resposta, ela prosseguiu sem acender a luz:

— Tudo o que falarmos a partir de agora será gravado. Claro, a confidencialidade é garantida, e o material não será usado para nenhum outro propósito que não seja a investigação. Então, fique à vontade.

Ela provavelmente já tinha ligado o gravador sem que eu visse. Desde o momento em que entrei naquele lugar, parecia que Ji-an estava se esforçando ao máximo para não me incomodar, mas eu não me sentia confortável com nada. O suicídio. As pessoas iam para aquele lugar porque alguém cometera suicídio. Isso, por si só, já era desconfortável.

— Poderia se apresentar primeiro?

— Meu nome é Yeon-ah Song e sou uma dona de casa de trinta e três anos. Tenho um filho de dois anos e estava casada há cerca de quatro anos. Joo-yeol... morreu há... três meses.

Tentei controlar a voz, falando de forma clara e precisa. Eu precisava me expressar bem, com exatidão, para poder apelar da sentença em relação à morte do meu marido. Para que reconhecessem que o falecimento dele não se tratou de fraqueza, e sim de uma fatalidade causada pelo tratamento injusto que recebeu por parte da empresa. A reputação dele dependia de mim. Escolhi cada palavra com cuidado para que não houvesse nenhum mal-entendido.

— Como foi a criação do seu marido?

— Agora, só a mãe dele está viva. O pai morreu de ataque cardíaco quando Joo-yeol estava na faculdade. Na época, meu sogro trabalhava no ramo de logística e, depois que faleceu, as coisas ficaram ainda mais complicadas para Joo-yeol e a mãe. Ele precisou trabalhar enquanto fazia faculdade e, quando se formou, ficou procurando emprego por muito tempo... Pelas histórias que ouvi, foi bem difícil pra ele. Acho que esse período durou mais de dois anos. Ele disse que demorou porque queria entrar numa empresa com estabilidade. Nós nos conhecemos depois disso.

— E quanto ao relacionamento dele com os pais?

— Era bom. Mesmo com as dificuldades financeiras, parece que a mãe e o pai tinham uma boa convivência. Talvez por não terem tido outros filhos, cuidaram bem dele. Minha sogra sempre foi gentil comigo. É uma pessoa amável e boa. Se bem que é um pouco difícil de lidar, meio meticulosa. Talvez isso explique por que Joo-yeol tinha uma tendência a ser perfeccionista. Ele era organizado, preciso e...

Cada detalhe sobre ele me veio à mente. O primeiro encontro. As conversas que tive com sua mãe. O dia em que falamos seriamente sobre começar uma família. Tocar no assunto dava a sensação de que meu marido ainda estava vivo em algum lugar. Como se tudo fosse continuar. Os dias que passei com ele. As memórias que compartilhamos. Seria possível voltar no tempo e vê-lo? Tudo parecia tão nítido. Como se tivesse acontecido ontem.

Era abril. A segunda primavera de Lee-yeon. Ele adorava a estação. Desde que viu os primeiros botões das flores surgirem durante nossos passeios, passou a tentar tocar cada um deles. E, quando as flores desabrochavam, começava a dar pulinhos de alegria, com um sorriso enorme no rosto. Meu marido sorria, muito feliz.

— Acho que nosso filho gosta de flores. Puxou a você.

Enquanto dizia isso, pegou Lee-yeon no colo e o abraçou. Mesmo tendo levado o carrinho de bebê, Joo-yeol fez questão de carregar o bebê e mostrar tudo ao redor.

— Agora que os dias estão ensolarados, vamos passear juntos todo fim de semana — disse ele, com um sorriso genuíno. Imaculado. Um sorriso igual ao de Lee-yeon.

Quanto mais rememoro aquela época, mais penso que Joo-yeol não era alguém que cometeria suicídio. Era uma pessoa que sempre estaria comigo e com Lee-yeon. Nunca duvidei disso. De que ficaríamos juntos. De que criaríamos nosso filho juntos. Era um dia ensolarado. Não havia prédios altos à vista. Na trilha bem-cuidada, bastava levantar um pouco a cabeça e já dava para ver o céu. Quando me virei, atrás de um Joo-yeol sorridente, as árvores tremularam em um sussurro refrescante. Foi um momento de paz.

Enquanto eu me perdia em lembranças, Ji-an fez outra pergunta:

— Poderia me falar mais sobre a senhora? O que seu marido significava para a senhora?

— Como...?

Com essa pergunta, todo o veneno que tomou conta de mim se tornou insignificante. Desde que ele partira, eu só conseguia pensar nele. Por que meu marido morreu? Como entender essa morte? O arrependimento. A saudade. O ressentimento e a raiva crescentes. Pensei que isso era tudo. Que só assim eu conseguiria aguentar.

Como estava vivendo depois que ele partiu? No que havia me transformado?

— Nós finalmente tínhamos formado uma família de verdade. Meu filho só tem dois anos... Saí de casa e comecei a trabalhar cedo por causa dos meus pais. Meu pai sempre arrumava problema por causa de dinheiro e brigava com minha mãe, que descontava a raiva em mim. Praticamente fugi de casa. Mas Joo-yeol era diferente. Era honesto, gentil... Desde o namoro, e mesmo depois do casamento, nunca gritou comigo. Era esse tipo de pessoa... Mas por causa deles...

Sozinha. Por muito tempo. Antes de conhecê-lo, fiquei muito tempo sozinha. Fui uma pessoa sem lugar no mundo. Alguém que nunca quis reviver nenhum momento do passado. Ele aceitou ser minha família nesta vida. Permitiu que eu vivesse nesta sociedade. Fez com que eu sentisse saudade do passado. Para mim, ele era mais do que um marido. Por isso, eu não podia desistir dessa luta. Fiz de tudo para relatar a história que guardava comigo. Com a esperança de que minha seriedade e meu desespero alcançassem o objetivo.

— E quem seriam eles?

— As pessoas daquela empresa. Teve um momento que Joo-yeol começou a falar que não queria mais ir trabalhar. Cheguei a perguntar se tinha acontecido alguma coisa, mas ele nunca falou nada, só mencionou pedir demissão. Fui insensível e perguntei do que ele estava falando, mencionei nosso filho, que tinha acabado de fazer dois anos. Até que, um dia, ele chegou muito bêbado e começou a xingar a empresa. Chorou e falou que sentia que ia morrer por causa do pessoal de lá. Eu devia ter apoiado ele...

— Como a senhora se sentiu quando seu marido passou por esses momentos difíceis?

As emoções me deixaram sem palavras. Repeti para mim mesma que precisava dar um jeito de me controlar e falar. *Fale. Eu vou falar.* Repetindo isso internamente, de alguma forma consegui prosseguir.

— Fui transferido de departamento.

Quando Joo-yeol me contou isso, eu estava hipnotizada pelo sorriso de Lee-yeon. Totalmente alheia ao restante do mundo por causa daquele sorriso puro de criança.

— Por quê? — perguntei por reflexo, sem dar muita importância.

— Por nada. Questões internas da empresa.

— De qualquer forma, é trabalho, então se esforce bastante. Talvez seja uma coisa boa, quem sabe — falei.

Quando não escutei uma resposta, me voltei para Joo-yeol. Ele estava observando a varanda, sem nem sequer olhar para Lee-yeon, que sorria alegremente. Eu não sabia o que estava acontecendo, mas ele parecia pensativo. Mesmo assim, acreditei que se sairia bem na nova função. Em retrospecto, era uma crença cruel e egoísta.

Onze horas da noite...

O dia estava chegando ao fim. Depois que ele mudou de departamento, passei a olhar o relógio com mais frequência. A pessoa que costumava chegar em casa no máximo às oito passou a voltar depois das dez ou onze da noite. Então, minha atenção era atraída para o relógio na parede a cada hora. Quando a porta da frente se abriu e o som de passos pesados ecoou, vi o rosto cansado de Joo-yeol. Em vez de olhar nos meus olhos, ele apenas avisou que chegou e logo se enfiou no banheiro. Depois de seu longo banho, finalmente deitados um ao lado do outro, perguntei:

— Como vai o trabalho?

— Estou cansado. Vamos dormir.

Ele costumava responder de maneira gentil até as perguntas mais triviais, mas daquela vez não quis falar sobre o assunto. Depois de mudar de departamento, Joo-yeol não parecia mais o mesmo. Presumi que estivesse apenas cansado. Foi tudo que consegui pensar. Então passei a evitar perguntas sobre a empresa. Estava dando um voto de confiança para ele.

Nosso dia a dia foi mudando aos poucos. Decepcionada por ele chegar sempre tarde do trabalho e passar os fins de semana letárgico, comecei a reclamar. Disse que também ficava cansada cuidando de Lee-yeon o dia todo e sugeri que tirássemos um tempo para ficar em família, pelo menos nos fins de semana. Perguntei quando havia sido a última vez que tínhamos saído juntos. Ele ouviu as reclamações, até que suspirou. Fiquei sem palavras, porque percebi o quanto o suspiro foi profundo e distante. Como se ele não quisesse dialogar de forma alguma.

Era meia-noite quando ouvi a voz dele:

— Argh... Argh!

A noite estava tão escura que nem dava para saber a hora. O som do grito ecoou pelo quarto. Acordei assustada e coloquei a mão nas costas dele. Meu marido, em silêncio, estava com o corpo todo suado e frio. Isso se repetiu várias vezes. Com o passar do tempo, comecei a me perguntar se ele estava dormindo direito. Embora não gritasse, ele nunca deu a impressão de que estava adormecido de fato. Não havia a calma nem a respiração pesada típicas do sono. Ele simplesmente se levantava antes de o despertador tocar e se preparava para trabalhar.

— Joo-yeol, será que não é melhor você tomar algum remédio pra dormir?

Fui a primeira a abordar o tema do tratamento psiquiátrico. O ressentimento se transformou em preocupação. O rosto marcado pelo cansaço. As respostas curtas. Achei que era por causa da imunidade baixa pela falta de sono, e até comprei alguns suplementos vitamínicos, mas o humor de Joo-yeol havia mudado. A vitalidade de antes desaparecera. Ele não ficou surpreso com minha recomendação de tratamento psiquiátrico e, depois de pensar um pouco no assunto, disse que procuraria um médico sozinho.

— Não seria melhor se a gente...

— Você precisa ficar com o Lee-yeon. Vou sozinho.

Ele falou com tranquilidade, como se tudo aquilo não fosse nada de mais. Como fez tudo por conta própria, não me disse exatamente onde ficava o consultório. No dia da primeira consulta com o psiquiatra, foi sozinho até a porta de casa. Com Lee-yeon no colo, fui me despedir.

— Vá com cuidado.

— Yeon-ah...

— Hum?

— O que você acha de... eu largar meu emprego? — perguntou, com um sorriso levemente brincalhão.

Aquele sorriso relaxado, depois de tanto tempo, fez com que as palavras soassem como uma piada besta ou um resmungo à toa. Afinal, todo mundo tem momentos em que não quer trabalhar. Respondi como se fosse óbvio:

— Você tem que pensar no Lee-yeon também. Ele só tem dois anos.

— Pois é, né?

Ele sorriu. Então, virou-se e saiu. Fiquei parada no mesmo lugar por um tempo.

Aquele sorriso foi a última mentira de Joo-yeol. Depois, até isso mudou. Nos momentos em que precisava sorrir, fazia uma careta estranha que mal lembrava um sorriso. Olhos rígidos, cantos da boca que pareciam puxados para cima à força, dentes levemente expostos e músculos faciais trêmulos formavam uma expressão que eu nunca tinha visto. Mesmo assim, aceitava aquilo como um sorriso e me convenci de que ele estava bem.

Como não podia tirar folga, Joo-yeol ia sozinho ao psiquiatra todo sábado. Antes de se deitar, sempre tomava os suplementos vitamínicos e os remédios para dormir. Durante a madrugada, quando eu acordava, sempre verificava a respiração dele. Os pulmões estavam em constante movimento. Não sei por que estava preocupada; sua expressão durante o sono não parecia diferente da época em que ele passeava com Lee-yeon. Decidi que sairíamos em família no fim de semana, para nos divertirmos juntos depois de muito tempo.

Mas, na sexta-feira, a rotina foi quebrada novamente. Foi o dia em que a tigela rachada, tão bem remendada, se desfez outra vez. Era tarde da noite, e meu marido ainda não tinha voltado. Como as horas extras haviam se tornado frequentes, presumi que fosse por causa do trabalho. Meia-noite, uma da manhã... Mesmo de madrugada, ele não entrou em contato. Exausta de esperar por ele depois de ter cuidado do nosso filho, acabei caindo no sono por volta das duas da manhã.

— Porra, esses filhos da puta... Todos eles têm que morrer. O presidente, o gerente... As pessoas não podem fazer isso. Não podem!

Acordei assustada com um barulho alto vindo da sala. Era a voz do meu marido. Levantei-me depressa e fui até lá. Vi suas costas cambaleantes no escuro. Embora gostasse de beber, ele sempre foi cuidadoso e nunca fazia barulho. Quando notou minha presença, parou de gritar. Mas falou assim, como se estivesse gemendo:

— Todos... todos têm que morrer. Porra... Po... O que eu fiz de errado...?

— Joo-yeol?

Ele não se virou para olhar para mim. Não consegui ver sua expressão enquanto falava aquilo. Assustada, aproximei-me devagar. Quanto mais perto chegava, mais sentia um cheiro pungente de álcool. Quando toquei seu ombro, ele se sentou. Ainda sem se virar.

— Joo-yeol...

— Vamos dormir...

Falou como se a gritaria não tivesse sido nada de mais. Não havia raiva na voz. Apenas disse em tom seco:

— Vamos dormir.

Aquelas palavras em tom monótono aumentaram minha ansiedade. Agachei-me e tentei virá-lo pelos ombros para olhar seu rosto. Mas ele não se mexeu. Sua cabeça abaixada também se recusava a ser vista.

— Joo-yeol, o que aconteceu? — perguntei com doçura.

Para disfarçar meu choque, agi com ainda mais calma. Ele continuou com a cabeça abaixada e não disse nada. Por um tempo, fiquei agachada ao lado dele, esperando. O relógio marcava três da manhã.

— Vamos pra cama.

Ele falou abruptamente, sem intenção alguma de responder à minha pergunta. Depois disso, levantou-se e foi para o quarto no mesmo instante, sem me dirigir o olhar. Fui atrás, mas, quando cheguei ao quarto, ele já estava estirado na cama, todo coberto. Deitei-me ao seu lado. Ele continuava de costas para mim, e abracei-o suavemente. Junto com o cheiro de álcool, senti um leve tremor. Não havia nenhum som além da respiração irregular. *Ele deve estar muito bêbado. Deve ser porque está bêbado.* Quis acreditar que meu marido estava daquele jeito irreconhecível por causa da embriaguez, pois eu sonhava com outro fim de semana em família, passeando com Lee-yeon.

Mas, de um modo estranho, a expressão perturbadora de Joo-yeol me veio à mente a noite toda. Mesmo sem tê-la visto.

— Fiquei sabendo que a senhora presenciou... a cena.

Ela falou com muita cautela. Ji-an sabia que aquela era uma lembrança que eu preferiria não trazer à tona e estava se esforçando para fazer perguntas. De qualquer forma, como eu estava ali para contar e ela, para ouvir, entendi que eram questões necessárias.

— Tudo foi estranho naquele dia — comecei, apática.

Não conseguia aceitar o horror daquele dia e, justamente por isso, não conseguia expressar nenhuma emoção. Era como assistir a um filme cruel e cheio de sangue que entorpece os sentidos. Descrevi com o máximo de detalhes que pude para que ela também conseguisse sentir aquele horror.

Às 7h30 do dia 28 de julho, o despertador tocou alto várias vezes. Lembro a hora porque estava programado para tocar sempre no mesmo horário. Esfreguei os olhos, me virei para o lado e o vi deitado. Ele não tinha desligado o alarme e ainda estava coberto como na noite anterior. Sacudi-o para acordá-lo.

— Joo-yeol. Vai se atrasar para o trabalho. Levanta logo.

Houve um silêncio.

— Joo-yeol. Eu disse pra você levantar.

— Eu... não estou me sentindo bem.

Sua expressão parecia tensa quando ele puxou o cobertor para cima. Coloquei a mão na sua testa para verificar se estava com febre. Não estava quente. Na verdade, estava gelado. Vendo que não conseguia se levantar, perguntei:

— Está sentindo dor? Quer ir pro hospital?

— Não... Acho que vou me sentir melhor se descansar um pouco.

— E a empresa?

— Eu ligo mais tarde...

Ele nunca tinha faltado ao trabalho por doença. Mesmo quando sua mãe foi diagnosticada com câncer de mama em estágio inicial e passou por uma cirurgia, ele se ausentou por apenas meio período. Era o tipo de pessoa que, mesmo com dificuldade, ia trabalhar e fazia tudo o que precisava fazer. Depois da cirurgia, quando tudo deu certo e ele precisava cuidar da mãe, Joo-yeol me pediu para assumir a tarefa e foi trabalhar. Até para tirar o dia de folga mensal meu marido se adequava ao cronograma da empresa. Por tudo isso, quando ele disse que precisava descansar, não contestei e pensei que seria melhor deixá-lo.

— Então vou preparar o café da manhã. Vamos comer depois. Lee-yeon deve acordar daqui a pouco também.

Houve um silêncio.

Enquanto estava na cozinha, não tirei os olhos do quarto. Assim que saí de lá, ele fechou a porta e não consegui mais vê-lo. Será que estava muito doente? O que tinha? Fiquei cada vez mais preocupada. Ainda assim continuei preparando a refeição, sem dizer nada.

— Joo-yeol.

Quando bati e abri a porta do quarto, encontrei-o ainda deitado na cama. O celular estava virado para baixo, e ele havia puxado o cobertor para cima, cobrindo os olhos com o braço. Aproximei-me e falei, suplicante:

— Vamos pelo menos comer alguma coisa, sim? Mesmo descansando, precisa se alimentar.

— Estou enjoado.

— Está tão mal assim? Quer que eu faça um mingau?

— Não. Só preciso ficar um pouco deitado — respondeu ele sem força, ainda com os olhos cobertos.

Eu não conseguia ver seus olhos para saber o que estava se passando neles. Embora eu estivesse preocupada e quisesse perguntar, preferi não o incomodar. Fiquei o observando por um tempo e, quando estava prestes a dizer algo, ouvi a criança chorando.

— Acho que o Lee-yeon acordou. Fique descansando. Vou lá vê-lo.

Saí rapidamente do quarto. Lee-yeon estava chorando muito, franzindo a testa com toda a força. Segurar e acalmar uma criança chorando era uma tarefa frenética. Chacoalhei o brinquedo, o peguei no colo e o deitei, mas o choro não parava. Então, dei-lhe a papinha bem devagar. Quando enfim terminou de comer, Lee-yeon sorriu alegremente, como se nada tivesse acontecido. Fiquei aliviada por um instante, achando que finalmente a casa ficaria um pouco silenciosa.

Ele ainda não tinha saído do quarto. Senti um aperto no peito de preocupação. Já eram dez da manhã. Não tinha ouvido nenhum telefonema ou palavra e, quando estava prestes a ir até lá, ele saiu lentamente para a sala, ignorou meu olhar de felicidade e foi para o banheiro, como se estivesse me evitando. Dez minutos se passaram. No momento em que ia chamá-lo novamente, a porta se abriu. Ele se sentou no sofá e ficou olhando para a varanda.

— Está se sentindo melhor?

— Estou, sim.

— E o trabalho?

— Já avisei.

Ele não olhou para mim. Nem prestou atenção em Lee-yeon, que estava rindo e balançando um brinquedo. Ficou apenas fitando a varanda, apático. Mesmo vendo-o assim, meus olhos se voltavam para Lee-yeon. Meu filho queria atenção. Na sala onde toda a família estava reunida, só se ouvia o arrulhar da criança.

— Vou sair um pouco.

— Aonde você vai?

— Só vou dar uma volta — disse, levantando-se.

Concordei prontamente, na esperança de que isso melhoraria seu humor. Falei que podia ir tranquilo, que eu ficaria tomando conta de Lee-yeon. No dia a dia, enquanto Joo-yeol trabalhava, eu e Lee-yeon ficávamos sozinhos, então não havia motivos para tristeza. Meu marido passou por nosso filho e por mim e se dirigiu para a porta. Ao espiar a entrada, vi que ele estava de chinelos.

Chinelos...

Fiquei com uma sensação estranha, mas ignorei porque achei que ele estava apenas indo dar uma caminhada pela vizinhança.

O som de seus passos ecoando pelo corredor se distanciava cada vez mais. Olhei outra vez para Lee-yeon. Ele estava sorrindo, segurando um brinquedo. Sorri de leve também. Como estávamos sozinhos, parecia um dia normal, como quando meu marido saía para trabalhar. Observei a criança, sorrindo como sempre, e verifiquei a hora. Eram 10h40 da manhã. Achando que Joo-yeol devia estar perto da loja de conveniência na esquina, pensei em pedir para ele comprar um leite na volta.

— Aaaah!

Um grito alto veio lá de fora. Fiquei tão assustada que acabei deixando uma xícara cair. Graças ao tapete, ela não se quebrou, mas rachou. Por precaução, limpei os cacos minúsculos e fui até a varanda ver o que estava acontecendo. Quando me inclinei um pouco sobre o guarda-corpo e olhei para baixo, observei um grupo reunido. A visão do oitavo andar era muito ruim, mas parecia que alguém havia caído. Não dava para saber se o que escurecia o chão era sangue. Com um pressentimento ruim, liguei para Joo-yeol.

Bzzz, bzzz.

Ouvi uma vibração dentro de casa. Segui o som até o quarto e vi o celular virado para baixo. Tomada pela ansiedade, corri para fora de casa e chamei o elevador, que subiu lentamente até o meu andar. Assim que a porta se abriu, apertei o térreo e fiquei pressionando o botão de fechar. O elevador desceu na mesma velocidade com que subiu, indiferente aos meus sentimentos. Quando a porta se abriu, corri para o lugar que vi do oitavo andar. Para onde as pessoas estavam reunidas.

Então eu vi. As pernas dobradas em um ângulo impossível, o chão encharcado de sangue. Uma cabeça, com o rosto do meu marido, esmagada. Sangue escorrendo pela boca. A mesma boca de onde o sorriso desaparecera. Minha visão ficou turva. Mesmo quando ouvi a sirene e vi a polícia e os socorristas tentando controlar a situação, não disse uma palavra sequer. Minhas pernas estavam bambas. Não lembro se acabei me sentando, mas um policial que estava lá veio até mim e perguntou o que ele era meu.

— Meu... marido...

Não me recordo de mais nada depois disso. Nem sei quando todo o sangue foi retirado do local.

— Então... conto com seus serviços.

— Vou fazer tudo o que estiver ao meu alcance.

Quando vi sua expressão séria, tive muita vontade de confiar em Ji-an. Quis acreditar que ela conseguiria resolver a situação. Que tinha abraçado minha história e entendido como eu me sentia. Como sinal de confiança, ela pôs a mão sobre a minha. Estava quente. Aquele era um lugar onde eu gostaria de nunca ter ido, mas senti que de alguma forma era onde eu deveria estar.

Duas semanas se passaram. Nesse meio-tempo entreguei o celular do meu marido ao centro, porque disseram que precisariam investigar os registros de contato. Além disso, encontrei-me com o advogado, segui me preparando para a audiência do recurso e protestei sozinha todos os dias em frente à empresa em que Joo-yeol trabalhava. A rejeição do seguro de uma construtora de médio porte, o recurso e o protesto ganharam força e foram divulgados na mídia.

Funcionário da construtora XX comete suicídio.
Seguro por acidente de trabalho negado,
recurso em andamento.

A matéria, clara e objetiva, foi escrita com base na minha entrevista. Transferência de departamento. Trabalho excessivo. Alguns veículos de comunicação abordaram problemas no sistema da empresa, mas a maioria se concentrou no "suicídio" e no "seguro por acidente de trabalho". Eram artigos sobre até que ponto o suicídio deveria ser tratado como um acidente laboral. Não compreendiam os sentimentos de uma família enlutada nem o motivo pelo qual a morte do meu marido precisava ser reconhecida como um acidente de trabalho. Estavam criando uma polêmica social.

"Vadia louca por dinheiro. Tsc, tsc."

"Não deveria estar de luto em vez disso?"

"Ele morreu causando problemas para os outros. Que cara de pau pedir seguro por acidente de trabalho!"

Independentemente de que lado estivesse a opinião pública, os comentários eram semelhantes. Vadia interesseira. Suicídio que prejudica os outros. Um ser humano fraco. Ele ia se suicidar de qualquer jeito... Quando via os comentários, tinha vontade de vomitar. Fiquei revoltada. Diriam a mesma coisa se perdessem alguém da própria família? Seriam capazes de aceitar que, por serem fracos demais, cometeriam suicídio mais cedo ou mais tarde? Se alguém próximo dessas pessoas tirasse a própria vida, iriam apenas criticar também, sem nem mesmo sofrer? Eu não podia desmoronar. Não podia deixar que julgassem meu marido assim. Tinha que vencer o caso. Precisava provar. Para eles. Para aquela sociedade.

Como em todos os outros dias, também me vesti para o protesto solitário. Deixei meu filho na casa da vizinha e peguei o cartaz no qual se lia a frase CONSTRUTORA XX ASSASSINA escrita em letras grandes e vermelhas. Em tamanho um pouco menor, havia imagens de Joo-yeol antes da morte.

Enquanto tirava o cachecol do armário, ouvi o telefone tocar.

— Olá, senhora Yeon-ah Song. Aqui é Ji-an Kang, do Centro de Autópsia Psicológica.

Como na outra vez, a voz tinha um tom baixo. Assim que a ouvi, senti um aperto no peito. O resultado teria saído? Qual seria? Consegui manter a calma e respondi com dificuldade:

— O resultado saiu?

— A senhora poderia vir ao centro? Gostaria de falar pessoalmente.

— Quando posso ir?

— Quando for melhor para a senhora... Ah, mas se vier hoje, poderia chegar antes das 10h30?

Ela pareceu ter adivinhado o que estava se passando pela minha cabeça. Não queria desperdiçar nem um dia sequer. Queria saber o que ela tinha a dizer o quanto antes. Como tinha deixado meu filho na casa da vizinha, pensei em ir logo. Enquanto segurava o telefone e colocava o cachecol xadrez, falei:

— Acho que vou demorar uma hora...

— Tudo bem. São umas nove horas agora. Vejo a senhora em breve, então.

— Sim, estou saindo agora.

— Por favor, venha com cuidado.

Assim que desliguei, fiquei parada por um momento. Ao lado do armário, estava o cartaz que levaria comigo ao protesto.

Olhando em volta, vi a cama onde Joo-yeol ficou sofrendo. Um pouco mais ao lado, uma janela com cortinas cinza-escuro. Só então percebi que havia um feixe de luz estreito entrando pela fresta. Permaneci parada e observei-o. Observei a poeira pairando no ar. Ela se levantava, pousava, levantava-se e pousava. Depois de ver aquelas partículas que lembravam o pólen vagando na primavera, comecei a me mover. *Preciso manter a mente atenta.* Recitei isso para mim mesma, como um mantra.

No metrô, não pensei em nada. Não me preocupei se o resultado culparia ou favoreceria Joo-yeol. Me mantive desapegada e neutra. Confiava no meu marido e, embora não a conhecesse direito, confiava em Ji-an também. Claro, a segunda era uma crença sem fundamento. No entanto, não havia como não confiar nela, com seus olhos penetrantes, sua voz calma, sua delicadeza e sua presença adequadamente séria.

Quarto andar. Também não senti nenhuma emoção subindo a escada. Não houve a tensão nem o nervosismo da primeira visita. Apenas me concentrei em subir os degraus. De uma forma ou de outra, os resultados já deviam ter saído.

Quando parei na frente da porta de vidro, Ji-an já estava ali, abrindo-a. Parecia ter reconhecido o som dos meus passos.

— Seja bem-vinda.

— Obrigada.

Com naturalidade, ela me levou direto para a sala de consulta. Carregava o que parecia ser uma pilha de documentos. Quando me sentei, houve um silêncio ao qual já tinha me acostumado um pouco. Ela se sentou à minha frente, observando minha expressão.

— Como tem passado?

— Protestei, cuidei do meu filho e me preparei para a audiência do recurso.

— Vimos a matéria. A senhora deve ter ficado muito chateada...

— Não tem como não ficar...

Ela parecia ter lido cada um dos comentários a meu respeito. Não tinha como não ter visto, afinal, havia uma infinidade de críticas a mim e a Joo-yeol. Tentei disfarçar meus sentimentos, fingindo não ligar para isso. O que importava mesmo era o resultado da autópsia psicológica.

— Realizamos entrevistas adicionais. Gostaria de ver primeiro o relatório da autópsia psicológica?

— Gostaria, sim.

Ela pegou um dos documentos e o estendeu para mim. Estava repleto de texto. Ela esperou que eu terminasse de ler sem dizer nem uma palavra. Li com atenção, processando cada palavra e frase.

Relatório de autópsia psicológica

Nome: Joo-yeol Kang

Idade: 36 anos

Data de falecimento: 28 de julho de 2022

Resumo do caso: Queixou-se de depressão aguda e, um mês antes de cometer suicídio, relatou estar com insônia e ansiedade. Recebeu tratamento psiquiátrico, porém em vinte e oito de julho de dois mil e vinte e dois faltou ao trabalho sem aviso prévio, disse que precisava sair por um tempo e pulou do telhado do prédio em que morava, suicidando-se.

Processo, criação e tendências: A vítima de suicídio (Ju-yeol Kang, trinta e seis anos) era filho único e cresceu em situação econômica difícil, mas recebeu muito carinho dos pais. O pai trabalhava no setor de logística e a mãe era uma dona de casa com personalidade meticulosa. Seu histórico escolar e de vida era excelente. Apresentava, portanto, um perfil exemplar, um forte senso de responsabilidade e tendências perfeccionistas. No geral, não apresentou evidências de qualquer transtorno mental subjacente em sua vida, e nenhuma característica incomum (transtorno de personalidade) foi observada.

Fatores de estresse: Depois de ser empregado em uma construtora na segunda metade de seus vinte anos, trabalhou com dedicação, sem mudar de emprego, e não se queixou de grande estresse relacionado ao trabalho até três meses antes de tirar a própria vida, mesma época em que foi transferido de departamento, assumindo injustamente a responsabilidade por um erro interno relacionado a um acidente. Fazia horas extras com frequência (mais de sessenta horas trabalhadas por semana) e passava por estresse desencadeado pela mudança de departamento, que gerou um sentimento de incompetência frente ao trabalho desconhecido. Há relatos, ainda, de que tenha sido verbalmente agredido dentro da empresa. Acredita-se que o suicida, que tinha tendências perfeccionistas, tenha lidado com um grande sentimento de fracasso ao assumir os erros cometidos internamente e que seu forte senso de responsabilidade o impediu de pedir demissão, por ser o único provedor da família. Ao mesmo tempo, é provável que a impossibilidade de exercer sua função devido à mudança de departamento possa ter gerado um sentimento profundo de incompetência, levando ao comportamento suicida.

Parecer final: Considerando os detalhes da investigação, é concluído que se trata de um caso de depressão e estresse relacionado às tendências perfeccionistas do suicida e desencadeado por fatores externos, como mudança repentina de ambiente de trabalho, transferência injusta de departamento, carga horária excessiva e assédio moral na empresa, e não por problemas temperamentais. Os impulsos suicidas parecem ter sido desencadeados por tais circunstâncias.

Plano de prevenção: Para estabelecer um plano de prevenção ao suicídio, é necessário auditar o funcionamento do serviço de aconselhamento interno e a violência psicológica dentro da empresa. Considerando que, apesar do tratamento psiquiátrico, não foram tomadas medidas antes do suicídio, parece ser necessário fazer melhorias, como fornecer educação preventiva, tratamento e atividades de proteção para pacientes com tendências suicidas.

<anexo_relatório de autópsia> <anexo_entrevista1> <anexo_entrevista2> <anexo_registros de contato> <anexo_ficha de teste psicológico e conteúdo da consulta>

— Isso é...

Depois de ler os resultados, a primeira coisa que me veio à mente foram as costas dele. As costas dele indo para o trabalho. As costas dele bêbado e sentado. As costas dele no último dia, saindo de casa de chinelos. Enquanto várias imagens das costas dele vinham à mente, uma questão surgiu. O que seria aquela transferência injusta de departamento, a agressão verbal? Por quê? Por que ele não me contou? O que ouviu? Quando as palavras me fugiram, Ji-an falou:

— Se a senhora ler, vai saber, mas para explicar melhor: de acordo com as entrevistas, houve um acidente de segurança em uma empresa terceirizada. Para evitar ser responsabilizada, a empresa culpou seu marido e o transferiu injustamente para outro departamento, que era de trabalho de campo... Gostaria de ler este documento?

Ela tirou algumas folhas da pilha de papéis e me entregou. Era o registro de uma entrevista anônima.

Texto completo da entrevista sobre Joo-yeol Kang com o senhor A.

Conselheira: Como era seu relacionamento com Joo-yeol Kang?

Anônimo: Acredito que éramos bem próximos. Nos intervalos, fumávamos juntos, conversávamos sobre nossos filhos, sobre a vida, e às vezes bebíamos depois do trabalho.

Conselheira: O que o senhor acha da morte de Joo-yeol Kang?

Anônimo: Bom, como posso dizer? Sinceramente, me pergunto se precisava chegar ao ponto de cometer suicídio. Claro que é triste quando alguém morre. Trabalhei com ele por muito tempo. É ainda mais lamentável quando penso em todo o trabalho que ele fez até então.

Conselheira: O que aconteceu na empresa?
Anônimo: Joo-yeol Kang era muito meticuloso e dificilmente cometia erros. Mas uma vez acabou cometendo. Houve um acidente nas instalações do terceirizado. Para ser sincero, foi só um acidente de segurança em que alguém se machucou, mas, enquanto tentávamos descobrir quem era o responsável, foi revelado que Joo-yeol havia cometido um pequeno erro no projeto e, portanto, a culpa era dele. Na época, aquilo deve ter marcado ele, e foi transferido para outro departamento pouco tempo depois. E ainda por cima para o trabalho de campo.

Conselheira: Sabe como ele ficou depois que mudou de departamento?
Anônimo: Isso é algo que só os funcionários sabem. Mas o trabalho de campo nesta empresa é um inferno. Qualquer erro é motivo de xingamento, um atrás do outro. Pelo que soube por outro funcionário, como ele trabalhava apenas com projetos antes e foi parar no campo, ficaram falando que só tinha um cargo alto, mas não sabia fazer nada, e o pressionaram muito. Na prática, a empresa também tinha mandado Joo-yeol lá para expulsá-lo, sabe? Mas ninguém deve ter imaginado que ele iria se suicidar... Enfim, acho que a empresa tem grande parcela da culpa também.

Conselheira: Que tipo de pessoa Joo-yeol Kang era no dia a dia, no ambiente de trabalho?
Anônimo: Bom, como eu disse, era bem meticuloso. Dedicado a ponto de nunca chegar atrasado. Se tivesse que fazer hora extra, fazia sem reclamar. Digamos que, de modo geral, era bem responsável. Mesmo quando outras pessoas empurravam trabalho para ele, aceitava sem dizer nada. Eu até o aconselhava a recusar um pouco. Nesse aspecto, ele era um pouco mole também.

Conselheira: Então, o senhor sabe detalhes sobre o que Joo-yeol Kang ouvia depois de mudar de departamento?
Anônimo: Existe um site interno. Já vi insultos postados lá direcionados para Joo-yeol. Diziam que era um idiota que só estudou e não sabia trabalhar. Que nunca acertava, por mais que mandassem refazer. Chamavam-no de retardado, parasita imprestável, coisas assim. O nome de Joo-yeol não era mencionado, mas me pergunto quantas pessoas foram transferidas da equipe de projetos para cargos de campo. Assim que vi, pensei que era sobre Joo-yeol. Depois do que aconteceu, devem ter apagado tudo. Já que virou notícia.

Conselheira: Há algo que quero muito perguntar. Como Joo-yeol Kang poderia ter sido salvo?
Anônimo: Se a empresa tivesse admitido que foi um problema de segurança quando houve o acidente com vítimas, Joo-yeol não teria sido realocado para o trabalho de campo. Mesmo que não fosse o mais competente, ainda era um funcionário dedicado. No

entanto, se a empresa tivesse admitido um problema de segurança, precisaria assumir a responsabilidade. Eles precisavam de alguém para ser responsabilizado ou levar a culpa, e Joo-yeol estava no lugar errado na hora errada. Eu sinceramente entendo ele não ter pedido demissão, também sou pai de família.

Coisas que Joo-yeol não podia dizer, coisas que ele escondeu, tudo isso estava no registro de conversas. A empresa foi mais cruel do que eu pensava. Ele enfrentou tudo sozinho. Sem o amparo de ninguém. Enquanto minha cabeça girava, ela concluiu:

— Por questões de privacidade, mantivemos o anonimato e foram excluídas partes que pudessem identificar o entrevistado, mas é o registro de uma entrevista real. A pessoa que respondeu às perguntas também concordou em dar acesso à senhora. Isso também mostra que a morte de Joo-yeol Kang não é culpa sua.

— Por que...

Por quê? As palavras escaparam. Do nada. Talvez surpresa com minha reação, ela esperou em silêncio que eu continuasse.

— Então, por que ele abandonou a família...?

Houve um silêncio.

— Se estava tão difícil, podia ter falado algo. Podíamos ter conversado e enfrentado a situação juntos. Por que me abandonou, abandonou nosso filho? Ele não estava sozinho, Joo-yeol não estava sozinho... Sempre pensei que estávamos juntos, por que...

— Senhora Yeon-ah Song.

Ji-an falou meu nome com firmeza. Como quem tem algo a dizer. Eu não tinha coragem para fazer contato visual com ela. Mas ela repetiu meu nome novamente e a encarei. Ela falou em um tom muito calmo:

— Quer dar uma volta comigo?

— Como...?

Ela se levantou com calma e me ajudou a me levantar também. Saímos da sala de consulta e descemos a escada. Perplexa, perguntei enquanto a seguia:

— Aonde estamos indo?

— Logo ali na frente.

Ela caminhou em direção a uma esquina próxima ao prédio. Uma cabine telefônica surgiu de repente em uma encosta baixa. Olhando para além dela, só consegui ver algumas casas de vila e um muro de pedra. Perguntei-me se era para lá que estávamos indo, até que paramos perto da cabine. Só de olhar, já dava para ver que era antiga. Fiquei me questionando se ainda estava funcionando e se alguém a utilizava. Havia vários adesivos promocionais colados desordenadamente no vidro.

— Quer ligar para o seu marido? São dez e quarenta da manhã, então a senhora provavelmente ainda vai conseguir ouvir a voz dele.

— O que significa isso...?

O comportamento dela era tão incompreensível que não tive outra escolha senão perguntar:

— O que você está fazendo?

Mas ela respondeu muito seriamente, como se tudo fosse real:

— Não consigo explicar muito bem, mas dentro dessa cabine, se a pessoa era de fato especial e estiver precisando muito, vai ser capaz de ouvir os sentimentos finais do falecido.

Como só pode ser ouvido no momento exato do falecimento, pedi à senhora que viesse neste horário. Nem sempre dá certo. O falecido precisa querer transmitir seus sentimentos uma última vez. Não sei quanto aos outros, mas a senhora deve conseguir ouvir, já que era a pessoa mais querida e amada pelo senhor Joo-yeol Kang.

Houve um silêncio, e ela continuou:

— Por favor, acredite em mim, mesmo que pareça absurdo. Às vezes, coisas inacreditáveis acontecem no mundo.

Ela falou com tanta seriedade que fiquei mexida. Seria verdade? Eu conseguiria mesmo ouvir os últimos sentimentos dele? Seria possível que algo tão inacreditável acontecesse? Mas ele faleceu de repente. Cometeu suicídio. No meu mundo, isso também era absurdo. Não seria estranho que mais um absurdo como esse fosse real. Na verdade, independentemente da veracidade, eu queria acreditar em qualquer coisa. Desde que meu marido partira, não conseguia crer em mais nada. Nem mesmo na verdadeira intenção de Joo-yeol ao escolher tirar a própria vida, apesar de eu ter confiado nele.

Quando peguei o fone antigo, que parecia ter mais de vinte anos, minha cabeça latejou. Desde o falecimento do meu marido, não liguei mais para ele, mas ainda lembrava seu telefone. Naquele lugar estranho, disquei os números familiares.

010-XXXX-XXXX

Antes de apertar o botão de chamada, respirei fundo. Senti-me tola por querer acreditar naquela bobagem. *Vou descobrir se eu ligar. Se o que ela disse é verdade.* Apertei o botão e esperei. O plano de telefone dele já tinha sido cancelado, mas um tom soou.

De onde vinha a ligação? Intrigada, continuei esperando. Então, de repente, ouvi um clique. Era a voz do meu marido.

> Sinto muito, Yeon-ah. Eu queria ver Lee-yeon sorrir até o fim. Queria proteger o seu sorriso e o dele. Enquanto o observava crescer, imaginei o dia em que ele alçaria os próprios vocs Mas continuo querendo ir embora mesmo assim. É doloroso demais. . Simplesmente não estou aguentando mais. Sabe de uma coisa? Sei que posso fugir, poderia fazer isso. Mas não tenho coragem. A ideia de não poder fugir me faz sofrer ainda mais. Por não conseguir colocá-la em prática, mesmo sabendo que posso. Acho que seria mais fácil morrer. Não consigo me livrar desse pensamento. Se eu for embora e você encontrar alguém melhor, talvez seja bom para você e para Lee-yeon. Em vez de um imprestável como eu viver e fazer vocês sofrerem, pode ser bom para Lee-yeon conhecer alguém melhor, já que ele ainda é pequeno. Sinto muito por ser um marido incapaz de cuidar da família, por ser um pai assim. Encontre alguém melhor. Vocês merecem ser felizes. Se eu sumir, será melhor para a família... Obrigado por confiar em mim até agora e por ser minha família.

Enquanto sua voz fluía, não conseguia pensar em nada. Aquela voz, que ouvia ao telefone pela primeira vez em muito tempo, tinha a mesma entonação única que só eu conhecia. Não era uma gravação; eu nunca tinha ouvido ele dizer isso quando estava vivo. Numa situação absurda, palavras sem sentido fluíram. Que seria melhor se ele morresse. Que nós viveríamos melhor sem ele. A voz dele falou por cerca de três minutos e parou. Olhei para ela, confusa.

— Esses são os últimos pensamentos do senhor Joo-yeol Kang. Ele queria que a senhora, mais do que ninguém, soubesse disso.

— Como... como isso é possível?

— Provavelmente porque tanto quem ligou quanto a pessoa que queria falar seus sentimentos desejavam muito que isso acontecesse. Coisas absurdas acontecem às vezes.

— De novo... Eu quero ouvir de novo!

— Infelizmente o momento já passou. O horário em que ele partiu.

Depois, apenas para confirmar, disquei o número do meu marido no celular e apertei o botão para chamar. No entanto, ouvi a resposta automática:

— O número chamado não existe...

Quando contei isso, ela respondeu com calma:

— Também tentei, mas só esse telefone público conecta. E nem todos conseguem ouvir, mesmo ligando dele. Pode parecer estranho, mas acho que é um fenômeno criado por um desejo muito forte.

Houve um silêncio, e Ji-an continuou:

— A razão pela qual falei coisas absurdas e fiz a senhora ouvir os sentimentos do senhor Joo-yeol Kang é que, assim como a senhora desejava desesperadamente saber o que ele sentia, a pessoa para quem ele mais queria transmitir os sentimentos dele era a senhora.

Ela explicou passo a passo, para que eu entendesse.

— Todas as pessoas que acabam cometendo suicídio sofrem de estresse e depressão extremos. Quando se está deprimido, é difícil pensar racionalmente. É como uma criança abandonada em um lugar desconhecido. Mesmo nessa situação, o senhor Joo-yeol Kang tentou continuar trabalhando na empresa, pela sua família.

Ela finalizou afirmando de forma clara:

— O senhor Joo-yeol Kang não abandonou a senhora e seu filho. Ele apenas se sentiu incapaz e achou que não servia para nada, nem mesmo para vocês. Foi por isso que pensou que era melhor deixar de existir. Na cabeça dele, para que a senhora e seu filho vivessem bem, precisariam ter a oportunidade de conhecer alguém melhor do que ele.

O rosto de Joo-yeol me veio à mente. Um sorriso igual ao de Lee-yeon. Um sorriso puro. A pessoa de quem ela estava falando era o Joo-yeol que eu conhecia, com um forte senso de responsabilidade e cuidado com a família. Não dava para acreditar. Nem naquele sorriso estranho que ainda permanecia na minha cabeça, nem no suicídio. Eu me perguntei quem era o verdadeiro Joo-yeol. Mas, no fim das contas, era tudo ele.

— Eu sei, a senhora provavelmente não concorda. Porém, dada a situação em que se encontrava, Joo-yeol Kang acreditava que era a escolha certa para todos. Por isso, espero que não pense que ele estava sozinho, ou que a senhora foi abandonada. Vocês dois estavam... querendo o bem um do outro.

Houve um silêncio, e ela continuou:

— Foi difícil para o seu marido, pois ele amou a família de vocês até o fim.

Obrigado por confiar em mim até agora e por ser minha família.

A última frase ecoou em minha mente, e cerrei os punhos. Queria me agarrar a alguma coisa. Quando fechei os olhos, as lágrimas caíram, uma por uma, no dorso da minha mão. Uma pessoa tola, que sofreu tanto. Meus sentimentos por ele foram mudando de ressentimento para compaixão. Deve ter sido tão difícil. Tão dolorido. Ele provavelmente se esforçara tanto para tentar resolver sozinho... Eu queria dizer para Joo-yeol que gostaria de ter dividido com ele o fardo que carregou. Ter resolvido junto com ele os problemas que enfrentou, um por um. No entanto, ele estava em um lugar onde não podia mais me ouvir. Porque eu, ou melhor, ninguém sabia o que estava se passando no coração dele.

O choro foi ficando cada vez mais intenso. Quando estava prestes a diminuir, eu ainda estava na cabine telefônica, e ela me perguntou:

— O que a senhora planeja fazer agora?

Ao ouvir essas palavras, pensei que deveria viver. Viver, independentemente do que custasse. Ia sobreviver àquele momento por ele e pelo meu filho. Eu não podia me afundar para sempre em tristeza ou raiva. Sem vacilar, encarei-a e disse:

— Temos que enviar esses documentos ao tribunal. Se eu perder, recorro novamente. Vou até o fim. Pelo meu filho.

— Vou torcer pela senhora.

Quando ela segurou minha mão, senti algo mais profundo que calor. Ji-an não tinha dúvidas de que eu seguiria em frente. Acreditava que, de alguma forma, superaria tudo aquilo e sobreviveria. Também segurei a mão dela com essa sensação em mente. Que eu viveria. Que seria mais forte que aquilo. Os sentimentos que transmitimos entre nossas mãos não podiam ser traduzidos em palavras. Ela acolheu tanto a vida de Joo-yeol quanto a que me restou.

Entreguei o relatório da autópsia psicológica ao meu advogado e prossegui com o recurso. No entanto, o que parecia que teria um fim rápido acabou se arrastando. Só de olhar os documentos, dava para ver claramente que a culpa foi da empresa, mas a construtora continuou a levantar contra-argumentos. Embora tenha contado uma história ridícula para se isentar da responsabilidade, o tribunal também acatou a versão da empresa. O advogado disse que o processo levaria muito tempo. Talvez anos. Mesmo recorrendo, havia a possibilidade de o seguro por acidente de trabalho não ser aceito. Ele então me perguntou:

— O que você vai fazer?

— Vamos continuar.

Minha determinação não mudou. Porém, pensei um pouco sobre o que restaria após um longo recurso. E se concluíssem que foi por motivos pessoais? E se o seguro por acidente de trabalho não fosse aprovado? Eu sabia muito bem que, independentemente do resultado, meu marido não voltaria. Durante os anos de tramitação do recurso, meu filho continuaria crescendo. Como explicar tudo para ele? Se fosse acidente de trabalho, eu poderia dizer que foi responsabilidade da empresa, mas e se não fosse? Que tipo de vida teríamos? A vida depois de perder o processo? Nesse momento, o rosto dela me veio à mente. O rosto de quem provavelmente já tinha visto muitos suicídios.

Não voltei lá por causa dele, mas sim por mim.

— Ah... Oi.

Quando abri a porta, Sang-woo me cumprimentou alegremente. Como não perguntou quem eu era, devia se lembrar do meu rosto. Ji-an, que estava sentada em uma cadeira de escritório, pareceu surpresa ao me ver. Falei sem jeito:

— Desculpe ter vindo sem avisar...

Pretendia ligar, mas não sabia o que dizer, então resolvi ir assim mesmo. Pensei que ela me entenderia. Como imaginei, ela sorriu na hora, disse que estava tudo bem e me guiou até o sofá onde me sentei na primeira visita.

— Fiquei um pouco surpresa, sim. Não esperava vê-la hoje. Como vai o processo? — perguntou, me oferecendo uma xícara de chá quente.

Quando notei seu leve sorriso, fiquei mais à vontade. Ela parecia disposta a ouvir o que eu tinha a dizer. Depois de respirar fundo, falei:

— Na verdade, o processo está bem lento. Não sei quanto tempo mais vou ter que esperar. Pode levar um ano, dois ou até mais. O advogado disse também que o material que a senhora preparou seria útil, mas que pode ser difícil porque é muito raro um caso de suicídio ser reconhecido como acidente de trabalho. Ele está tentando, mesmo sabendo que tem poucas chances...

— Ah...

A pena que ela sentiu foi expressa apenas naquele "ah". Sorri amargamente e continuei:

— Protestei, fiz petições, tentei de tudo, inclusive com os processos judiciais. Mas, enquanto esperava e remoía a ideia de que pode não dar certo, pensei em algo que queria perguntar à senhorita... Então resolvi aproveitar que estava pelo bairro e dar uma passadinha. Achei que talvez teria uma resposta. É engraçado, não é?

— Não, de jeito nenhum. Você pode vir aqui sempre que precisar.

Quando ela sorriu, reparei em suas covinhas suaves. Percebi que ela não dera um único sorriso largo desde que começara a me atender. Talvez não sorrisse muito por causa do trabalho. Desviei o olhar por um momento para a grande janela e observei as casas baixas sob o céu claro. Sempre achei incrível o fato de todas as pessoas que moravam nelas estarem "vivas". Naquele momento, eu também estava.

Voltei a encará-la e fiz a pergunta que me levou até lá:

— Como vivem as outras famílias enlutadas que foram estigmatizadas pelo suicídio?

— Você quer saber sobre a vida das famílias de quem cometeu suicídio?

Ela pareceu estranhar meu questionamento repentino. Então expliquei como me sentia, assim como ela me explicara os sentimentos do meu marido no outro dia:

— Pode parecer uma pergunta estranha, mas fiquei pensando muito sobre isso. Se a morte de Joo-yeol for considerada apenas um suicídio e não um acidente causado pela empresa... Se ele for rotulado como um suicida... Como meu filho e eu vamos viver? Continuo na luta, mas sei que isso vai ter um fim. Comecei a pensar sobre o que faria se, nesse dia, o resultado for suicídio. Por isso resolvi perguntar a você.

Mesmo depois de ouvir tudo que eu disse, ela não respondeu de imediato. Me encarou com tristeza por um tempo. Provavelmente já conhecera várias pessoas como eu, então não entendi por que parecia tão triste. Esperei a resposta, disposta a aceitar qualquer coisa que ela dissesse.

— Ninguém pode ser estigmatizado, e o suicídio também não deve ser. Tudo o que a senhora está fazendo agora é lutar por uma vida sem estigma. Está tentando provar que o suicídio não deve ser motivo de julgamento e que não é culpa de uma única pessoa. Mesmo que o caso não seja reconhecido como acidente de trabalho, ninguém tem direito de estigmatizar seu falecido marido nem a senhora. Isso também vale para outras pessoas que cometem suicídio e para suas famílias enlutadas. O que importa não é a causa da morte, e sim a perda de alguém querido. Acredito que todos nós, cada qual em sua posição, fazemos o possível para desenvolver essa consciência.

Houve um silêncio, e então ela continuou:

— Mesmo que o processo termine, há muitas coisas que a senhora pode fazer. Trata-se de romper com o preconceito em relação ao suicídio e criar um mundo onde a tristeza de perder alguém seja plenamente aceita. Outras famílias enlutadas por suicídio também vivem assim.

Refleti sobre suas palavras. Eu via outras pessoas que cometeram suicídio e suas famílias enlutadas como iguais? Ou achava que meu caso era diferente? Elas também deviam estar ressentidas, arrependidas e tentando seguir em frente de alguma forma. Torcendo para que sua dor fosse plenamente compreendida.

Não eram diferentes de mim. Mesmo que eu perdesse o processo, minha missão seria a mesma. Mostrar a Lee-yon que Joo-yeol era um pai dedicado, de quem não deveria se envergonhar. Essa era minha missão para o futuro.

Antes de sair do centro pela última vez, fiquei cara a cara com ela. Seu rosto calmo e gentil chamou minha atenção. Embora não fôssemos parecidas, senti que compartilhávamos alguns sentimentos. Seria por causa das coisas que ela disse?

— Obrigada.

— Se tiver alguma dificuldade, pode nos visitar a qualquer momento. Se tiver boas notícias, também.

Após essas palavras, ela estendeu a mão para mim. Notei que suas mãos eram menores do que eu pensava. Segurei aquela mão pequena e abri um sorriso gentil. Em seguida, ela perguntou:

— Por acaso a senhora tem vontade de ouvir a voz de Joo-yeol Kang outra vez?

— Não... Agora que eu sei como ele se sentia, acho que não atenderia a ligação. Deve querer que eu viva o futuro com Lee-yeon.

— Vocês dois têm um relacionamento maravilhoso.

— A senhorita também deve ter alguém assim, diretora. Alguém tão precioso que faz a senhora não querer desistir, né?

Em vez de responder, ela deu um sorriso amargo. Acrescentei que falei bobagem, mas ela logo mostrou um sorriso impecável e disse que estava tudo bem. Mas não respondeu. Achei melhor não insistir.

Enquanto saía do centro, Ji-an e eu fomos nos afastando cada vez mais. Olhei para a frente. Agora que eu estava sozinha, teria de fazer tudo por conta própria. Ela também sabia disso. Cada pessoa tem um papel a cumprir. Na rua arborizada, entre as brechas estreitas, os primeiros botões de flores desabrochavam.

Anos depois, quando li um artigo dizendo que foi aprovado um projeto de lei que regulamentava comentários em notícias relacionadas a suicídio, pensei nela novamente. O artigo dizia:

> De acordo com Ji-an Kang, diretora do Centro de Autópsia Psicológica, (...) visando garantir uma vida saudável para as famílias enlutadas, o Centro de Autópsia Psicológica vem solicitando desde 2022 um projeto de lei para regulamentar comentários em notícias relacionadas a suicídio.

2

SEM DIREITO DE ACUSAÇÃO

— Obrigada. Queria muito te agradecer.

— Então foi por isso que você veio. Eu que agradeço.

Estava sem fôlego. As cortinas blecaute grossas deixavam o lugar completamente escuro, tanto de dia quanto à noite. Como a quitinete era pequena e gélida, estava enrolada em um cobertor quentinho, sentindo frio no rosto. Qualquer parte do corpo fora da coberta, mesmo que apenas os dedos dos pés, era atingida sem piedade pelo ar gelado. Não sabia como estava a temperatura lá fora, mas meu nariz já estava ficando dormente. O celular antigo exibia um número desconhecido:

02-XXX-XXXX

O número discado na tela do celular me encarava. A luz verde do aparelho era a única coisa que iluminava o local. *Devo apertar o botão para chamar? Ou não? Vou apertar. Não, não vou.* Enquanto pensava nisso, a tela apagou, entrando no modo de bloqueio. Acendi a tela novamente e encarei o número. *Basta pressionar. É só apertar o botão.* Por mais que minha mente gritasse comigo, não consegui fazê-lo. A tela apagou outra vez. A escuridão chegou.

Me cobri inteira, até a cabeça, mas o quarto estava tão escuro que não fazia diferença. Me encolhi embaixo da coberta na tentativa de esquentar meu rosto. A cada respiração, o calor subia. *Será que continuava sem fôlego porque não havia ar ali, ou porque me faltava coragem?* Desbloqueei a tela do celular de novo, mas não fui capaz de fazer mais do que isso. Eu não sabia o que dizer. Não sabia o que ouviria e fiquei com medo. Senti que ninguém acreditaria que aquilo era real. Ninguém estava do meu lado.

Não sei quando caí no sono. No meio da escuridão, perdi totalmente a noção do tempo. Por quantas horas dormi? Não lembrava como adormecera. Não importava quantas vezes por dia dormisse. Aliás, era melhor assim. Só durante o sono conseguia esquecer a realidade. Quando abria os olhos, ela desabava sobre mim como uma cachoeira junto com as lágrimas. Se eu pudesse fugir de tudo aquilo, não abriria os olhos nunca mais. Torci para que ninguém me encontrasse.

Bzzz, bzzz.

Ouvi uma vibração. Todo o meu corpo estremeceu. Não havia nenhuma notificação no celular. Parecia que havia outro aparelho vibrando em algum lugar da casa. Um som que não era meu. Só eu o ouvira? Não havia ninguém para perguntar. Estava sozinha.

— Snif... Snif...

A mistura de alívio por ninguém estar me procurando e ansiedade por ainda poder ser encontrada me fez chorar. Se eu pudesse, jogaria meu celular fora e fugiria para um lugar onde não houvesse como me achar. Pensei nas montanhas e no mar. Nos confins das montanhas. Nas profundezas do mar. Se eu fosse embora, por quanto tempo sobreviveria? Só tinha cento e poucos em dinheiro. Um mês. Caso saísse dali, morreria em um mês. Não tinha dinheiro para mais do que isso.

Será que não conseguia ir embora porque queria viver mais de um mês? Mas o que era aquela vontade de morrer naquele exato momento? Por que ficava ali sem fazer nada? Ia morrer assim? Por falta de dinheiro. Sem poder comer. Ou por não haver outra saída senão a morte.

Peguei meu celular novamente e disquei o número que não conseguira chamar. Se era para morrer daquele jeito, fazer uma ligação não podia ser tão difícil. Telefonar devia ser mais fácil do que morrer. Para ganhar coragem, aproximei-me da morte. Parecia que só me restava a coragem de morrer. Apertei o botão de chamada. Ouvi o toque:

Tuuu, Tuuu.

Depois de tocar três vezes, meu coração batia tão forte que parecia que ia sair pela boca. Queria que alguém atendesse e, ao mesmo tempo, não queria. Quando ouvi o toque novamente, desliguei na mesma hora. Eu tinha conseguido. De qualquer forma, tinha ligado. Foi o outro lado que não atendeu. Consolei-me assim. Não suportaria ter certeza de que ninguém responderia se continuasse insistindo. Tinha a impressão de que ninguém nunca iria me atender.

Ufa. Suspirei. Um suspiro de alívio ou de ansiedade? Por que me desesperei achando que ninguém iria me ajudar? Quem não esperou até o fim da chamada fui eu. Naquele momento, meu celular tocou. Dessa vez, a vibração era real.

A tela exibia o número para o qual eu tinha acabado de ligar. Estendi a mão e o silenciei. Só o som da vibração já me deixou sem fôlego. Hesitei em telefonar, mas a ideia de atender me deixava igualmente indecisa. Encarei em silêncio o celular brilhando. Atendia? Não atendia? Enquanto pensava, a chamada parou. Pelo jeito, o outro lado ficara esperando até cair na caixa postal.

Bzzz, bzzz.

Tocou novamente. Era o mesmo número. O celular vibrava sem parar na minha mão, e eu comecei a suar. Deveria atender? Só uma vez. Apertava o botão só uma vez? Devagar, levei o dedo até ele. Quando decidia ainda se atenderia ou não, minha mão involuntariamente tocou a tela. A chamada foi completada.

— Alô? Estou entrando em contato porque vi uma ligação perdida. Aqui é Ji-an Kang, do Centro de Autópsia Psicológica.

— Ah, é que...

A voz feminina era calma e suave. Só de ouvi-la, senti vontade de chorar. Fiquei sem reação e não consegui falar. Então, ela perguntou:

— Qual seria o motivo da ligação?

Fiquei em silêncio.

— Posso te perguntar como conseguiu nosso número?

— Pesquisando... na internet.

Quando vi aquele número pela primeira vez, achei que talvez fosse aquilo de que eu mais precisava. Um quadro de avisos e um telefone de aconselhamento para quem perdeu alguém por suicídio. Para mim, que achava ninguém entenderia como me sentia, aquele espaço pareceu acolhedor. Eu estava hesitante, mas ela continuou fazendo perguntas com naturalidade:

— Qual é o seu nome e a sua idade?

— Na-eun Yu... Tenho vinte e dois anos.

— Alguém próximo faleceu nos últimos anos?

Ela me deu tempo para pensar, sem pressa. Era como se compreendesse minha dificuldade em falar. Alguém próximo.

Enquanto eu pensava nessas palavras, as lágrimas vieram. Não consegui conter o som de soluço, e ela ouviu. Não desligou nem fez perguntas, apenas esperou até que eu falasse:

— Meu namorado... porque eu disse que queria terminar... E... E... Ah, não... não sei.

— Qual é a data aproximada do falecimento do seu namorado?

— Dois meses? Três meses?

— Ele mesmo... fez isso?

— A polícia diz que sim...

Ela não pareceu ficar constrangida com o que eu disse. Em vez disso, para desembaralhar minha mente cheia de pensamentos e emoções, começou fazendo perguntas simples, uma de cada vez:

— Quantos anos o seu namorado tinha?

— Dois a mais que eu... vinte e quatro.

— Se nos achou pela internet, você entrou em contato depois de ver o site, certo? Como era a relação entre vocês dois? E como você está lidando com tudo isso?

— Eu... morei com meu namorado por cerca de um ano e meio. Terminamos algumas vezes, e toda vez ele falava que ia se matar e cortava os pulsos... Eu achava que ele ainda me amava, então acabávamos voltando, mas, quando bebia, ele me xingava e até batia em mim. Não cheguei a denunciar... Na época eu só decidi me afastar de vez, arrumei um lugar para morar e saí de casa. Mas ele me disse outra vez que ia se matar... Não imaginei que faria isso mesmo, pensei que era só mais uma cena... Os pais do meu namorado falaram que como eu era a culpada pela morte dele, eles iam me matar também. Fui demitida e a polícia veio... Aconteceu... Não sei. Parece que é... tudo culpa minha...

Contei tudo o que me veio à cabeça. Nem sabia se fazia sentido ou se estava me expressando direito. Mesmo assim, ela não me corrigiu em nenhum momento. Parecia estar se esforçando para entender o que eu estava falando.

— Por acaso você já pensou em suicídio?

Aquelas palavras assustadoras tinham um tom caloroso. Se tivesse falado de uma forma dura, eu teria desligado o telefone. Mas não foi. Mais uma vez, meus olhos ficaram marejados de lágrimas, e um bolo na garganta me impedia de falar. Os gemidos foram subindo pelo meu peito. Com muito esforço, consegui transformá-los em palavras.

— Eu quero... quero morrer...

Ao ouvir isso, ela não expressou nenhuma reação. Não disse que não podia fazer aquilo nem me repreendeu. Porém, quando falou, senti que estava tentando se expressar de forma ordenada, firme e clara.

— Senhorita Na-eun Yu. Primeiro, vamos aceitar sua solicitação de autópsia psicológica. Porém, precisa se manter firme durante o processo. Enquanto nos esforçamos para encontrar o motivo e aliviá-la de sua culpa, precisa esperar e suportar, não se render a esse sentimento. Só assim poderá se libertar dele e continuar a vida daqui em diante. Enviarei alguns documentos para seu consentimento antes de começarmos o processo. Depois, faremos uma entrevista. Prefere vir aqui ou gostaria que a visitássemos?

— Acho que seria melhor se vocês viessem aqui.

O tom confiante dela me fez acreditar que faria o possível para resolver minha situação. Algo que ninguém mais poderia fazer por mim. No fundo, eu esperava que alguém me salvasse. Mesmo que fosse ela, cujo rosto eu nem conhecia. Suas palavras sobre seguir em frente sem me sentir culpada pareciam um sonho.

— Muito bem. Enviarei o horário e o cronograma para este número. Enquanto isso, sugiro que busque ajuda. Vamos fazer o levantamento do que será necessário e entraremos em contato. Quer acrescentar algo?

— Não...

— Ótimo. Então nos vemos no dia da entrevista. Por favor, considere o que eu disse como uma promessa e a cumpra.

Era como se ela soubesse como lidar comigo. A palavra "promessa" representava algo que não pode ser quebrado facilmente. Ela compreendia que eu não seria capaz de suportar sem algo assim. Esperou que eu desligasse primeiro. Dei uma resposta curta e encerrei a ligação, então levantei a cabeça e olhei ao redor do quarto. Senti as lágrimas secas no rosto. O mundo ainda estava escuro. A única coisa que brilhava era o celular pelo qual eu acabara de falar com ela.

...

Ki-beom Lee (24) entrou em contato com a ex-namorada por volta de 00h30 no dia do incidente, em 4 de outubro de 2022. Por volta de 1h20, tirou uma foto em cima da ponte do rio Han e enviou para a mesma, declarando: "Se não pudermos nos ver de novo, vou pular." Por volta de 1h32, ele tirou uma foto de si subindo a grade da ponte, e sua ex-namorada alertou a polícia. Quando as autoridades chegaram, por volta de 1h38, a vítima já não estava mais no local. As buscas foram iniciadas imediatamente, até que o corpo foi resgatado sem vida. A causa da morte foi afogamento após queda voluntária. Como resultado da verificação das câmeras de segurança, foi confirmado que à 1h32, no momento do último contato com a ex-namorada, ele subiu na grade e se jogou em seguida. A investigação determinou que foi suicídio, já que Ki-beom Lee havia contatado a ex-namorada repetidas vezes ameaçando tirar a própria vida. Não há histórico de tratamento psiquiátrico, mas suspeita-se de que ele tenha sofrido com problemas psicológicos, pois falou diversas vezes sobre a possibilidade de suicídio e enviou fotos de automutilação após o término do relacionamento. A cliente, ex-namorada da vítima, relatou se sentir culpada pelo ocorrido e solicitou a autópsia psicológica após pesquisar sobre tais serviços na internet.

[1 de setembro de 2022 - Registro de solicitação de caso]

...

Pensei em terminar várias vezes. Na primeira vez em que ele gritou comigo, tive medo e, para não demonstrar, gritei com ele de volta. As vozes foram ficando cada vez mais elevadas. Então escutei um baque: meu namorado havia atirado meu celular na direção do meu rosto.

Por pouco não atingiu minha cabeça e bateu na parede. Ele rosnou, o rosto vermelho. Houve um momento de silêncio. Para esconder minha surpresa, eu o encarei. Sua expressão se suavizou aos poucos. Só então me virei e peguei o celular. A tela estava toda quebrada. O impacto foi tão grande que desligou o aparelho. Meu dedo sangrou um pouco ao encostar no vidro. Atrás de mim, ele disse:

— Me desculpa. Sinto muito.

Houve um silêncio, então ele continuou:

— Você sabe que eu te amo.

A pessoa que tinha acabado de jogar um celular na minha cara era a mesma que falava do jeito mais afetuoso possível. Acreditei que seria a primeira e última vez. Pensei que tinha sido apenas um momento de raiva. Disse a mim mesma: *Foi só desta vez. Ele me ama. Essas coisas acontecem. Ele diz que me ama.* Enquanto tentava me consolar, ele me abraçou por trás e disse:

— Vamos comprar um celular novo amanhã. Eu pago.

No dia seguinte, ele comprou um celular usado. Disse que queria comprar o melhor, mas não podia, e pediu desculpas por isso. Encarei por alguns instantes o aparelho antigo em minhas mãos. Meu namorado estava sorrindo, já tinha deixado para trás a discussão. Parecia me amar.

Toc! Toc! Toc!

Acordei com batidas à porta. Quem seria? Não tinha pedido nenhuma entrega. Mesmo com o barulho, não tive coragem de sair de baixo do cobertor. Enquanto hesitava, ouvi outra sequência de batidas.

Toc! Toc!

Fui andando devagar até a porta e, em vez de abri-la imediatamente, olhei pelo olho mágico. Uma mulher. Não era um entregador nem os pais do meu namorado. Verifiquei meu celular. Treze de janeiro, meio-dia. Foi então que me lembrei: do dia em que marquei uma consulta para a autópsia psicológica.

Clic.

Abri. A luz da tarde entrou, e eu a vi. Nós tínhamos quase a mesma altura, e as pálpebras finas e a calça bem cortada chamaram minha atenção. Quando baixei um pouco o olhar, reparei que seus sapatos pretos de verniz brilhavam de tão polidos. A luz forte ofuscou minha visão e tive dificuldade de olhar diretamente para ela. Parada à porta, ela disse:

— Sou Ji-an Kang, com quem você falou ao telefone.

Ela estendeu um cartão de visita. Era branco e grosso e tinha o logotipo do centro e as palavras "Ji-an Kang, diretora do Centro de Autópsia Psicológica". Enquanto eu olhava o cartão, ela perguntou suavemente:

— Tudo bem se eu entrar?

— Ah... Claro.

Quando me desloquei para dar espaço, ela tirou os sapatos e me seguiu. Ao fechar a porta, a casa ficou escura novamente, a ponto de não conseguirmos ver direito o rosto uma da outra. Ela olhou ao redor em silêncio e foi até as cortinas blecaute.

— Tudo bem se eu abrir um pouco as cortinas?

— Tudo...

— Acho que está um pouco escuro para conversarmos. Com licença.

Quando ela puxou o tecido, o lugar ficou todo iluminado a ponto de me perguntar se era a mesma casa. Com o ambiente mais claro, cada detalhe se tornou visível. Os restos de comida de delivery, o lixo acumulado, a mesa de centro manchada e as roupas espalhadas de qualquer jeito. Era assim que eu estava vivendo? Senti vergonha por alguém estar presenciando aquilo. Mas ela apenas se sentou em frente à mesa de centro com a maior naturalidade e fez sinal com os olhos para que eu falasse.

— Tenho medo de que os pais do meu namorado venham me visitar e... Não saio muito...

Tentei dar uma desculpa e me sentei na frente dela. Na luz clara, vi seu nariz e suas feições delicadas. Ji-an parecia ser mais jovem do que era. No entanto, sua presença era madura e adulta. Ela perguntou de forma amigável:

— Você não fica com frio?

— Não, eu me enrolo no cobertor na hora de dormir. Ligar o aquecimento custa caro...

— Entendo.

Ao notar sua preocupação, meus olhos começaram a ficar marejados de lágrimas. Não me lembrava da última vez que alguém demonstrou consideração por mim, e aquele pequeno gesto de carinho me tocou. Não pisquei, tentando conter as lágrimas. Será que ela percebia que, ao contrário de seus olhos inabaláveis, os meus estavam tremendo?

Enquanto eu estava uma pilha de nervos, Ji-an parecia calma. Não consegui encará-la. Ela então tirou uma pilha de documentos da pasta e começou a explicar. Formulário de consentimento, termos de confidencialidade. Enquanto ouvia, peguei uma caneta para assinar. A ponta trêmula entregava o quanto eu estava ansiosa. Depois de finalizar toda a papelada, ela olhou diretamente nos meus olhos e, com sua presença característica, falou devagar:

— Agora vou fazer as perguntas. Tudo bem?

Ao ouvir essas palavras, lembrei-me do motivo da visita. Ligara para ela quatro dias antes, quando o sentimento de culpa após a morte do meu namorado estava intolerável. Mesmo naquele estado, hesitei muito antes de fazer a ligação. Tinha medo de que fosse realmente minha culpa, de que meu erro fosse revelado. De que, assim como os pais dele, ela pensasse que fui eu quem o matou. Será que fiz a ligação porque ninguém mais estava do meu lado? Será que ela veio me ver porque eu não tinha mais nada a perder?

— Primeiro, por favor, se apresente.

— Meu nome é Na-eun Yu... Tenho vinte e dois anos. Depois de me formar no colégio, trabalhei meio-período num café, até ser contratada em tempo integral. Mas não trabalho mais lá. Além de ter medo de sair... Os pais do meu namorado foram me procurar no café. Nesse dia, fui demitida e tenho ficado em casa desde então... Preciso trabalhar, só que não consigo fazer nada.

Eu estava roendo as unhas. Comecei sem perceber ao falar dele. Nem me importava com o fato de a ponta dos dedos estarem vermelhas e inchadas. Só continuei roendo.

— Como você conheceu seu ex?

— Ele era cliente do café onde eu trabalhava. Me disse uma vez que ia lá porque tinha gostado de mim. Começamos a conversar, trocamos números, saímos algumas vezes até que começamos a namorar. Depois de uns três meses de relacionamento, ele estava morando em um quarto de alojamento e eu tinha saído do lugar que dividia com uma colega, então decidimos morar juntos. Vivemos assim por cerca de um ano... e esse também foi um dos motivos que dificultaram o término...

— Que tipo de pessoa ele era?

— No começo, me tratava muito bem. Era gerente em uma empresa de entregas, falava que era reconhecido no trabalho, se lembrava das datas especiais, dizia com frequência que me amava, além de demonstrar isso também... Mas, quando começamos a morar juntos, passou a beber mais e começou a me xingar quando brigávamos, chegou até a me chutar e empurrar. Uma vez machuquei a cabeça ao bater na cama. Pensei em denunciá-lo, mas ele sempre pedia desculpas... e depois me tratava bem, como se nada tivesse acontecido. Quando esse comportamento começou a se repetir, fiquei com muito medo. Não dava pra prever quando ele ficaria bravo e discutiria comigo de novo. Então, depois de seis meses de namoro, pedi para terminar. Mas aí ele começou a dizer que se mataria se terminássemos...

Senti umidade nas pontas dos dedos. Era sangue por causa das mordidas. Quando vi as gotas, levei o dedo à boca. Logo que tirei, o sangue surgiu novamente. Enquanto esfregava a ponta dos dedos para limpá-los, pensei sobre aquela época. O homem que viera até mim dizendo que ia morrer. O homem que dizia me amar.

— Naquela época, ficou por isso mesmo e voltamos. Mas, quando eu disse outra vez que deveríamos terminar, ele cortou o pulso na minha frente. Assustada, aceitei voltar para ele, então terminamos de novo e voltamos mais uma vez. Quando ficava com raiva, ele me xingava e me batia... No fim, decidida a terminar de vez, fiz as malas e saí de casa. Ele continuou me ligando, dizendo que se mataria se eu não voltasse. Mandou uma foto cortando os pulsos, e inclusive chegou a me ameaçar de morte... Não respondi e tentei ignorar. Mas, naquele dia, ele me mandou uma foto dizendo que ia pular no rio Han e... no fim das contas, foi isso que ele fez.

Naquele dia, realmente pensei que seria a última vez. Um mês antes, quando machuquei a cabeça, enquanto me davam pontos na emergência, acreditei que era a última vez. Disse a ele que, se me xingasse ou me empurrasse de novo, nunca mais me veria. Ele assentiu e, num tom assustadoramente suave, disse que me amava. Que tudo não passava de um deslize. Que nunca mais faria aquilo. Como uma tola, quis acreditar. Porque não tinha para onde voltar, senão para ele.

Mas nada mudou. Depois de um breve momento de paz, ele me xingou outra vez e levantou a mão. Tudo começou com uma vibração do celular tarde da noite. Ele estava deitado comigo e perguntou quem era. Respondi que era um amigo.

— Que amigo?

— Um colega da escola.

— Homem?

Os olhos dele ficaram frios. Agarrei seu braço, dizendo:

— Não é nada disso.

— Então é o quê, porra?!

Aquele palavrão me deu a sensação de que estava começando tudo de novo. Não importava se a pessoa que me ligou era homem ou mulher. Retruquei:

— Por que você quer tanto saber quem é?

Como se tivesse direito de fazer isso, ele levantou ainda mais a voz e então partiu para cima de mim para pegar meu celular. Tentei fugir, mas não havia para onde escapar em uma casa pequena. Logo, ele agarrou meu braço e arrancou o aparelho da minha mão. De novo, fui empurrada e caí.

— Me devolve.

— Eu vou ligar para esse puto!

— Já falei para devolver!

Levantei rapidamente e arranquei o celular da mão dele. Seus olhos estavam severos e sua mão veio voando, me atingindo com força na bochecha. Continuei em pé, com a cabeça virada. Não queria fitar os olhos dele novamente. Peguei algumas roupas, a bolsa com minha carteira e saí. Continuei sem encará-lo.

Enquanto fechava a porta apressada e me afastava de lá, o telefone não parou de vibrar.

Passei a noite na casa de uma amiga e, já no dia seguinte, aluguei um quarto em uma residência compartilhada, onde eu poderia entrar imediatamente. Como não tinha bagagem, juntei as roupas que tinha levado comigo e dormi sobre elas até que a cama fosse entregue. O celular continuou tocando sem parar. Centenas de mensagens diárias dele dizendo que ia se matar e me matar. Após uma semana, ficou um dia sem entrar em contato. Quando a vibração irritante parou, em vez de aliviada, comecei a ficar ansiosa.

Na noite seguinte, depois de meia-noite e meia, ele me enviou uma foto do pulso todo ensanguentado. Disse que, se eu não atendesse, ia morrer. Mesmo já tendo passado por isso diversas vezes, meu coração ficou acelerado. Não tive escolha a não ser me segurar, falando para mim mesma que, se o respondesse naquele momento, tudo voltaria a ser igual. Com muito esforço, ignorei as chamadas. O nome "Ki-beom" continuou aparecendo no celular vibrante. Se medo é amor, então eu ainda o amava.

As ligações cessaram por um momento, então veio outra notificação. Era uma foto da ponte sobre o rio Han, com uma perna e metade do corpo dele para fora.

Se você não me encontrar, vou pular agora.
Você quer ser uma assassina?

A foto assustadora me fez questionar se o que eu estava vivendo era real. Ele realmente cogitava pular? Subira mesmo na ponte do rio Han? Mesmo em dúvida, disquei rapidamente o número da polícia. Meu primeiro impulso foi ligar para a emergência. Perguntaram sobre a situação. Expliquei, tremendo:

— Namorado... Terminei com meu namorado, e ele disse que vai pular no rio Han agora. Foto... Ele me enviou uma foto.

Quando desliguei, o celular não tocou novamente. Não recebi nenhuma ligação dizendo que ele estava bem ou que estava morto. Naquele dia, ansiei pela vibração que tanto temia. A noite foi longa. Dois dias depois, à tarde, recebi um telefonema informando que ele falecera.

— As pessoas ao seu redor sabiam disso?

Neguei com a cabeça, e o cabelo cobriu minha visão. Ninguém sabia. Eu não podia falar. Não tinha com quem conversar, pois ele controlava todos os meus contatos. Verificava tudo e chegava a responder por mim. Com que expressão ela me observava? Não consegui criar coragem para verificar e continuei cobrindo os olhos.

— O que as pessoas à sua volta dizem sobre seu ex-namorado?

— Que era uma boa pessoa... Sincero, desenrolado e divertido... Era popular com os amigos. Todos se davam bem com ele, ninguém falava mal... E ele era legal com meus amigos também. Até diziam que eu tinha encontrado um bom namorado.

— Foi por isso que não conseguiu falar?

— Foi... Desde o começo, ele não me deixava contar as coisas. Monitorando, verificando... Todo mundo vivia dizendo que ele era uma boa pessoa. Achei que iam olhar torto para mim se dissesse que meu namorado me batia. E, quando estava de bom humor, ele me tratava muito bem. Então achei que bastava evitar brigas. Que tudo daria certo se eu fosse como ele queria que eu fosse... Se eu não tivesse pedido para terminar...

Não podia odiá-lo por completo. Os primeiros sorrisos. O tempo que passamos juntos. O buquê de flores que ele trouxe às suas costas no nosso aniversário de namoro. Como fez questão de comprar analgésico para mim, tarde da noite, quando eu estava com febre. Essas coisas, a meu ver, eram demonstrações de amor. Acreditava que ele me amava. Mesmo que fosse violento às vezes, não queria apagar todas essas memórias. Precisava acreditar nisso para me sentir em paz. Que ele fazia aquelas coisas porque me amava. Ele me amava. Pensei que era melhor uma vida em que era amada, mesmo desse jeito, do que sem amor.

— A culpa não é sua — disse ela, olhando gentilmente para meu rosto abaixado.

Tive um vislumbre de seus olhos bem escuros. Essas palavras não tinham a intenção de oferecer um consolo leve e trivial, pude perceber isso no olhar dela. Ainda assim, eu não acreditava. Os pais do meu namorado me chamaram de assassina. Inclusive foram ao meu trabalho e gritaram que ele tinha morrido por minha causa. Não se importaram com o fato de haver pessoas à volta. Ou melhor, provavelmente preferiam que tivesse mais gente. Deviam achar que todos precisavam saber.

Eles me disseram que eu era uma assassina.

— As coisas pelas quais você passou, isso tudo foi uma violência. Não é algo que se resolve acreditando que bastava ter feito algo diferente ou não ter terminado. Você não podia continuar permitindo que isso se repetisse e fez a escolha certa para se proteger. É um direito seu ter um relacionamento amoroso melhor e ser amada. Vamos afastar esse sentimento de culpa. Você não está sozinha.

— Me desculpe...

— Em momentos assim, pode falar "obrigada".

Ela me abraçou e me deu tapinhas suaves. Cada vez que sua mão me tocava, eu sentia uma onda de tristeza. Ela me pediu para agradecer, mas eu só conseguia pensar em me desculpar.

Não consegui dizer nada por causa da culpa da qual não conseguia me livrar.

Quantos dias tinham se passado? Toda vez que abria os olhos, as palavras dela vinham à minha mente: "A culpa não é sua. As coisas pelas quais você passou, isso tudo foi uma violência."

Passei os dias me lembrando disso. Todos me culpavam, com exceção dela. Talvez a ideia de que todos me culpavam também fosse apenas uma impressão. Se o mundo me visse através dos olhos dela, acharia que a culpa era minha? Mesmo assim, ainda não conseguia sair de casa. Senti que, se saísse à luz do dia, alguém iria me encontrar e gritar que eu era uma assassina.

Bzzz, bzzz.

De novo, pensei que estava ouvindo coisas. Era meia-noite. Um pouco tarde para receber ligações. Ninguém me procuraria àquela hora. Na verdade, queria que ninguém me procurasse. Nunca. Temia que revelassem meu passado. Que me culpassem. Então ouvi o som novamente.

Bzzz, bzzz.

Um som nítido, real. Sem distorções. Um som verdadeiro. Virei meu celular. Havia uma mensagem dela:

Senhorita Na-eun, posso visitá-la agora?

Era muito tarde. Por que ela estava me procurando àquela hora? Não parecia do tipo que entra em contato por nada no meio da noite, e sim que respeita o horário de expediente e a etiqueta. Só visualizei e não respondi. Então, recebi outra mensagem de texto:

Tem uma coisa importante que preciso que faça.

Se não estiver dormindo, irei visitá-la agora.

Algo que eu precisava fazer? O que seria? Por curiosidade, acabei respondendo.

Do que se trata?

Gostaria de encontrá-la para conversar. Posso ir agora?

Pode.

Se não fosse Ji-an, o que eu teria pensado dessa visita? Sua postura serena. Presença séria. O jeito delicado e gentil de falar. Ao considerar tudo isso, ficava difícil recusar. E ela, que parecia tão mais forte e resistente que eu, precisava da minha ajuda. Não sabia o que era, mas parecia importante.

Cerca de trinta ou quarenta minutos depois, o quarto inteiro vibrou de leve. Sempre que alguém estacionava na vaga do térreo, a quitinete toda tremia. Um pouco depois de o motor desligar, alguém bateu à porta. Era ela.

— Desculpe por vir tão tarde.

— Nã... Não. Tudo bem...

— Tem um lugar onde preciso levá-la. Vamos de carro? Explico no caminho.

Depois de falar, ela me ajudou a calçar os sapatos. Tênis velhos que não usava havia tempo. Ela estava com sapatilhas cor de marfim. Não entendi por que escolheu os tênis, mesmo com chinelos bem à minha frente.

Quando entramos no carro, ela ligou o motor e partiu. Se fosse um homem, a situação seria bastante assustadora, mas ela não demonstrou nenhuma intenção maliciosa, então não me senti intimidada.

— Preciso pedir um favor... Você poderia, por favor, dar uma olhada no notebook no banco de trás?

— Ah, claro.

Apoiei o computador no colo. Embora estivesse concentrada em dirigir, ela continuava falando.

— Primeiro, há algo que quero que você veja. Tem um vídeo no computador, certo? Pode ver?

Confusa, reproduzi o vídeo. Era uma filmagem em uma noite escura, com uma luz azul bem forte. Um homem estava parado na ponte do rio Han, então esticou o corpo para fora da ponte e estendeu a mão. Havia um celular nela. Alguns minutos depois, caiu. Reconheci quem era.

— Isso é...

— Pensei muito se te mostrava ou não. Mas se você olhar com um pouco mais de atenção...

Enquanto dirigia, ela pressionou o teclado do notebook para avançar o vídeo pausadamente. Cada vez que apertava a tecla, ele se movia. Por fim, quando ele estendeu a mão para tirar uma foto e me enviar, seu corpo balançou. Parecia ter se desequilibrado.

Um quadro após o outro. No vídeo, ele se moveu de uma forma que não ficava claro se estava tentando pular ou manter o equilíbrio. No entanto, seu corpo se desequilibrou para fora do guarda-corpo, e ele caiu. Até o momento da queda, seus braços estavam estendidos, como se tentasse se segurar na grade.

— Descobrimos isso ao reabrir o caso. Os pais de Ki-beom Lee também foram entrevistados e determinamos que ele sofria de transtorno de personalidade narcisista, que surgiu durante a infância. Pessoas com esse transtorno tendem a exibir um comportamento focado em desempenho e no forte desejo de competir, realizar e possuir. Digamos que... ele via você como propriedade. Teoricamente, esse tipo de apego inseguro surge da combinação de indiferença parental e excesso de afeto durante a infância.

— E aí...?

— O transtorno de personalidade narcisista tem uma taxa de suicídio baixa, afinal se tratam de indivíduos que se acham superiores. Nesse sentido, consideramos improvável que Ki-beom Lee se suicidasse. Foi por isso que reexaminamos os arquivos do incidente, e encontramos este vídeo.

— Está me dizendo que não foi suicídio?

— Não posso afirmar só pelo vídeo. Para ter certeza, preciso de você. Segure-se!

Ela fez uma curva fechada bem ousada. Talvez fosse do tipo que dirige agressivamente? Por que tanta pressa? Fiquei confusa e olhei para ela. Então a morte tinha sido um acidente, e não suicídio? Por que precisava de mim para verificar isso? Não estava entendendo nada. Com uma expressão séria no rosto, ela estacionou de forma abrupta.

— Vamos descer.

Quando saí do carro, estacionado em um beco estreito e íngreme, avistei uma cabine telefônica antiga bem em frente. A rua era iluminada apenas pelos postes nos arredores, e a única coisa que se destacava era a cabine. Ela andou lentamente até lá e disse algo incrível. Não pude acreditar.

— Se você fizer uma ligação deste telefone público no momento da morte do falecido, poderá ouvir os últimos pensamentos dele. Isso acontece somente quando o coração da pessoa que quer desesperadamente ouvir e o coração da pessoa que queria desesperadamente falar se conectam. Tentei ligar, mas não consegui me conectar. Os pais de Ki-beom Lee também não. Só uma pessoa pode ouvir a ligação. E essa pessoa é você. Só fui buscá-la tão tarde porque cheguei à conclusão de que você seria a única capaz de ouvir Ki-beom Lee. Se ouvirmos os últimos pensamentos dele, teremos certeza do que aconteceu.

Não entendi o que ela estava falando, mas seus olhos não mentiam, o que me deixou ainda mais confusa. Ela verificou a hora no celular. 1h31. Um minuto depois, ele pularia da ponte.

— Não temos muito tempo. Por favor.

Ela me arrastou para a cabine telefônica. O telefone ficara acinzentado com o tempo. Havia alguns arranhões aqui e ali no fone, e os botões estavam com a metade dos números apagada. Um poste lançava uma luz amarela sobre mim. Afetada pelo ambiente estranho, disquei o número do meu namorado, como se estivesse em transe. Em um telefone público, não em um celular. Embora fosse o mesmo número, a sensação de apertar o botão era estranha.

— Aperte para chamar.

Coloquei o dedo sobre o botão. Como já não conseguia discernir nada racionalmente, nem duvidei mais. Assim que apertei, lembrei-me da primeira vez que liguei para ela. Aquele momento de sofrimento e hesitação.

Triiim, triiim.

A ligação foi completada. Fiz cara de surpresa, mas ela parecia esperar por isso. Sentou-se ao meu lado e aproximou o ouvido do fone. Tão perto que chegava a ser desconfortável. A expressão dela era séria. Em um primeiro momento, não acreditei no que ela havia me dito, mas o fato de a ligação ter conectado foi estranho. Então ouvi a voz do meu namorado:

> Você acha que estou com você porque te amo? Só fingi que amava, mas aí você começou a se achar e a gritar. Achei que você seria obediente e fácil, por isso investi meu tempo. E o que você faz? Pede para terminar e nem me responde? Você devia ser grata por ter conhecido alguém como eu. Acha mesmo que vou me humilhar por você? É só eu cortar os pulsos e fazer barulho que você volta rastejando. O que pode fazer? Por que eu morreria? Mesmo que eu morra, você vai comigo. Não porque te amo, mas porque não quero te ver viva. Vou te procurar até o fim e fazer você rastejar na minha frente. Porra. Devia ter te treinado melhor. Que saco. Ah, ah! Socorro! Aaah...

Ele parou de falar, como se tivesse desligado. Os xingamentos eram idênticos aos que me dirigia. Só podia ser ele. Ji-an ouviu junto e soltou um suspiro baixo. Só consegui olhá-la, atônita.

— É como imaginei.

— O que aconteceu?

— O que acabou de ouvir são os últimos pensamentos de Ki-beom Lee. Acho que deve ter sido interrompido quando caiu por acidente.

— Mas... Como é... Está me dizendo que isso é o que meu namorado estava sentindo no fim?

— Isso mesmo. Ki-beom Lee não amava você. Queria apenas possuí-la. Provavelmente essa obsessão permitiu que a ligação fosse completada.

Como ela podia dizer algo tão cruel com tanta calma? Queria dizer para ela que estava errada, mas fossem ou não os últimos pensamentos de Ki-beom Lee, era sua voz na ligação. Então ele não me amava mesmo? Queria apenas me possuir? Mas... Mas eu o amei. Ou pelo menos pensei que fosse amor. Mesmo com o ressentimento e a raiva, não deixei de ficar triste. Se era recíproco ou não, o fato era que eu tinha perdido alguém que amava.

— Vamos solicitar uma nova investigação. Também vou contar aos pais dele.

— Mas... Ainda assim... se eu não tivesse terminado com ele, o acidente não teria acontecido.

Com tantas emoções confusas, só consegui chorar. Me senti uma idiota.

Acidente ou não, se eu não tivesse terminado com ele, tudo poderia ter sido evitado. Mesmo que ele não me amasse e fosse apenas possessivo, foi por minha causa que se inclinou sobre o guarda-corpo da ponte do rio Han. Porque eu o amava. Porque acreditava nele. Porque me deixei enganar. Se era tudo mentira, eu deveria culpar o falecido? A pessoa que nem queria morrer, com quem eu não podia mais falar?

Então algo me ocorreu. Julgá-lo assim era um fardo mais pesado do que a culpa por amá-lo. Seria mais cômodo sofrer com essa culpa e, por isso, eu preferia amá-lo? Ji-an interrompeu meus pensamentos, dizendo:

— Eu sei. Você o amava. Por isso acreditou que ele mudaria. Mas o que importa agora não é de quem foi a culpa. E sim como você, que está aqui, vai viver daqui em diante. Espero que, em vez de se afundar nesse sentimento por ter sofrido violência e ter perdido um ente querido, você encare a situação de frente e se recupere...

— O que você sabe sobre os meus sentimentos?!

Do beco silencioso, minha voz ecoou por toda a vizinhança. Fiquei com raiva do tom calmo de Ji-an. Por mais que estivesse certa, era eu quem tinha sido deixada para trás. Não conseguia ficar tranquila como ela. Ninguém me ensinou a fazer isso. Então, um sentimento de solidão e tristeza tomou conta de mim.

— Como... Como é que eu vou viver assim? Ele está morto. O meu namorado está morto! Por minha causa... Como você... Como você pode saber como me sinto? Não é você que vai se responsabilizar... Nem vai sofrer no meu lugar...

Ji-an permaneceu calada.

— Me... Me desculpe...

Depois de gritar, revoltada, uma onda de arrependimento me invadiu. Por que eu sempre gritava e então me arrependia das coisas que eu dizia? De qualquer forma, tinha começado tudo aquilo pelo meu próprio bem. Eu havia procurado Ji-an. Me senti muito culpada por ter gritado com ela. Ji-an não se manifestou em nenhum momento, e eu não tive coragem de encará-la.

Depois de algum tempo, levantei a cabeça de leve e verifiquei sua expressão. Ela não estava me olhando, estava focada no telefone público atrás de mim. Parecia calma, mas com o olhar vazio. Então disse de um jeito triste, mas amigável:

— Tudo bem. Ainda assim, espero que me entenda. Acredito que não seja culpa sua. E também que você o amou.

Trêmula, ela estendeu a mão, que estava avermelhada. Enquanto eu hesitava, a vermelhidão foi se espalhando cada vez mais. Olhei para aquela mão estendida no ar.

Não era minha culpa. Eu o amava. Pelo menos isso não era mentira. Independentemente de como ele se sentia, eu o amava, e esse amor acabara. A mão dela me dizia que eu só precisava segurá-la. Que bastava aceitar. Devagar, estendi a minha. Como se não quisesse deixá-la escapar, ela segurou suavemente.

No caminho de volta para casa, espiei seu pulso e vi que a área vermelha estava voltando à cor original. Quando chegamos, ela não foi embora de imediato. Recolhi o lixo e esperei o aquecedor esquentar um pouco o ambiente. Antes de finalmente se levantar e ir embora, ela me observou por alguns instantes. Minha expressão. Meu coração. Parecia estar prometendo que levaria consigo cada momento difícil que presenciou. Mesmo enquanto calçava os sapatos cor de marfim, seus olhos eram gentis. Antes de se virar e sair, ela me encarou, estendeu um cartão de visita e falou com um tom de voz calmo:

— Vou deixar com você um número caso resolva procurar atendimento psicológico. Acho que vai ser bom pra você. Se precisar de alguma coisa, pode me procurar também. Farei o que puder para ajudar. Estou lhe entregando este cartão na esperança de que você procure ajuda.

Quando o cartão tocou minha mão. Quando seu coração sincero me tocou. Quando a verdade tocou o âmago do meu ser. Quando percebi que devia viver na realidade. Quando senti que nesse momento dependia apenas de mim. Mesmo assim, não fui capaz de agradecer.

Relatório de autópsia psicológica

Nome: Ki-beom Lee

Idade: 23 anos

Data de falecimento: 4 de outubro de 2022

Resumo do caso: Em junho de 2021, a cliente (Na-eun Yu, 22 anos) trabalhava em um café do qual Ki-beom

Lee era cliente. Pouco tempo depois de se conhecerem, começaram a namorar e, após três meses de relacionamento, passaram a morar juntos por motivos pessoais. Depois disso, o suicida começou a agredir verbal e fisicamente a cliente sempre que sob o efeito de álcool. Ela tentou romper a relação diversas vezes, mas ele voltava a se aproximar por meio de automutilação e ameaças de suicídio. Uma semana antes de sua morte, a cliente encerrou a coabitação, mas o suicida a contatou novamente. Ele tirou uma foto na ponte sobre o rio Han e a enviou, com a mensagem: "Se você não me vir de novo, vou pular." Depois, por volta de 1h32, enviou uma foto inclinado sobre o guarda-corpo. A cliente alertou as autoridades, mas o caso terminou em suicídio.

Processo, criação e tendências: Durante a infância do falecido (Ki-beom Lee, 24 anos), devido a um fracasso empresarial, o pai não participava de atividades sociais normais e muitas vezes bebia, agredia verbalmente e ignorava as pessoas ao redor dele. A mãe assumiu a responsabilidade pelas atividades domésticas e atendeu às demandas do suicida, filho único, demonstrando afeto incondicional, sem rejeitá-lo. Dessa forma, ele vivenciou confusão em meio à negligência do pai e à tolerância da mãe, desenvolvendo um estilo de apego inseguro. O abuso verbal e a negligência do pai tiveram um grande impacto em sua autoestima, e a submissão da mãe incutiu nele a ideia de ser especial, resultando no desenvolvimento de um transtorno de personalidade narcisista. Demonstrava um forte desejo de vencer e conquistar. Envolveu-se em brigas com os amigos nos tempos de escola. Porém, mais tarde, usou isso em sua vida profissional, sendo reconhecido como competente, participando de atividades sociais do cotidiano e alcançando diversas conquistas.

Fatores de estresse: Como característica do transtorno de personalidade narcisista, presume-se que ele ficava sob grande estresse quando alguém não atendia a suas vontades. Após a namorada romper com ele, experimentou de forma radical a perda de posse, recorrendo à automutilação e à ameaça de suicídio. Há indicativos de que o estresse excessivo vinha da perda de controle sobre o relacionamento, e não do amor em si.

Parecer final: Dado que o transtorno de personalidade narcisista raramente culmina em suicídio, após análise abrangente do conteúdo de mensagens e entrevistas, concluímos que o comportamento demonstrado pelo falecido não parece se dever ao estresse real e a sentimentos de fracasso. Levando em conta o uso de ameaças à cliente e a incerteza da intencionalidade da queda, após verificar novamente as filmagens de câmeras de segurança, solicitamos à agência de investigação que reabra o caso.

Plano de prevenção: Considerando o envio recorrente de registros de automutilação e ameaças de suicídio, as medidas de proteção para a vítima deveriam ter sido priorizadas. Seria necessário atendimento psicológico adequado e intervenção em caso de comportamento de risco. Recomenda-se a instalação de uma rede de segurança na ponte do rio Han para evitar a repetição de incidentes na área.

<anexo _ registro CCTV> <anexo _ entrevista 1> <anexo _ entrevista 2> <anexo _ entrevista 3> <anexo _ registro de contato> <anexo _ ficha de resultado da psicanálise>

Texto completo da entrevista sobre Ki-beom Lee com a mãe do falecido.

Conselheira: Como era o ambiente familiar quando seu filho era pequeno?
Mãe: O pai dele foi à falência e vivia vagando pelos lugares. Agora, até sai para pequenos trabalhos, mas naquela época bebia e ficava fora o dia inteiro. Em casa, fazia muito estardalhaço. Inclusive quebrou vários móveis. Naquela época, meu filho tinha acabado de entrar no ensino fundamental... Até pensei em me divorciar, mas aguentei firme para evitar boatos na escola de que ele não tinha pai. A verdade é que vivi em função de Ki-beom. Não me importava que o pai fosse ausente. Só precisava do meu filho. Ki-beom devia intuir isso, porque tirava boas notas e me obedecia. Era teimoso, mas o que eu não faria pelo meu único filho? Não havia nada que ele me pedisse sorrindo que eu não fizesse chorando. Mesmo com dificuldades, nunca deixei faltar nada.

Conselheira: Como o pai tratava Ki-beom Lee?
Mãe: Era um homem sem escrúpulos, xingava o dia todo. Tanto a mim quanto a meu filho. Nos fins de semana,

não tinha tempo para a família. Só saía para beber. Apesar de ter recuperado o juízo mais tarde, sei que meu filho sofreu muito.

Conselheira: Há histórico familiar de suicídio? (Expressa desconforto com a pergunta. Pergunto novamente sobre o histórico familiar.)
Mãe: Um parente do lado paterno. Ki-beom foi o segundo caso na família. Parece que esse parente tinha cerca de trinta anos na época. Ki-beom nem era nascido. Só isso.

Conselheira: Senhora, por que acha que seu filho fez essa escolha?
Mãe: Por causa daquela vadia. Ela era tão obcecada pelo nosso filho que o fez fazer essas coisas. Mesmo que Ki-beom brigasse com os colegas quando estava na escola, não era tão ruim assim. Não sei o que aquela vadia fez para ele querer se matar. Até moraram juntos escondidos. Se eu soubesse que ia acabar assim, nem teria deixado ele sair de casa.

Conselheira: Seu filho brigava na escola?
Mãe: Eram só brigas de criança. Uma vez ele bateu num garoto e chegamos a um acordo. As crianças brigam mesmo enquanto crescem. Depois de mais umas três ou quatro vezes, não tivemos problemas parecidos.

Conselheira: Por fim, o que acha que poderia ter impedido a escolha do seu filho?
Mãe: Se eu não tivesse permitido que ele a conhecesse, ou melhor, se não o deixasse sair quando

disse que queria morar sozinho. Ou se tivesse me divorciado do pai dele logo, ele não teria sofrido tanto a ponto de fazer uma coisa dessas quando crescesse. Eu me pergunto se seria diferente se tivesse telefonado para ele. Mas o que posso fazer? Aguentei o casamento pelo bem dele, deixei que fosse morar sozinho pelo mesmo motivo. Mas esse desastre aconteceu depois que aquela vadia terminou com ele, então a culpa é dela. Sempre que penso nela, tenho vontade de matá-la. Não sei onde está escondida, só sei que largou o emprego.

⋆ Entrevista anexada com o objetivo de solicitar uma nova investigação. Divulgação proibida.
⋆ Solicitamos proteção à cliente (Na-eun Yu) em relação a este incidente.

Quando ela entrou em contato comigo novamente, fui informada de que a morte havia sido considerada um acidente. Será que ela queria me livrar da culpa? Ao telefone, disse:

— Também informei os pais de Ki-beom Lee. Disse que esperava que, no futuro, pudessem deixar de lado o ressentimento em relação a você e se curassem da dor de terem perdido um filho. Se eles a procurarem, por favor, denuncie. É a única forma de se defender.

Quando ela me disse que eu precisava me defender, senti-me como uma criança que solta as mãos dos pais e começa a andar com as próprias pernas. O cômodo escuro; os restos de comida e lixo acumulados. Sair daquele lugar bagunçado dependia de mim. A primeira coisa que fiz depois de desligar o telefone foi abrir as cortinas. Exatamente como ela fez na primeira vez em que me visitou.

O lixo acumulado rendeu cinco sacos. Não havia muitas roupas, então dobrei todas com cuidado e as empilhei. A quitinete onde mal cabia uma cama ficou mais espaçosa. Com um pano úmido, limpei o chão devagar, com cuidado. Enquanto me concentrava na faxina, meus pensamentos ficaram embaralhados, mas deixar o piso limpo parecia mais importante do que refletir sobre a situação.

Depois, lavei-me da cabeça aos pés com água morna. Nem lembrava quando tinha sido a última vez que tomara um banho. Senti a água quente tocando minha pele e escorrendo pelos dedos dos pés. Ensaboei e enxaguei meu corpo sem pressa, sentindo que tudo estava sendo lavado.

Enquanto secava o cabelo com uma toalha, me senti revigorada. Só de limpar o ambiente e me lavar, o mundo parecia ter mudado. Ainda não tinha acendido as lâmpadas, mas uma luz opaca entrava pela janela. Sobre a mesa, estava o cartão de visita que ela tinha deixado.

Centro de Atendimento Psicológico Para Mulheres

Enrolada na coberta, digitei o número do cartão. O botão de chamar apareceu novamente, e meus dedos começaram a tremer. Bastava apenas um toque, mas hesitei. Fiquei parada, olhando para o número desconhecido. O que eles diriam? O que eu diria? Então me lembrei das palavras dela. Palavras de conforto. De confiança em mim.

Antes de o celular retornar à tela de bloqueio, apertei o botão. O tom de conexão ecoou na quitinete silenciosa.

— Centro de Atendimento Psicológico Para Mulheres, como podemos ajudar?

— Quero... ajuda.

A partir daí, minha vida começou. A partir do desejo de receber ajuda. Com essas palavras, reconheci que precisava de auxílio e dei o primeiro passo para caminhar sozinha.

Bzzz, bzzz.

Senti uma vibração no bolso. Estava terminando de preparar as bebidas do pedido. Peguei o celular e o nome "Ji-an Kang — Centro de Autópsia Psicológica" apareceu na tela. O número já estava salvo.

— As bebidas estão prontas.

Entreguei o americano duplo para a cliente e atendi a ligação em um canto tranquilo do café.

— Senhorita Na-eun Yu? Aqui é Ji-an Kang, do Centro de Autópsia Psicológica. Como está? — disse a voz familiar.

— Ah... tudo indo.

— Não consegui entrar em contato depois que o caso foi encerrado. Então, estou ligando para ver como você está. Pode falar agora?

— Estou trabalhando...

Falei de um jeito desconfortável, mas ela respondeu em um tom alegre:

— Quer dizer que voltou a trabalhar!

Fazia duas semanas. Com a minha experiência, consegui um emprego em um pequeno café do bairro. Ela pareceu aliviada e tentou encerrar a ligação. Então, de repente, falei:

— Por acaso podemos... nos encontrar?

— Quer me ver?

— Quero... É que não agradeci direito ainda...

— Claro. Quer que eu vá até você?

— Pode deixar que eu vou dessa vez.

Ela me passou o endereço do centro e os horários de atendimento. Respondi em um sussurro, desliguei o telefone e enviei uma mensagem de texto para confirmar a hora. Depois, segurei o celular com força, as mãos suando pelo nervosismo de reencontrá-la. Era uma sensação que vinha da vontade de esquecer o que acontecera naquela época, mas sabia que não podia fugir para sempre.

No dia em que marcamos para nos reencontrarmos, fui ao escritório dela. Ji-an tinha me dado como referência o mercadinho de esquina do cruzamento, então achei o lugar sem dificuldades. Era um prédio antigo, mas o interior estava reformado. O espaço, decorado com cores claras, parecia o centro de atendimento que eu frequentava.

— Você veio!

Ela me cumprimentou com um sorriso gentil. Um homem alto, que parecia ser um funcionário, também se levantou e fez um aceno de cabeça. Assenti de volta, um pouco envergonhada ao ver aquele rosto pela primeira vez.

— Vou tirar um pouco de neve. Está nevando muito!

Talvez por querer me deixar mais à vontade, o homem falou isso e saiu correndo. De fato, havia nevado na véspera, e o chão estava branco no caminho até ali. Depois que ele se retirou, ela me indicou o sofá e começou a falar com calma.

— Ele se chama Lim Sang-woo, trabalha comigo aqui no centro. É a primeira vez que vocês se encontram, certo?

— É...

— Quando soube que você estava vindo, ele tentou sair antes para tirar a neve lá de baixo. Por algum motivo, queria falar com você. Mas o impedi e fiz sinal para que saísse agora.

Ji-an riu, e me senti aliviada. Perguntei-me se a tristeza que eu tinha visto em nossos outros encontros estava escondida ou desaparecera. Ela parecia ter esquecido minha raiva. Estávamos sozinhas no centro, mas eu não sabia por onde começar. Então, ela me perguntou:

— Como tem passado?

— Entrei em contato com o número do cartão que você me deu e recebi aconselhamento... Também consegui um emprego.

— Onde está trabalhando?

— Em um café, mas é pequeno. Poucos clientes, o que é bom. Se quiser, pode ir lá me visitar qualquer dia desses.

— Vou, sim — respondeu, amigável.

Silêncio novamente. Hesitei, aquecendo as mãos na xícara de chá quente que ela me servira. Antes de ir, pensara várias vezes sobre o que diria, mas, sentada ali, as palavras me fugiram.

— Você parece melhor do que da última vez — disse ela, com cautela.

Ji-an era o tipo de pessoa que tomava cuidado até ao comentar que algo estava melhor. A consideração dela me fez tomar coragem de falar. Afinal, estava ali para conversar, para abordar aquele assunto.

— Até saio às vezes. Ainda é difícil, mas... tenho frequentado um clube de escrita para conhecer outras pessoas. Foi o centro de atendimento que indicou o lugar, lá acontecem reuniões para conversar sobre assuntos difíceis e escrever. Estou gostando bastante... a ideia é tentar ir mais.

— Como você está se sentindo?

Se tivesse me perguntado quando a conheci, acho que teria chorado. No entanto, no centro de atendimento, tive de encarar essas questões muitas vezes. Como estava me sentindo? O que devia fazer para seguir em frente? Fui desvendando as questões, uma por uma.

— Pensei em muitas coisas enquanto recebia aconselhamento e escrevia. Você me disse que a culpa não era minha, mas sempre senti que era. Que aquilo aconteceu com o meu namorado por um erro meu... Mas o conselheiro disse a mesma coisa. Que a culpa não é minha. E aí comecei a pensar o que foi tudo aquilo que meu namorado fez comigo? Eu tinha certeza de que era amor...

Ji-an ouvia tudo em silêncio.

— Mas agora... vejo que foi violência. Quando ele me chantageava dizendo que ia se matar, ou quando me empurrava, batia... era tudo violência. Não era amor. Você tinha razão. Meu namorado teria feito o mesmo com qualquer outra. Quando comecei a ver por esse ângulo, percebi que não tinha nada a ver comigo. Claro, é difícil abandonar completamente a culpa, mas...

Ela me fitava com um olhar profundo. Levantei a cabeça e a encarei. Queria olhar nos olhos dela enquanto falava. Reuni minhas últimas forças e disse:

— Obrigada. Queria muito te agradecer.

— Então foi por isso que você veio. Eu que agradeço.

Ela gentilmente envolveu minhas mãos, que seguravam a xícara de chá. O calor suave me lembrou da sensação de quando tocou meu ombro na outra vez. Abriu um sorriso firme e perguntou, alegre:

— O que você pretende fazer daqui pra frente?

Parecia genuinamente feliz por poder usar as palavras "daqui pra frente" comigo. Aquele orgulho me passou tranquilidade. Sua linguagem corporal me mostrou que seu apoio não tinha sido em vão. Também falei com força na voz:

— No clube de escrita, vi que cada pessoa tem suas feridas. À medida que escrevíamos e líamos juntos, me senti tão consolada que chorei muitas vezes. Só espero nunca mais me machucar assim. Nem eu, nem ninguém. Penso nisso com frequência. Se a morte do meu namorado tivesse sido um suicídio real e não um acidente, será que eu conseguiria me livrar da culpa? E se alguém for agredido como eu e a outra pessoa realmente cometer suicídio? Dói muito pensar nisso, parece impossível de evitar. É por isso que pretendo escrever. Quero fazer algo que possa confortar pessoas como eu, e também quem fica para trás quando os agressores tiram a própria vida. Quero escrever para mim... e para elas.

— Fico aliviada só de ouvir isso. Estarei torcendo por você.

A xícara de chá esfriou enquanto eu tentava aquecer minhas mãos, mas um calor tomou conta do meu peito. Coloquei para fora tudo que estava entalado dentro de mim. Talvez ela esperasse nesse momento que nunca mais nos encontrássemos. Que conseguisse seguir adiante de coração leve, deixando todos os sentimentos difíceis para ela. Talvez esse fosse seu último papel.

— Se publicar um livro, envio uma cópia para você.

— Por favor! Vou cobrar, hein?!

Ela me acompanhou até a saída do centro. Descendo a escada, triste e feliz ao mesmo tempo, reparei na paisagem do lado de fora. O asfalto estava coberto por uma camada fina de neve branca e pura, com alguns vestígios de que alguém havia passado por ali. Enquanto eu me perguntava se as pegadas eram minhas, a neve voltou a cair. Flocos grossos se acumularam de forma ordenada, cobrindo de branco as marcas escuras no chão. Permaneci na frente do prédio, admirando-o. Antes que eu percebesse, as pegadas sumiram.

Só então voltei às ruas brancas e imaculadas, esculpindo minhas pegadas novamente. Lembrei que uma vez me disseram que o dia ficava ainda mais silencioso quando nevava. E aquele foi um dia tranquilo em que não se ouvia nada além do silêncio.

3
DUAS FACES

— Da-yeong, você acha que milagres existem?
— Quero acreditar que sim. É melhor do que nada.

Ouvi passos leves. *Tap, tap.* O som claro de batidas no chão. Eram 5h40 da tarde. Da-yeong estava voltando da escola. Quando minha filha está fora do meu alcance, muitas vezes sinto como se ela tivesse desaparecido do mundo, então ouvir seus passos me deixou aliviada, porque provava que ela ainda existia. Mas era nesse momento que começava para valer. Ela logo digitaria o código da porta e entraria em casa. Respirei fundo e preparei as palavras mais doces e suaves, relaxando minha expressão.

Bip, bip.

— Da-yeong, querida. Se divertiu na escola hoje? O dia foi bom?

Aproximei-me como uma mãe amorosa. Sem estresse, ela se deitou no sofá e disse com indiferença:

— Nada de mais.

Ela estava com o celular na mão, parecia estar conversando com alguém e nem sequer olhou na minha direção. Meu coração disparou.

Faça alguma coisa, pensei. Uma palavra gentil, uma expressão amigável. Com esforço, disse:

— Quer um lanche?

— Vou sair para encontrar meus amigos mais tarde.

— Que horas?

— Sete.

— Tão tarde assim? Com quem vai se encontrar?

— Mãe!

O tom de voz alto dela fez meu corpo tremer. Não podia gritar ainda mais alto de volta. *Seja uma boa mãe. O mais tranquila possível. Com calma. Vamos acalmar os ânimos e conversar.*

— É porque eu me preocupo, filha. Não estou proibindo você de sair.

— São só meus amigos.

— Que horas você volta?

— Antes das dez.

— Tão tarde assim...

Ela olhou feio para mim, e senti meu corpo paralisar sob seu olhar cheio de frieza. Minhas pernas tremiam no ambiente gélido. No dia em que a outra se foi, sentira o mesmo frio. Será que ela ainda estaria conosco se a casa sempre tivesse sido um lugar caloroso e aconchegante? Quero proteger a filha que restou. Por isso, faço o papel de mãe simpática e carinhosa.

— Então me ligue pelo menos uma vez por hora. E sempre me diga onde está.

— Tudo bem.

— Promete pra mamãe?

— ... Sim.

Ela pegou a mochila do sofá e foi para o quarto. Quando a porta se fechou, parecia que o coração dela estava se fechando também, e uma tristeza avassaladora tomou conta de mim. Por um lado, queria me livrar da porta do quarto de Da-yeong, assim poderia ver o que minha filha ficava fazendo lá o dia todo. Queria controlar seus passos, mantê-la em segurança. No entanto, sei que não devo. A primeira filha partiu quando tentei fazer isso.

Havia dois anos que A-yeong, a mais velha, partira. Minha segunda filha, Da-yeong, estava com a idade da irmã. Depois da perda, comecei a ter um medo incontrolável de que ela também não passaria dos dezessete anos, assim como A-yeong. De que ela faria a mesma escolha. De perder tudo. Então queria ser uma boa mãe, pelo menos para Da-yeong. Mesmo que fosse um pouco tarde. Mas por que isso era tão difícil? Não conseguia entendê-la, assim como não entendia A-yeong. Temia perder a caçula também. O que será que ela achava de mim, tentando esconder a ansiedade e me esforçando para mostrar apenas meu lado bom?

Será que aquele telefonema tinha sido uma coincidência?

Era início da primavera, depois da cerimônia de entrada de Da-yeong no ensino médio. O meu dia a dia girava em torno dela. Levar à escola, preparar refeições, deixar no cursinho. A casa era minha vida. Assim como Da-yeong. Quando o telefone tocou, já era noite, horário em que ela estava no cursinho. Atendi rapidamente a ligação do número desconhecido, com medo de que tivesse a ver com minha filha. Mas aí escutei um nome inesperado.

— Estou falando com a mãe de A-yeong Yang?

A mãe de A-yeong. Fazia dois anos que ninguém me chamava assim. Por cautela, as pessoas à minha volta evitavam seu nome. Em vez disso, passei a ser a "mãe da Da-yeong". Mesmo que fosse mãe das duas.

— Sou eu. Com quem falo?

— Ah, aqui é da Central de Autópsia Psicológica. Como estamos no começo do ano letivo, estamos realizando pesquisas para estabelecer um plano de prevenção do suicídio na adolescência, período em que esses casos têm um aumento significativo. Sabemos que é indelicado, mas, para prevenir, estamos entrando em contato com famílias enlutadas para realizar autópsia psicológica e coletar dados. De acordo com os registros que recebemos, há dois anos, a senhorita A-yeong Yang... faleceu, correto?

— Está me dizendo que entrou em contato porque A-yeong morreu?

— Ah... Senhora, não é isso que quero dizer. Somos uma instituição pública de prevenção do suicídio. Trabalhamos para evitar que adolescentes como A-yeong tirem a própria vida. Ficaremos muito agradecidos se a senhora puder nos ajudar.

No começo, não consegui entender. Aparentemente, eles haviam entrado em contato porque minha filha se suicidou. Queria prevenir outros suicídios e precisava conversar sobre o caso de A-yeong. Tive vontade de gritar por falarem da morte dela daquele jeito. Dizer que não queria falar sobre esse assunto de suicídio. Mas as palavras "adolescentes como A-yeong" me fizeram mudar de ideia. Eu tinha medo de que Da-yeong tivesse o mesmo fim. Se houvesse alguma chance, mesmo que mínima, de evitar isso, eu faria. Enquanto o funcionário explicava o processo passo a passo, pensei em Da-yeong em um mundo que não conheço. Ainda viva. Ela precisava sobreviver. Tinha que viver.

— Tudo bem. O que preciso fazer?

— Poderia visitar nosso escritório? O endereço é...

Talvez minhas expectativas fossem altas demais. Aceitei participar da pesquisa pensando em Da-yeong, mas o que eu queria saber, no fundo, era por que A-yeong se fora. Achava que, se soubesse como ela se sentia, conseguiria impedir que Da-yeong fizesse o mesmo. Pensei que a autópsia psicológica fosse uma investigação profunda, com combinação de elementos e conclusões, como o nome sugere. Na verdade, foi apenas um questionário com mais de quinhentos itens, após a assinatura de um termo de consentimento. As perguntas eram simples, como: "Quanto estresse a falecida experimentou nos três meses antes da morte?" e "Ela era ativa quando criança?". E as respostas eram múltipla escolha: "Nem um pouco", "Não", "Normal", "Sim", "Muito". A conversa sobre A-yeong durou cerca de vinte minutos e, mesmo assim, foi mais focada na situação depois do falecimento do que nela. Era só aquilo mesmo? Depois de passar duas horas ali, antes de ir embora, perguntei ao funcionário do centro, desesperada:

— Por acaso... Tenho como saber por que A-yeong partiu assim?

— Nosso centro tem como objetivo prevenir o suicídio e, por isso, não podemos revelar os resultados. Porém...

O funcionário se aproximou de mim e, cuidadoso, fez uma pausa. Parecia que não queria que os outros ouvissem. Não tive escolha a não ser me aproximar dele.

— Existe um Centro de Autópsia Psicológica que realiza testes clínicos. Uma pessoa que já trabalhou aqui é diretora de lá, e dizem que eles fazem entrevistas e investigações com entrega de resultados. Por causa disso, há quem chame o lugar de sanguessuga e nós não o recomendamos muito, por medo de que a família enlutada possa ficar ofendida...

— Pode me indicar?

— Claro. Apesar de tudo, garanto que são pessoas de confiança.

O funcionário pegou o celular, anotou um número e um nome em uma folha de caderno e me entregou.

Centro de Autópsia Psicológica — Ji-an Kang
02-XXX-XXXX

...
A vítima A-yeong Yang (17) estava em seu quarto por volta das 9h20 do dia 8 de abril de 2021 quando foi encontrada sem vida pela cliente Yu-hwa Jeong (45). De acordo com os resultados da autópsia, o horário estimado da morte foi 1h10 da madrugada. A causa foi determinada como choque hipovolêmico causado por diversos cortes no pulso. Presume-se que a causa direta não tenha sido hemorragia, e sim uma parada cardíaca devido ao choque. Diversos ferimentos superficiais anteriores à autolesão fatal foram encontrados. Segundo depoimento da professora, ela se automutilava com frequência desde os catorze anos, mas sem tentativas de suicídio ou automutilação grave. No entanto, devido a esse comportamento, a suicida e a cliente discutiam com frequência. Na noite anterior à morte, tiveram uma discussão mais acalorada do que o normal, com frases como: "Você não vai morrer por causa disso" e "Toma jeito". A vítima foi encontrada morta no dia seguinte. A cliente é mãe da vítima e se sente extremamente culpada por suas palavras e ações, queixando-se de ter dificuldades em criar a segunda filha (Da-yeong Yang, com 15 anos na época do incidente). Tomou conhecimento

deste Centro de Autópsia Psicológica ao participar do "Plano guia para prevenção do suicídio juvenil" implementado pela Central de Autópsia Psicológica.

[1 de abril de 2023 - Registro de solicitação de caso]
...

— Por onde você andou?

Assim que cheguei em casa, dei de cara com Da-yeong. Os olhos iguais aos da irmã, o nariz pequeno; a boca fechada, com uma expressão de indiferença. Quis abraçá-la, mas ao mesmo tempo sentia que meu coração se despedaçaria caso fizesse isso. Talvez por ter falado sobre A-yeong o dia todo, eu olhava para Da-yeong e via a irmã bem na minha frente. Sabia que as duas eram diferentes, mas foi o que senti. Olhei para o quarto de A-yeong. Vazio, com seus pertences organizados em malas. A pessoa diante dos meus olhos era Da-yeong.

Não podia demonstrar fraqueza para aquela menina que perdera a irmã mais velha. Tentando me recompor, repeti para mim mesma: *Da-yeong é diferente. Não é A-yeong.* Só depois consegui fingir que estava relaxada e falar, em tom de brincadeira:

— Eu também tinha um compromisso, filha.

Ela estreitou os olhos e ergueu o queixo. Quando tirei as fotos do meu casamento, aprendi que, se você colocar a língua atrás dos dentes superiores, parece um sorriso de verdade. Da-yeong ficou confusa com meu humor atípico, mas não demonstrei nada. Tinha dezessete anos, era melhor não saber. Ela não precisava ter ideia de como me eu sentia de verdade. Sobre minhas culpas. Acreditava que era isso que faria Da-yeong viver "confortável".

— Vou tomar um banho e preparar uma comida para você, filha.

Entrei no quarto principal e tranquei a porta, girando a chave lentamente para não fazer barulho. Para disfarçar o som do trinco, dei passos ruidosos sem sair do lugar.

Quando a porta se fechou, era como se as paredes estivessem me cercando. O espaço ficava cada vez menor. Da-yeong e eu, separadas na mesma casa. Longe dos olhos dela, apoiei as mãos no chão e escorreguei. Como se meu coração também tivesse desabado, o choro fluiu. Respirei fundo várias vezes para conter o som. Deixei que as lágrimas caíssem no chão. Sabia que deixar que escorressem era menos ruidoso do que enxugá-las. Elas foram aumentando em volume, e tive que engolir em seco e segurar o fôlego para conter os gemidos. Respirar fundo revelaria a tristeza.

Sem Da-yeong, eu não estaria viva. Teria partido como A-yeong. Mas a realidade é que ela existia. Ao meu lado, havia uma menina pela qual eu era responsável. Precisava superar o luto, conter a tristeza, sorrir gentilmente e preparar uma refeição quente. Eu era mãe no fim das contas.

Antes de me levantar, firmei as minhas pernas para me erguer de uma só vez sem cair. Usei a maçaneta como apoio e me levantei cambaleando. Quando fiquei de pé, senti um cansaço profundo. Até o luto era difícil. Parecia que o dia — o mundo inteiro — tinha acabado.

Dei uma olhada no espelho e limpei as manchas de lágrimas. Destranquei a porta e fui até a cozinha. Com receio de ser percebida, fiquei na frente da geladeira, sem fazer contato visual com Da-yeong. Cantarolando notas sem sentido, como de costume, tirei a cebolinha e a cebola da geladeira e as piquei. Peguei o arroz na panela elétrica, reaqueci o ensopado que havia preparado de manhã e coloquei alguns acompanhamentos na mesa. Chamei alto:

— Da-yeong, vem jantar.

— Estou indo.

Ela estava no sofá, mexendo no celular. Levantou-se de uma vez e se sentou à mesa. Quando notou que havia apenas uma tigela, perguntou:

— Mãe, você não vai comer?

Olhou para mim. Nossos olhares quase se encontraram, mas virei-me depressa, fingindo organizar a geladeira. Apenas deixei que me visse de perfil discretamente. Fingindo naturalidade, disse:

— Não estou me sentindo bem do estômago. Pode comer primeiro.

— Aconteceu alguma coisa?

Tentando não deixar o peso em meu peito transparecer, respondi:

— Não aconteceu nada. Pode ir para o cursinho depois.

Ela inclinou a cabeça e comeu, como se não desconfiasse de nada. Fiquei observando-a, o cabelo macio estava na altura dos ombros largos. Tinha crescido alguns centímetros, e os olhos estavam mais escuros. Tinha crescido muito em dois anos, tanto quanto a última vez em que vi A-yeong.

Clic.

Abriu a porta para ir ao cursinho. O inchaço diminuíra e meus olhos se abriram totalmente. Só então notei de fato o rosto de Da-yeong. Um olhar firme. Um sorriso gentil. Uma voz suave. Falei no tom apropriado:

— Vai com cuidado.

Ela não fazia ideia do quão desesperadoras eram aquelas palavras. Uma pontada que atravessava meu coração. Da-yeong não tinha como saber que a coisa que eu mais queria era que voltasse em segurança. Ela abriu um sorriso de adolescente. Não era brilhante, mas exalava inocência. Então a porta se fechou e eu desabei. Como se algo estivesse me empurrando, meu corpo grudou no chão. Quando me sentei no piso frio, as lágrimas voltaram a correr. Dessa vez, não de tristeza, mas de arrependimento. Por não ter agido do mesmo jeito com A-yeong.

Meus passos estavam pesados. Subir a ladeira parecia uma caminhada para o passado. Conforme me aproximava do centro, as memórias voltavam, até chegarem ao dia em que A-yeong partira. Pensei o tempo todo nisso durante o caminho. Se tivesse compreendido o que A-yeong estava sentindo enquanto ainda estava viva. Se não fosse uma mãe horrível que só quis tentar compreendê-la depois de perder tudo. Cada vez mais ofegante, orei por perdão. *Perdoe sua mãe que só quer conhecer você agora. Sua mãe, que só passou a querer compreender seus sentimentos depois de ficar cheia de tristeza e arrependimento.*

Pisando em todas as minhas memórias, subi a escada. O centro ficava no quarto andar. Talvez por ser um prédio antigo, não havia elevador. Quando parei em frente à porta de vidro, notei que estava limpíssima, sem uma marca de mão. Respirei fundo, preparando-me mentalmente para enfrentar a morte de minha filha.

Houve um tilintar.

A campainha emitiu um som suave que lembrava os passos de Da-yeong chegando em casa. Um homem grande me recebeu, mas a pessoa com quem falara ao telefone era uma mulher. Assim que me viu, ele abriu um sorriso amigável e disse:

— Olá. É a senhora Yu-hwa, que marcou uma consulta hoje, certo?

O homem falou de forma que não era nem muito leve, nem muito pesada. Sem jeito, respondi que sim. Quando olhei ao redor, vi outro homem sentado à mesa no escritório. Era mais magro e sério do que o outro. Quando nossos olhares se cruzaram, ele se levantou sem dizer nada e me cumprimentou educadamente. Paralisada, só consegui acenar com a cabeça.

— A diretora do centro precisou sair, mas volta em cinco minutinhos. Meu nome é Sang-woo Lim e trabalho aqui. Aquele ali é Ji-hoon Kang, novato. A senhora chegou adiantada! Nossa diretora é muito pontual nas consultas. Então, por favor, sente-se um pouco.

— Certo...

Sang-woo me guiou até um sofá. Ji-hoon, que parecia estar trabalhando, não expressou nenhuma reação. O sofá de tecido não afundava muito e estava mais para um móvel residencial do que de escritório. O estofado tinha um aroma suave e agradável. O local parecia ter sido pensado nos mínimos detalhes e fez eu me sentir acolhida. O ambiente não era tão tenso quanto eu imaginava. Recuperei o fôlego. Sang-woo notou meu nervosismo e falou comigo novamente:

— Aceita um chá? Temos bastante variedade. Algum favorito? Se preferir, temos café.

— Ah... qualquer um está bom.

— Então deixe-me recomendar um. Só me diga se quer quente ou frio, por favor.

— Quente.

Ele abriu um sorriso espontâneo, diferente do meu, que era forçado. A expressão dele era fascinante e não consegui desviar os olhos. Relaxado, Sang-woo começou a preparar o chá em uma mesa lateral. Enquanto fervia a água, escolhia o sabor. Como disse, havia muitos tipos. Não apenas saquinhos simples, como também folhas secas em elegantes garrafas de vidro. O centro era silencioso. O chá foi servido junto com o som de água fervendo. Até as xícaras eram especiais, fazendo o ambiente lembrar uma cafeteria.

— É chá de crisântemo. Quanto mais se espalha na água, mais parece desabrochar. Achei que combinava com a primavera. Deve ajudar a acalmá-la um pouco também.

— Obrigada.

Observei o chá. Em meio ao vapor branco, uma flor desabrochou gradualmente. À medida que ficava maior, parecia que o espaço vazio em meu coração era um pouco preenchido. Quando estava prestes a tomar um gole, a campainha tocou. Era a diretora do centro.

— Ji-an chegou. Ela é nossa diretora e realizará as entrevistas e consultas. Vou voltar ao trabalho.

Sang-woo fez uma reverência e retornou à sua mesa. A diretora se aproximou.

— Sou Ji-an Kang e comando o Centro de Autópsia Psicológica. Conversamos ao telefone, certo? Deve ter sido difícil vir até aqui. Obrigada pela visita.

— Não, eu que agradeço.

Ela tinha olhos suaves e uma presença tranquila. Senti que era mais séria que Sang-woo e mais amigável que Ji-hoon. Ela sentou-se à minha frente e explicou o termo de consentimento necessário para a autópsia psicológica. Graças à sua gentileza, os termos técnicos pareceram mais uma conversa do que uma explicação.

— Assinando aqui, completamos a documentação.

— O que devo fazer agora?

— Faremos uma entrevista sobre a falecida. Se concordar, podemos realizá-la ainda hoje. Depois, começaremos a busca das informações necessárias e é possível que solicitemos entrevistas adicionais.

— Quando você diz entrevista, quer dizer...

— Basta responder à vontade. Podemos prosseguir?

Só de pensar em falar sobre A-yeong, senti um medo repentino. A diretora não sabia os acontecimentos daquele dia, mas eu lembrava. Precisava de mais preparo mental? Devia voltar em outro momento? Não consegui abrir a boca de tanta hesitação. Meus músculos estavam tensos, como se estivesse amarrada ao sofá. O motivo de estar ali. Meu cérebro pareceu se contrair, espremendo meus pensamentos. E se aquele fosse o último dia de Da-yeong? E se ela não voltasse? Eu me arrependeria, mais uma vez, por não ter tido coragem? Voltaria para casa afundada na culpa que me levara até ali? A ansiedade que me tomava todos os dias. O medo de que minha filha não voltasse para casa. *Seja corajosa. Vamos encarar isso de frente.*

— Vamos fazer isso hoje — falei.

— Então, me acompanhe até a sala de consulta.

Não tive uma vida fácil nem difícil. Antes de me casar, fiz faculdade, arrumei um emprego e trabalhei em uma empresa. Não era muito apegada ao trabalho, mas também não era infeliz. Meu marido era funcionário de um parceiro comercial e não cometeu nenhum erro durante os dois anos de namoro. Era quatro anos mais velho que eu, e o casamento parecia o caminho natural.

Depois, aproveitei a vida de recém-casada como todo mundo e tive minha primeira filha. Não era como se eu estivesse ardendo de paixão só porque tinha me casado pouco tempo antes. Discutíamos e fazíamos as pazes como todo casal. O comportamento do meu marido depois que engravidei também foi "moderado". Comprava o que eu desejava comer, ia comigo ao hospital e pedia desculpas quando me chateava. Na época, não percebia que tudo estava fluindo bem. Considerava aquilo normal.

Quando A-yeong nasceu, eu e meu marido ficamos muito felizes. Assim que segurei a criança nos braços, senti algo ferver em meu peito. Foi uma sensação inédita. Tive um parto natural, mas esse apego era surpreendente. Descobrir ser fisicamente difícil e cansativo cuidar de um bebê, como deve ocorrer com todas as mães de primeira viagem. No momento em que A-yeong estava prestes a completar dois anos, fui a primeira a sugerir a ideia de outro filho. A menina podia se sentir sozinha. Meu marido, filho único, concordou. Achei que dois seria melhor que um. Brincando, falei que deveríamos ter o bebê logo para criarmos a prole toda de uma vez.

Então tive mais uma filha. Como era outra menina, pensei em um nome que lembrasse A-yeong. Da-yeong. Da-yeong Yang. Os nomes A-yeong e Da-yeong soavam "Aung Daung", aquela expressão que usamos para pessoas que pegam uma no pé da outra por bobeiras. Sorri imaginando as irmãs interagindo entre si. Queria que vivessem juntas por muito tempo como amigas.

Como era de se esperar, as duas brigavam bastante. Quando A-yeong pregava peças, Da-yeong fazia beicinho e desatava a chorar. A cena era tão fofa que me fazia rir. Larguei o trabalho sem resistência para criar as meninas. Além de não ser tão apegada a meu emprego, eu as amava, e meu marido cumpria bem seu papel de provedor.

Assim era meu casamento, minha vida. Quando tudo tinha começado a degringolar?

Meu marido passou a viajar muito a negócios e a voltar tarde para casa. No começo, não desconfiei. Achava que esse tipo de coisa nunca aconteceria comigo. Mas então ouvi o telefone tocar tarde da noite e o vi indo atender cautelosamente. Ali surgiu uma pequena suspeita. Após uma viagem de negócios, verifiquei o celular dele em segredo. Queria dissipar aquelas leves dúvidas. No entanto, a verdade não era leve. Fiquei ressentida; ele nem tinha se dado ao trabalho de mudar a senha. Havia mensagens trocadas com outra mulher dizendo que sentia saudade, que a amava, que não queria se despedir dela. Perguntas sobre divórcio. Minhas mãos tremeram, na verdade, meu corpo todo tremia da cabeça aos pés, mas as mãos chacoalhavam. Só então percebi que o que acontecia com os outros também podia acontecer comigo. O celular caiu no chão.

Depois disso, tudo voltou ao estado natural. Acabamos nos divorciando porque para mim fazia mais sentido do que perdoar a traição. A-yeong tinha seis anos e Da-yeong, quatro. Claro que pensei que as crianças poderiam sofrer, mas meu marido não quis continuar casado. Em troca, ele prometeu pagar pensão. Suficiente para não faltar nada. Fiquei me perguntando se ele conseguiria cumprir a promessa, mas logo soube que a mulher com quem estava namorando tinha muito dinheiro.

Pensei que era só um divórcio. Que A-yeong e Da-yeong cresceriam bem. Não é mais um tabu tão forte, e hoje em dia há muitas famílias divorciadas. Além disso, receberia indenização por danos morais e pensão alimentícia para criar as meninas. Acreditei que não haveria grandes problemas até elas completarem vinte anos. Não tinha certeza, mas precisava acreditar. Caso contrário, minha vida desandaria.

— Estou falando com a mãe de A-yeong?

O divórcio não foi nada fora do normal, mas aquele telefonema me arrastou para um mundo que nunca imaginara. Minha filha tinha catorze anos, acabara de começar o ensino médio. Ela se dava bem com os colegas de ensino fundamental, então não me preocupei com a mudança. Mas pouco depois do começo do semestre, recebi uma ligação da escola. Fui informada de que A-yeong se automutilava.

— Automutilação?

— Outras crianças viram as cicatrizes enquanto ela trocava de roupa para a aula de educação física. Também não está se enturmando bem. A-yeong pediu para não contar à senhora, mas achei que deveria saber e resolvi ligar.

— Mas... Mas por que ela?

— Por enquanto, estamos oferecendo aconselhamento no We Class, um espaço da escola, mas ainda não sabemos os detalhes. Houve algum acontecimento estressante em casa?

O divórcio. Só consegui pensar nisso. Eu não era negligente nem deixava faltar nada. Exceto um pai. Era tão difícil de suportar a ponto de se automutilar, de encostar uma lâmina no próprio corpo? A culpa me deixou enjoada. Era como se a culpa fosse toda minha.

— Nós nos divorciamos quando A-yeong era pequena... Será que é por causa disso?

— É difícil ter certeza, mas será que pode observá-la mais de perto em casa? Hoje em dia, cada vez mais adolescentes se automutilam. Não se culpe nem desanime. Tente conversar com ela com calma.

— Entendi... Obrigada por me avisar.

Quando A-yeong chegou em casa, eu não sabia com que cara recebê-la. O clima ficou pesado. Da-yeong, ainda pequena, percebeu e foi se esconder no quarto. Assim que me sentei de frente para A-yeong, minha cabeça deu um branco. Ninguém tinha me ensinado a conversar sobre isso. Nunca imaginei que minha filha pudesse se automutilar. Ela parecia desconfortável.

— Como vai a escola? — perguntei, finalmente.

Comecei pela vida escolar. Talvez não conseguisse fazer amigos por causa do estresse? Ou a adaptação no ensino médio estava difícil? Ou ouvia comentários de que não tinha pai? As preocupações foram aumentando. Mas A-yeong respondeu com indiferença:

— Tudo bem.

— Não está passando por nenhuma dificuldade?

— Dá para aguentar.

— Recebi uma ligação da sua professora hoje...

Com essas palavras, sua expressão se distorceu. As sobrancelhas franziram, transparecendo a frustração. Ficou batendo os pés, dispersa. *Mantenha a calma. Vamos resolver isso com o diálogo.* Acalmei-me tanto quanto pude e continuei:

— A-yeong, ouvi dizer que você está passando por momentos difíceis ultimamente. Quer conversar sobre isso?

— Já falei que está tudo bem.

— Só posso ajudar se você falar comigo.

— Não preciso de ajuda!

Quando ela se levantou abruptamente, fiquei com raiva e agarrei seu braço. Havia muitas linhas vermelhas nele. Os ferimentos cobertos por sangue coagulado pareciam ser de um ou dois dias antes. Mesmo tendo sido avisada, só caí em mim quando vi o braço dela. Minha filha. Minha criança. Ela se automutilava. Cortava o próprio braço com uma lâmina. Não conseguia acreditar que algo assim podia estar acontecendo. Não fui capaz de manter o controle.

— O que é isso?! Por que seu braço está assim?!

Ela ficou em silêncio.

— Com quem você aprendeu isso? O que é que eu não fiz por você?

— Me solta!

A força que ela usou para se soltar foi maior do que imaginei. Queria tanto fugir de mim? Corri atrás dela até o quarto e tentei abrir a porta, mas já estava trancada. Não consegui nem entender os soluços do outro lado da porta. Fiquei com raiva. Não aceitava que algo assim estava acontecendo comigo. De que minha filha fosse o tipo de garota que se automutila.

Depois desse incidente, A-yeong passou a falar ainda menos. Sempre trancava a porta do quarto. Cheguei a entrar lá e jogar todas as lâminas fora quando ela não estava. No entanto, as feridas, que por vezes ficavam visíveis em seus pulsos, não saravam. Em vez de se transformarem em cicatrizes, pareciam se multiplicar.

— Professora, o que devo fazer? Como está A-yeong na escola?

— Tentei aconselhamento, mas ela não fala muito...

No ano seguinte, a professora mudou, mas recebi uma ligação sobre o mesmo assunto. A-yeong ainda se automutilava. Embora continuasse no aconselhamento escolar, nada mudou. Ela não queria falar nem comigo. Mesmo quando eu pedia que se sentasse um pouco, adotava uma postura desleixada e ficava calada.

Eu continuava sem saber onde as coisas deram errado quando A-yeong completou dezessete anos. Quanto ao colégio, recebi mais um telefonema da nova professora. Passei a sentir culpa até em relação a ela. Havia me tornado a mãe de uma garota problemática, alguém que não foi capaz de criar a própria filha direito. Quando descobriu que A-yeong se mutilava havia tanto tempo, a professora recomendou procurarmos um psicólogo. Eu também já tinha sugerido isso para A-yeong. No entanto, mesmo quando tentei forçá-la, ela se recusava a falar durante as sessões.

— Acho que o fato de a professora ter contado à senhora sobre a automutilação fez com que ela ficasse mais resistente ao aconselhamento. Várias crianças são assim. Sabem que, se forem sinceras, os pais também ficarão sabendo. Por isso evitam falar. Mas temos a obrigação de informar. É muito difícil, e sentimos muito.

— Não, imagina. É claro que, como mãe, preciso saber. Sinto muito por não ter cuidado bem dela... Sinto muito mesmo.

— Espero que a senhora não se sinta tão culpada.

— Obrigada.

Todos os adultos ao redor de A-yeong naquela época se sentiram culpados. Inclusive eu. Quanto mais isso acontecia, mais me consumia por dentro. O problema já não era apenas meu. Estava causando incômodo a outras pessoas. Não suportava pensar nessa situação. Por isso, naquele dia, pressionei minha filha.

— O que a senhora acha que poderia ter feito para evitar o suicídio da sua filha?

O peso daquela pergunta me atingiu em cheio. Não se tratava da história que eu tinha acabado de contar, e sim de como seria forçada a expor meu coração. Era a pergunta que eu mais evitei desde que A-yeong partira. Ela morreu um dia depois de eu pressioná-la incessantemente.

— Eu... Fui eu que causei a morte de A-yeong. Não só levei minha filha à beira do precipício, como também a empurrei. Na noite em que recebi o telefonema da professora, agarrei A-yeong antes que entrasse em seu quarto e gritei com ela. Perguntei até quando ia viver daquele jeito. Mandei parar com aquilo. Perguntei se achava mesmo que ia conseguir se matar cortando os pulsos daquele jeito. Questionei por que fazia aquilo se só ela sofria. Gritei todas essas coisas, e a menina, que até então sempre fora rebelde, parou de repente e me encarou com um olhar assustador. Não sei se era ressentimento ou decepção. Minha filha estava chorando, mas não entendi o que aquelas lágrimas significavam. Então, ela entrou lentamente no quarto e trancou a porta, como sempre. Fiquei com tanta raiva. Pensei que ia se cortar de novo. Que não fazia diferença eu tentar apaziguar ou ser dura. Mas no dia seguinte...

Engoli em seco. As memórias voltaram. A porta que não se abriu na manhã seguinte. O momento em que liguei para a emergência. O telefonema que recebi da polícia. Eu de costas, sem coragem de olhar enquanto arrombavam a porta. O corpo de A-yeong em uma maca, coberto com um pano branco. O sangue vermelho-escuro no chão do quarto. Não consegui olhar diretamente para o rosto sem vida de A-yeong, mas as manchas de sangue eram como seu cadáver, porque confirmavam que minha filha estava morta.

— Não... não tive coragem de olhar. Não consegui levantar o pano que cobria A-yeong. A polícia perguntou alguma coisa, mas nem lembro o que foi. Disseram que ela tinha se cortado de novo, mas dessa vez o ferimento havia sido muito profundo, e ela acabou perdendo mais sangue do que imaginava e entrou em choque. Parecia que A-yeong queria me provar que realmente podia morrer, mesmo que tivesse conseguido sobreviver até então. E eu ainda empurrei minha menina... para um lugar horrível.

Eu não merecia nem o direito de chorar. Minhas lágrimas não podiam me redimir. Mesmo enquanto falava daquele dia, não conseguia acreditar. O bebezinho que carregava nos braços. Uma criança de sorriso largo que brincava com a irmã mais nova e gargalhava. Que me chamava, radiante, de mamãe. Não podia acreditar que aquela criança tivesse feito algo tão terrível. Que eu a levara a fazer aquilo. Lembrei-me daquele dia. A massa pegajosa de sangue escuro.

Uma faca deixada sobre a poça. Fiquei enjoada. Ao me ver contendo a náusea, ela me trouxe água, parecendo um pouco preocupada.

— Senhora...

— Fui eu que a matei, não é? Ela morreu por minha causa, não foi? E se... eu acabar fazendo a mesma coisa com Da-yeong? Se Da-yeong for embora assim... como vou viver?

— Primeiro, a senhora precisa controlar sua respiração.

Ela respirou fundo e me olhou nos olhos. Ao inspirar, levantou ligeiramente a ponta do queixo e, ao expirar, abaixou a cabeça, me guiando. Um, dois. Um, dois. Respirei em sincronia com ela. À medida que me acalmava, a náusea foi melhorando e recobrei os sentidos. Ela disse:

— A autópsia psicológica ainda não foi concluída, mas posso afirmar uma coisa com certeza: você não matou A-yeong. Só acha isso porque não tinha ideia de como ela realmente se sentia. Quando souber o que se passava com A-yeong, não vai mais se sentir assim.

— Se sentir de que forma?

— Triste por perder alguém precioso. Você pode pensar que é a mesma tristeza, mas é diferente. A que sente agora é acusatória. Por que não fez isso, por que disse aquilo? Mas quando conhecer os sentimentos de A-yeong, a tristeza será por ela. Por uma menina preciosa que partiu. Que viveu momentos difíceis. Isso é o que chamamos de luto. Vamos ajudá-la nesse processo.

Ela tinha razão. Mesmo que não conseguisse desembaraçar minhas emoções emaranhadas, eu entendia que a tristeza que estava sentindo era dirigida a mim. Ao mesmo tempo, pensei: *Será que alguma vez me senti triste só por A-yeong? Será que, mesmo depois que ela se foi, só pensei em mim?*

Como se estivesse tentando me tirar dos meus pensamentos, Ji-an falou com firmeza:

— A senhora é uma mãe enlutada que perdeu uma filha preciosa, não uma criminosa.

Nunca pensei, em toda a minha vida, que seria rotulada como uma mãe enlutada. Mesmo assim, não deixava de ser uma verdade que A-yeong era preciosa para mim. O que ela disse não foi reconfortante nem repreensivo, tratava-se apenas da realidade.

Enquanto voltava para casa, não consegui tirar o último pedido dela da cabeça. Queria entrevistar Da-yeong para uma autópsia psicológica. Em geral, só é permitida a participação de pessoas maiores de vinte anos, mas neste caso, por ser uma recomendação do centro estatal que fez a primeira autópsia, poderiam entrevistar adolescentes. Ela frisou, com cautela:

— Se você se sentir desconfortável, pode recusar.

Como mãe, fiquei preocupada. Afinal, era minha responsabilidade. Depois que A-yeong morreu, Da-yeong quase não demonstrava emoções. Não parecia muito feliz, mas também não parecia deprimida. Interpretar o que uma menina assim estava sentindo era uma tarefa muito difícil. No dia em que A-yeong morreu por minha causa, Da-yeong estava no quarto. Provavelmente ouviu toda a conversa. E então a irmã mais velha tirou a própria vida. Naquele momento, Da-yeong não mostrou nenhum sinal de ressentimento em relação a mim. Mal mencionava a irmã. Eu também não perguntava, com medo de ouvir, junto com um olhar frio, que a culpa era minha.

— Chegou?

Logo depois que cheguei em casa, Da-yeong entrou. Ao ver seu rosto, fiquei aliviada por ela ter voltado sã e salva. Então a menina tirou os sapatos e largou a mochila, displicente. Observei cada movimento, tentando verificar se estava tudo bem. Se não se cortava como A-yeong. Olhar de relance para os pulsos e o pescoço de minha filha tinha virado um hábito.

Os braços estavam lisos. Embora estivesse um pouco bronzeada, tinha uma cor saudável, sem nenhuma vermelhidão. Desejei que aquele pulso representasse seus sentimentos. Sem cicatrizes. Sem ferimentos. Sem dores. Como se nada tivesse acontecido, como se ela não soubesse de nada. Ao pensar nisso, lembrei-me dos braços branquinhos das meninas quando nasceram. Naquela época, as emoções delas eram transparentes. O tempo mudou muita coisa. Eu mesma mudei muito.

Será que no futuro as coisas também poderiam ser diferentes?

Olhei para Da-yeong novamente. Enquanto a observava com mais atenção, ela fez uma expressão confusa. O nome A-yeong estava entalado na garganta. Será que podia mencionar aquele nome para Da-yeong? Era certo fazer isso? Só tínhamos uma à outra. E se Da-yeong se distanciasse de mim? Um gosto de sangue invadiu minha boca. Tinha mordido os lábios.

— Mãe?

Quando ela me chamou de "mãe", foi como se eu realmente a visse. Seu olhar continha um pouco de ansiedade. Não podia demonstrar fraqueza na frente dela. Não podia deixar transparecer. Precisava ser uma boa mãe. Carinhosa, atenciosa. Engoli o sangue e mudei de assunto.

— Como está indo no colégio?

— Hã?

— É que... faz pouco tempo que você entrou. Já fez amigos?

— Você está preocupada comigo também?

"Comigo também." Aquelas palavras perfuraram meu coração. Era como se incluíssem A-yeong. Desde que descobri que minha filha mais velha se cortava, só prestei atenção nela. Não sei se Da-yeong sabia sobre as feridas da irmã, mas ficava no quarto sem dizer nada, tentando não chamar minha atenção. Será que achava que só passei a me importar com ela depois que A-yeong se foi? Mil coisas passaram pela minha cabeça. Eu precisava dizer algo.

— Confio que você consegue se virar bem, Da-yeong.

— E não confiava na minha irmã?

Meu coração acelerou. Minha visão embaçada fazia os olhos de Da-yeong parecerem mais impassíveis do que cortantes. Por que mencionou A-yeong? Era um momento de rebeldia? Sabia que eu havia solicitado uma autópsia psicológica? Ou minha cara estava tão ruim assim? Pensei tantas coisas, mas não consegui dizer nada. Então, Da-yeong falou:

— O aniversário de morte da minha irmã está chegando.

Fiquei em silêncio.

— Sei que é importante para você — acrescentou ela.

Por mais que eu ainda a enxergasse como uma criança, Da-yeong já tinha dezessete anos. Com essa idade, eu também já intuía o que meus pais estavam pensando. Por que achei que com minha filha seria diferente? Por que as crianças crescem tão rápido? Será que eu tinha ficado focada apenas no aniversário de morte de A-yeong o tempo todo? Passei as mãos no rosto e falei devagar, com a boca seca. Senti que, se não falasse logo, não falaria nunca mais.

— Escuta, Da-yeong. Hoje fui a um lugar...

Não consegui encarar Da-yeong, e meu olhar ficou perdido. Parecia que havia algo entalado na minha garganta, como se uma espinha estivesse presa nela. Com muito esforço, engoli e falei:

— Era sobre a A-yeong. Queria saber por que ela estava sofrendo tanto... E eles querem fazer uma entrevista com você, para saber o que pensa dela. Por isso...

— Querem que eu fale sobre minha irmã?

— É que... acho que deve ser difícil falar sobre isso comigo.

— Mãe, só existe minha irmã para você?

Da-yeong me encarou com um olhar de dor. Fiquei sem palavras. Não era essa a minha intenção. Todas as coisas erradas que já tinha falado para A-yeong vieram à minha cabeça. Fiquei ansiosa. Será que ia acabar perdendo Da-yeong também? Enquanto todo o meu corpo enrijecia, ela falou, com uma expressão de raiva. Logo ela, que não se irritava facilmente.

— Mesmo quando minha irmã estava aqui, você só se preocupava com ela. Só perguntava as coisas para ela. Só dava bronca nela. Eu sabia o que ela fazia. Então, tentei entender. Mas agora você quer que eu fale sobre ela? Eu... eu...

Os olhos de Da-yeong ficaram marejados. Bastaria ela piscar para que as lágrimas começassem a cair. Torci para que isso não acontecesse. Porque, no fim, lágrimas cheias de ressentimento também caíram dos olhos de A-yeong.

— Eu também sou sua filha. Não sou só irmã dela.

Houve um silêncio.

— Vou dar uma saída. Volto para casa mais tarde, não precisa se preocupar — acrescentou ela.

Da-yeong se virou e saiu de casa sem derramar uma lágrima. Embora não conseguisse ver seu rosto, reparei nos tênis amassados nos pés. Assim que a porta se fechou, minhas forças se esgotaram. Quando não ouvi mais seus passos, a tristeza irrompeu em soluços. Bati no peito, arrependida. Parecia que meu coração partido nunca mais se recuperaria.

Então chegou o dia do aniversário da morte de A-yeong. Durante o caminho até o cemitério, Da-yeong ficou em silêncio. Eu também não sabia o que dizer. Alguns dias antes, como prometeu, ela voltou para casa na hora combinada. Naquela ocasião, percebi que talvez estivesse projetando a imagem de A-yeong em Da-yeong.

Paramos juntas em frente ao salão memorial, o lugar mais bem localizado no cemitério. O meu último esforço por ela. Aos dezessete anos, A-yeong, mesma idade de Da-yeong naquele momento, sorria sem jeito na fotografia. Foi uma pena não ter conseguido encontrar uma com uma expressão mais alegre. Aquela era a mais recente. Com um sorriso tão forçado quanto o meu nesse momento. Será que A-yeong também escondia alguma coisa o tempo todo?

Da-yeong entregou as flores que levamos. Tentei dizer alguma coisa.

— Se você quiser dizer algo para sua irmã, pode falar.

Da-yeong ficou olhando para a foto de A-yeong, como se estivesse conversando em silêncio. O que estaria dizendo? Também falei em pensamento: *Não sofra mais. Desculpe. Ainda sinto sua falta e você é preciosa para mim. Nunca me esqueci de você, nem por um instante.*

Ficamos ali por um tempo, com os olhos fixados no mesmo lugar. Da-yeong continuou quieta. De perfil, ela parecia mais vazia do que triste. Aos olhos dela, A-yeong era a irmã mais velha, e não minha filha.

— Vamos — disse Da-yeong, como se já tivesse terminado de falar o que queria.

Ela também deu o primeiro passo. Fui atrás. Dei uma última olhada em direção a A-yeong. Dezessete anos. A idade em que parou. A menina da foto tinha um rosto doce, fazendo com que fosse difícil imaginar seu braço marcado.

No carro, eu me sentei no banco do motorista e Da-yeong, no do carona. Ela largou o celular quando o carro deu partida, olhando com indiferença pela janela. Na sua idade, era normal ficar grudada no celular, mas ela só o usava quando necessário para se comunicar. *Pling, pling*. O som da chuva se somou ao silêncio.

— Mãe.

Quando Da-yeong me chamou baixinho, olhei de canto. Sua expressão era difícil de decifrar.

— O que foi?

— Minha irmã... Você sabe por que ela morreu?

— O quê?

Mesmo nessas palavras curtas, minha voz tremeu. Sem perceber, segurei o volante com força. Tinha ouvido direito? Ela perguntou por que A-yeong morrera? Com os nervos à flor da pele, até o leve som da chuva parecia agudo, como se perfurasse meus tímpanos. Sem notar meu estado, Da-yeong continuou:

— Eu sei por que minha irmã morreu.

— Como assim?

— Não preciso dessa entrevista nem nada disso.

— E por que sua irmã morreu? Da-yeong, você... sabe de alguma coisa? — insisti, a voz ficando mais alta por causa da urgência.

Como ela poderia saber de algo que eu não sabia? Será que A-yeong tinha dito alguma coisa? Deixado algum recado? Ou talvez Da-yeong tivesse visto a irmã sendo intimidada ou sofrendo bullying? Queria perguntar tudo que vinha à minha mente, mas me segurei para não a assustar naquele momento que enfim começara a falar. Da-yeong respirou fundo e falou devagar, como se já tivesse ensaiado:

— No ano passado, uma amiga minha começou a usar o Twitter, e também fiz uma conta lá também. O perfil de A-yeong apareceu como uma recomendação para mim, porque a irmã dessa amiga seguia ela. Para ser sincera, eu nem sabia que aquele perfil era dela. Foi minha amiga que me contou que nossas irmãs se seguiam. Aí ela me mostrou a conta e, na mesma hora, tive certeza de que era de A-yeong. Olhei os posts um por um, e o último dizia que ela ia morrer mesmo. E as menções...

— O quê?

— Um monte de gente mandando ela morrer de vez... Achei estranho e fui ver o histórico dela. As pessoas com quem ela fez amizade no começo, postando fotos dos cortes, passaram a atacá-la. A-yeong conheceu alguém lá e, quando ela brigou com essa pessoa, todos os amigos se viraram contra ela.

— E como você sabe que ela conheceu alguém lá?

Fiquei tensa, o corpo rígido. Uma sensação terrível, como se um acidente pudesse acontecer se eu não prestasse bastante atenção. Não consegui entender direito tudo que Da-yeong disse. Nem acreditar. Como algo assim podia ter acontecido com A-yeong? Com assim publicou fotos de cortes na internet, conheceu gente e fez aquelas coisas?

— No feed também tinha fotos que ela tirou com essa pessoa. Dava para ver tudo acontecendo em tempo real. Trocaram contatos, se encontraram, terminaram, se atacaram, e aí os posts foram diminuindo cada vez mais, até que...

— Quando foi isso?

— O último foi na mesma data de hoje. Dois anos atrás...

— Por que... você não me contou antes?

— Porque desde que minha irmã morreu você não tocou mais no nome dela.

A-yeong e Da-yeong. Mesmo sendo mãe das duas, depois que a primogênita se fora, parei de mencionar o nome dela, como se fosse natural não o trazer mais à tona. Achei que era o melhor para Da-yeong. Será que pareceu que eu estava fugindo? Será que pareceu que eu só pensava em A-yeong? Quando finalmente mencionei seu nome, foi para pedir a Da-yeong que desse uma entrevista. Será que isso fez com que ela se sentisse ainda mais solitária?

Arrependimento. Uma onda de arrependimento. E se eu tivesse tirado o celular de A-yeong? Proibido redes sociais? Impedido que se encontrasse com aquela pessoa que conheceu na internet? Será que poderia ter evitado tudo? E se a tivesse impedido de se automutilar desde o início? E se, ao menos, eu a tivesse levado a um médico? Meu peito apertou. Queria enfiar a cabeça em algum lugar. Eu só conseguia sentir arrependimento em relação a A-yeong.

Mas, sentada ao meu lado, estava Da-yeong. A menina que sabia de tudo, mas que não podia falar. Segurei-me para não desabar. Não queria machucá-la ainda mais. Talvez por saber como eu estava me sentindo, Da-yeong ficou quieta. Só voltou a falar quando a chuva apertou. A voz quase sumindo em meio às gotas.

— A culpa não é sua, mãe.

Se não fosse o som da chuva, se essas palavras não tivessem saído quase inaudíveis, eu teria simplesmente desabado e me permitido chorar.

Mesmo depois de voltar do cemitério e enquanto jantávamos, não consegui conversar com Da-yeong. Não sabia como me comportar na frente dela e, com uma expressão séria, apenas comi e lavei a louça. Parecendo perceber o clima pesado, Da-yeong evitou ficar por perto e foi cedo para o quarto. Também me deitei mais cedo do que de costume e fiquei encarando o papel de parede do meu celular. Era uma foto nossa: eu, A-yeong e Da-yeong, juntas.

Trim, trim!

Ouvi o som nítido de uma campainha, parecida com a do Centro de Autópsia Psicológica. Achei que parecia familiar, mas era semelhante à notificação de mensagem de texto no celular. Fiquei me perguntando quem mandaria mensagem àquela hora. Então vi que era a diretora do Centro de Autópsia Psicológica. Havia uma frase estranha junto ao que parecia um aviso normal.

Informamos a data de apresentação dos resultados da autópsia psicológica. Por favor, compareça na próxima quarta-feira em seu horário de preferência. E, se possível, visite o centro hoje, à uma da manhã.

Hoje, à uma da manhã...?

O Centro de Autópsia Psicológica é um escritório. Então, por que me chamariam de madrugada? Por que aquele horário específico? Em dúvida, apertei o botão de chamada. Ela atendeu com calma, como se não houvesse nada de estranho no pedido.

— Olá. Mandei mensagem porque já estava tarde, mas pelo jeito você leu.

— Li, sim, mas acho que o horário está errado, por isso liguei.

— Está falando sobre o pedido de vir hoje à uma da manhã? Bom, tecnicamente uma da manhã já é amanhã.

— Não, quero dizer... por que uma da manhã?

— Ah, explico quando chegar. Você pode vir? Tem uma coisa que só podemos verificar nesse horário.

Será que é algum processamento de dados?

Respondi que tinha entendido e desliguei o telefone. Queria fazer mais perguntas, mas ela parecia tão tranquila que fiquei sem jeito.

Ela disse que explica quando eu chegar. Talvez deva contar o que Da-yeong me disse hoje...

Verifiquei o relógio. Eram dez da noite. Demoraria cerca de uma hora para chegar ao centro. Então, sairia em duas horas. Ou talvez fosse melhor sair às onze e meia, para ter bastante tempo. Tomei um banho e me vesti. A noite foi ficando mais densa. Tanta coisa tinha acontecido que eu só queria que o dia acabasse logo.

A chuva, que tinha começado na volta para casa à tarde, continuou noite adentro. Dirigir de novo depois de retornar do cemitério me deixou cansada. Ainda mais com chuva. Como não costumo dirigir no dia a dia, foi muito desgastante. Mesmo assim, quando a encontrasse, queria explicar que seria difícil fazer a entrevista com Da-yeong. Fiquei imaginando como meu pedido tinha sido doloroso para minha filha. Na minha cabeça, as palavras de Da-yeong se misturaram às palavras da diretora do centro. Meus pensamentos estavam todos confusos.

Ao chegar, percebi que foi bom ter saído um pouco mais cedo. Talvez porque estivesse chovendo ou porque fosse tarde, não havia onde estacionar e tive que dar várias voltas no bairro para achar uma vaga. No fim, não consegui encontrar vaga por perto e fui parar num estacionamento público. Tive que caminhar dez minutos até o centro. Foi mesmo um dia cansativo.

Fui capaz apenas de arrastar os pés pesados. Quando cheguei ao prédio, notei que as luzes estavam acesas no quarto andar. Pensei que devia ser um trabalho que exigia ficar até tarde. Subi a escada com dificuldade. Quando abri a porta, ela era a única pessoa lá.

— Oi — disse ela, gentilmente.

Olhando o centro vazio, comentei:

— Não tem mais ninguém aqui.

— Isso é algo que os outros funcionários não podem fazer. Preciso que só você esteja aqui.

Do jeito que falou, parecia que estava escondendo algo. Olhei para a diretora com uma expressão neutra enquanto ela checava o relógio de parede atrás de mim.

— Que bom que chegou a tempo. Você precisa me acompanhar até um lugar. Trouxe um guarda-chuva, certo?

— Mas onde...

— Não é longe. No beco aqui atrás.

Ji-an pegou meu guarda-chuva e me tirou do centro. Desconfiei dela me chamando para um beco, sem mencionar nenhum processamento de dados ou termos de autorização. Eu a segui com relutância. Se não fosse pela sua naturalidade, talvez tivesse ido embora.

Fui atrás dela, arrastando os pés. Pensando somente em A-yeong. Queria perguntar o que estava acontecendo. Mas ela seguiu em frente, sem me dar oportunidade de fazer isso. O local onde parou não era muito longe do centro, como havia me dito.

— Chegamos.

Era apenas um beco estreito. Perguntei-me o que havia ali, e, sem dizer nada, ela apontou em uma direção. Uma velha cabine telefônica. Nem acreditei que ainda existiam telefones públicos. Lembrei-me de quando era jovem, colocando moedas para ligar para casa ou discando um número a cobrar. Pode-se até dizer que eram boas lembranças. Mas por que ela me levou até um telefone público naquela hora? Só então perguntei:

— Foi para isso que você me chamou tão tarde? Para me mostrar um telefone público?

— Isso é algo que só a senhora pode fazer. Estamos perto da hora em que A-yeong faleceu, certo? Vi no relatório da necrópsia. Como você quer muito saber o que A-yeong sentia no fim, e é provável que sua filha quisesse muito estar ao seu lado no momento, talvez consiga ouvir os últimos pensamentos dela.

— Não estou entendendo...

— Tente ligar. Para A-yeong. Já que veio até aqui nesse horário, pelo menos finja que acreditou. Pode ser que aconteça um milagre.

Minha expressão endureceu com suas palavras sem sentido. Falei baixo e firme:

— Não brinque assim comigo.

Estava zombando dos meus sentimentos? Ainda mais no aniversário da morte de A-yeong?

Ela havia mandado mensagem de madrugada para me dizer que eu poderia ouvir a voz de uma pessoa morta. Eu conhecia a voz de A-yeong melhor do que ninguém. Também sabia muito bem que ela nunca deixaria seus últimos pensamentos em um telefone público como aquele. Mas ela manteve a expressão séria, como se não estivesse mentindo, e olhou nos meus olhos. Verificou o relógio, baixou os ombros e disse:

— O tempo passou. Se mudar de ideia sobre o que eu disse, entre em contato quando quiser.

Ela se curvou educadamente para se despedir. Pediu desculpas por me chamar tão tarde, sem perder a compostura e com uma voz suave. Saí da cabine telefônica, abri o guarda-chuva e passei correndo por ela. Fiquei irritada por ela fazer pouco caso dos sentimentos de pais que perderam seus filhos, falando besteiras sobre recados de pessoas mortas. Entrei no carro e bati no volante. Meus punhos cerrados doeram. Soltei um gemido curto e superficial, como se o ar não chegasse a meus pulmões. Uma mancha de luz se espalhou em meus olhos e minha vista escureceu.

A raiva e a tristeza tomaram conta de mim. Me senti uma idiota por confiar nela. Mesmo assim, no caminho para casa, não deixava de pensar... que queria ouvir os últimos pensamentos de A-yeong.

Chovia forte. Um período chuvoso antecipado. Depois daquele dia, procurei por ela novamente. Liguei depois de pensar por vários dias.

— O que você disse antes... é verdade?

— É. Sei que fui rude em pedir que viesse de madrugada, mas jamais encarei sua tristeza de forma leviana — disse ela, em um tom confiante.

Eu não acreditava nessas coisas, mas era difícil ignorar. Sem saber o que fazer, perguntei sem rodeios:

— E se a chamada não completar?

— Pra ser sincera, existe a chance de que a ligação não aconteça. Mas tenho plena convicção de que você quer muito isso. Por isso, acho que a pessoa que conseguiria ouvir os últimos pensamentos de A-yeong é você.

Ser fiel às minhas convicções ou fazer algo em que não acredito para ouvir os últimos pensamentos de A-yeong? O que era mais importante? Mesmo que eu perguntasse isso cem vezes, a resposta seria A-yeong. Renunciaria a todos os meus bens materiais se significasse que ela voltaria à vida. Em comparação, só precisava acreditar no que a diretora dizia e fazer uma ligação de um telefone público que podia ser demolido a qualquer momento. Não sabia se ela estava tentando me convencer ou se entendia o que se passava na minha cabeça. Mas, tentando controlar as emoções, ela falou:

— Eu também não acreditaria se alguém me contasse isso, até que eu mesma perdi alguém precioso.

— Uma da manhã. Vou até o centro. Se não der certo, a responsabilidade será toda sua.

— Tudo bem.

Depois de desligar o telefone, lembrei-me das palavras de Da-yeong.

— Da-yeong, você acha que milagres existem?

Com essa pergunta repentina, ela me olhou de forma estranha. Ficou pensativa. Então, deu uma resposta em que nem eu, uma adulta, poderia ter pensado:

— Quero acreditar que sim. É melhor do que nada.

Quando a encontrei, nada tinha mudado. Com uma expressão calma, como se tudo aquilo fosse natural, Ji-an foi comigo até a cabine telefônica. Como começou a chover forte, a barra da minha calça se encharcou, e a roupa ficou cada vez mais pesada.

Uma da manhã. Era estranho que um telefone público ainda existisse numa rua tão deserta. Não havia transeuntes nem ninguém de pijama fumando na calçada. A chuva respingava na cabine e, quando peguei o fone e pensei em discar o número de A-yeong, fiquei nervosa. Esse era um número que eu jamais esqueceria. Só de pensar em discá-lo, lembrei que minha filha não fazia mais parte desse mundo.

As teclas gastas emitiram um som leve. O número que desapareceu depois que A-yeong se foi. Que qualquer um poderia estar usando naquele momento. Quando terminei de discar, ouvi o tom de conexão de chamada, mesmo sem ter inserido uma moeda ou ligado a cobrar. Não consegui desligar, tremendo sem explicação. O tom continuou e, então, ouvi um clique. Como se alguém tivesse atendido.

Mãe, eu queria muito te pedir ajuda. Naquele dia, queria contar tudo para você quando chegasse em casa. Que estavam fazendo bullying comigo e me xingando. Que me atormentavam. No caminho para casa, fiquei pensando no que queria dizer e tentei criar coragem. Parecia que você também tinha dado as costas para mim. Que não me amava mais, que não queria mais me proteger e que tinha me abandonado. Era como se não houvesse mais ninguém no mundo comigo. Senti que todos me queriam morta, que seria melhor para todos, e isso partiu meu coração. Se eu tivesse contado antes, será que você teria aceitado minha coragem? Será que eu não teria acabado sozinha assim? Só queria que alguém soubesse como eu me sentia... Mãe, me desculpa. Por ter errado. Por você não precisar mais de mim. Por só te machucar. Sempre quis te contar o que pensava, mas fugi por medo. Agora ninguém vai sofrer por minha causa. Na verdade, estou com medo. Me pergunto se esta será mesmo a última vez. Eu queria viver.

A ligação caiu. Era a voz de A-yeong, sem dúvida. A voz inesquecível da minha filha. Algo inacreditável realmente aconteceu ali, bem na minha frente. Disquei o número de novo. Mas o telefone ficou mudo, sem sinal. Desabei. A água da chuva respingava no asfalto. Gotas salpicavam meu rosto e escorriam como lágrimas. Cada gota que encharcava minhas roupas parecia uma lágrima.

O mundo ficou embaçado, nebuloso, e eu não conseguia ver nada com clareza. A água da chuva penetrava minhas roupas. Meu corpo molhado, o chão me puxando para baixo. Quando a chuva diminuiu, levantei a cabeça e lá estava ela, abaixando-se perto de mim e me protegendo com um guarda-chuva.

— Você ouviu os pensamentos de A-yeong?

— Ouvi. Ela disse que queria falar, mas que estava com medo. Que queria... Queria viver. Eu não sabia de nada. Minha própria filha... dei à luz e não sabia nada sobre ela.

— Já ouvi falar sobre como se sentem as crianças que se automutilam.

Olhei para ela suavemente. Sua voz fraca quase abafada pelo som da chuva. Então ela continuou:

— Quando perguntamos por que se machucaram, a maioria delas responde que foi porque não sabiam o que fazer. Algumas afirmam que fazem isso porque querem viver. Sentem que, se não o fizer, vão morrer de verdade. Essas crianças não sabem lidar com seus sentimentos. Acabam assim porque tentam resolver seus problemas sozinhas. Uma delas me disse uma vez que queria morrer. Então, perguntei de novo: será que você só não está com medo de não conseguir viver bem? E ela... — A barra de suas roupas, assim como as minhas, foi ficando molhada, mas continuou falando, sem se importar: — ... fez que sim com a cabeça. A menina que dizia que queria morrer, na verdade, queria viver bem. Se eu não tivesse perguntado de novo, poderia ter pensado que ela só queria morrer, já que tinha se automutilado e falou de seu desejo de morte. Às vezes, achamos que conhecemos alguém, mas podemos estar ignorando como a pessoa realmente se sente.

Continuei em silêncio, ouvindo.

— Então, por favor, pergunte o que sua outra filha está sentindo de verdade. Só isso já vai evitar que aconteça o mesmo que ocorreu com A-yeong. E talvez seja tudo o que podemos fazer.

O rosto de Da-yeong me veio à mente. Quando tinha sido a última vez que eu perguntara como ela se sentia? O que deveria fazer agora? Estar junto dela. Estar ao lado da minha filha dali em diante. Eu precisava ajudá-la a achar o caminho quando estivesse perdida. A descobrir o que fazer quando não soubesse. Descobrir junto com ela.

— Preciso ir para casa.

— Terminamos a conversa amanhã então.

Ela falou como se já soubesse que eu voltaria. Peguei o guarda-chuva e corri para o estacionamento. Quando liguei o carro, minhas roupas estavam tão molhadas que nem parecia que eu estava usando guarda-chuva. Molhar o banco não tinha importância. Corri pela estrada de madrugada, cortando a chuva. Precisava ver Da-yeong. Eram duas da manhã quando entrei em casa. Assim que abri a porta, dei de cara com ela. Fiquei surpresa por vê-la acordada tão tarde, mas ela pareceu ainda mais espantada ao me ver encharcada.

— Mãe?

— Da-yeong.

— Onde você esteve? E por que está toda molhada?

Sem responder, abracei-a. Ela não me afastou. Em vez disso, resmungou:

— Você está gelada.

Em meus braços, Da-yeong já tinha a minha altura. Envolvida em seu calor, não consegui conter as lágrimas e comecei a chorar. Não tentei impedir o som de sair. Enterrei meu rosto contorcido no ombro de Da-yeong, que ficou tão molhado quanto minhas roupas. Ela levantou lentamente o braço e deu um tapinha nas minhas costas. Desde o dia do velório, foi a primeira vez que chorei na frente dela.

— Mãe, você está bem?

— Me desculpe. Me desculpe, Da-yeong.

Naquela noite, ela perguntou como eu me sentia. Só consegui pedir desculpas. Como disse A-yeong em suas últimas palavras, é preciso muita coragem para falar o que sentimos. Mas meus sentimentos estavam dispersos e confusos demais. Eu só esperava que esses sentimentos, em vez de se voltarem para A-yeong, estivessem direcionados para Da-yeong, que me aguentou tentando conter a tristeza. Que fosse tudo por Da-yeong. Naquele dia, ela disse calmamente que faria a entrevista. Foi um dia de tanto choro quanto dois anos antes.

Relatório de autópsia psicológica

Nome: A-yeong Yang

Idade: 17 anos

Data de falecimento: 8 de abril de 2021

Resumo do caso: A vítima de suicídio (A-yeong Yang, 17 anos) praticava automutilação desde os 14 anos e recebia aconselhamento psicológico regularmente na escola. No entanto, devido ao comportamento autolesivo, passou a ter desentendimentos com a mãe e, na noite anterior à morte teve uma discussão mais intensa que o de costume. Na manhã seguinte, faleceu em decorrência de choque provocado por um corte fatal. A cliente é mãe da vítima de suicídio e demonstra intenso sentimento de culpa pela morte da filha, atribuindo tal fatalidade às próprias palavras e ações. Devido ao sofrimento, solicitou uma autópsia psicológica.

Processo de crescimento e tendências: A adolescente vivenciou o divórcio dos pais quando era pequena, mas não apresentou sintomas psiquiátricos evidentes ou problemas de comportamento até o ensino fundamental. Ao entrar no ensino médio, tornou-se mais introvertida e começou a se automutilar. Embora seja possível que o divórcio dos pais tenha contribuído para a formação de um quadro de ansiedade, é difícil estabelecê-lo como causa definitiva do comportamento autolesivo. O fato de os primeiros episódios terem se iniciado após o ingresso no ensino médio sugere que ela era sensível às mudanças ambientais que surgiram no fim da infância. Participava ativamente de redes sociais para superar sua personalidade introvertida e, considerando que a automutilação se tornou uma tendência em certas plataformas on-line, é possível que ela tenha adotado esse comportamento como forma de identificação com seus pares.

Fatores de estresse: Identificou-se uma grande dificuldade em estabelecer amizades significativas durante a adolescência. Supõe-se que houve estresse devido às mudanças ambientais ao ingressar no ensino médio, ao colégio e ao conflito com a mãe. Além disso, foi confirmado o cyberbullying nas redes sociais, seu principal meio de buscar pertencimento, e constatou-se que a paciente sofria grande estresse devido ao bullying on-line de seus colegas, incluindo mensagens que sugeriam suicídio antes da tentativa fatal.

Parecer final: Devido à natureza da adolescência, a jovem apresentava um estado psicológico de desejo de independência e, simultaneamente, necessidade de pertencimento com os pares. O cyberbullying aparece como fator precipitante de suicídio e o estresse parece ter se agravado em uma situação em que era difícil pedir ajuda aos responsáveis. Presume-se que a falta de confiança no compartilhamento de informações com os tutores e no aconselhamento escolar após o primeiro episódio de autolesão prejudicou a efetividade do tratamento.

Plano de prevenção: Evidencia-se a necessidade de regulamentação de conteúdo sobre automutilação e suicídio nas redes sociais e de educação dos tutores para garantir uma intervenção terapêutica adequada. O fortalecimento do sistema de prevenção ao suicídio é necessário em várias áreas, tais como aconselhamento e orientação acessíveis aos jovens, incluindo programas de apoio entre pares.

<anexo_entrevista 1><anexo_entrevista 2><anexo_registros de smartphone><anexo_registros de Internet>

O centro estava movimentado quando o visitei durante o dia. Não encontrei Sang-woo, a pessoa gentil que procurava, mas recebi um cumprimento amigável de quem eu lembrava ser Ji-hoon. Talvez por ser o lugar onde ouviria os resultados da autópsia psicológica de A-yeong, essa indiferença pareceu reconfortante. Ji-an me acompanhou até a sala de atendimento. A atmosfera estava bem diferente daquele dia em que me chamou ao telefone público.

— Graças à entrevista com Da-yeong, conseguimos reunir dados suficientes para compartilhar com você.

Ela falou como se pedisse para transmitir seus cumprimentos a Da-yeong. No dia da entrevista, apenas a levei ao centro e esperei em um café próximo enquanto as duas conversavam. Não sei tudo que Da-yeong falou, mas sua expressão parecia muito mais leve quando voltou da entrevista.

— Como você e Da-yeong estão atualmente?

— Ainda é difícil.

Minha relação com minha filha continuava estranha. Às vezes, quando queria perguntar como ela estava se sentindo, minha boca não se movia. Mesmo depois da entrevista, eu queria saber sobre o que tinham conversado e o que ela pensava sobre a irmã, mas o nome de minha primogênita ficava entalado na garganta. Uma coisa ficou clara: eu precisava ser mais corajosa.

— Este é o relatório de autópsia psicológica e... Na verdade, o que eu queria mesmo mostrar a você era isto.

Ela me entregou um monte de arquivos. Eram fotos e textos das redes sociais de A-yeong. Observei atentamente. A-yeong num dia de verão. Sorrindo na frente do espelho. Pregando peças em Da-yeong. Indo para um café com as amigas depois da escola. Nas fotos e nos textos, não dava para ver sua tristeza. Ela não parecia o tipo de menina que se machucaria.

— Esta é a rede social dela? Pelo que ouvi...

— Está falando sobre o que Da-yeong contou, certo? Na verdade, tem isso também. Mas por você já saber do que se trata e por eu achar que pode ser desconfortável ver pessoalmente, fiz algumas edições.

Ela me entregou outro arquivo. Embora não fosse uma imagem de automutilação, revelava os sentimentos de A-yeong.

Sinto como se tivesse sido abandonada neste mundo. Queria que alguém pudesse entender o que sinto. Me sinto sozinha. Por que alguém que eu amo tanto me odeia? Será que é por isso que me odeio também?

— O que achou?

— É que... não sei. Está me dizendo que estes dois arquivos são da mesma rede social?

— As plataformas são diferentes, mas todo o conteúdo é das redes sociais de A-yeong. São postagens que ela fez.

Havia uma A-yeong que parecia tão feliz que seria impossível duvidar, e havia uma A-yeong que parecia a única pessoa deixada para trás no mundo. Era uma A-yeong diferente da que eu conhecia. Qual delas era a verdadeira? Depois de sua partida, pensei que as palavras tristes fossem as mais sinceras, mas seu sorriso nas fotos era igual ao que eu via quando ela estava realmente feliz.

— A razão pela qual mostrei isso é... porque quero que você saiba que todas essas versões representam A-yeong. Quando pensamos em alguém que sofre de depressão, achamos que a pessoa está sempre triste, mas não é bem assim. Às vezes, ela pode se sentir contente ou feliz também. Os sentimentos difíceis de A-yeong eram verdadeiros. No entanto, isso não significa que as postagens sobre seus dias felizes eram mentira. Talvez ela quisesse contar tudo isso para você. Tanto o desejo de viver quanto o de morrer. No entanto...

— Humm?

— ... Como muitas pessoas, ela deve ter pensado que não seria compreendida. Porque sabia que os pais sempre querem ver os filhos bem e felizes. Talvez por isso tenha procurado pessoas semelhantes nas redes sociais e se identificado com elas. A tentativa de lidar sozinha com tudo pode ter levado à automutilação também.

Quando ouvi isso, a imagem da jovem A-yeong me veio à mente. Ela detestava minhas preocupações. Vivia dizendo: "Pode deixar que eu me viro!" A incrível A-yeong, que sempre tentava dar um jeito sozinha. Achei que a A-yeong que se machucava era uma versão dela que eu não conhecia. Acreditei que ela precisava mudar e esperava que voltasse a ser como era antes. Mas percebi que até isso fazia parte da filha que eu amava.

Eu não tinha aceitado A-yeong por completo. Mesmo ela sendo quem sempre foi.

— Eu só queria acreditar que A-yeong, que tanto me preocupava, ficaria bem. Foi só por um momento. Mas nunca pensei que isso causaria tanto sofrimento à minha filha...

— Talvez seja necessário que nós, adultos, tenhamos uma visão mais ampla. Não apenas de um ângulo, mas de dois, ou até mais. Provavelmente A-yeong também tinha outras facetas que não apareciam nas redes sociais. Tanto o lado que mostrava para você quanto o que mostrava na escola... Tudo isso era A-yeong, e essa é a realidade que precisamos encarar.

Suas palavras soaram como um leve empurrão nas minhas costas. A realidade que precisamos encarar. A coragem de conversar. A determinação de compartilhar meus sentimentos com honestidade. Até o momento em que deixei o centro, prometi repetidas vezes: não fugir mais e tentar ter coragem. Para começar, decidi confiar em Da-yeong, que teve coragem primeiro.

— Da-yeong, quer dar uma volta comigo?

Quando fiz o convite, ela tinha acabado de voltar da escola. Seus olhos se arregalaram.

— Agora? Mas e o cursinho?

— Pode faltar. É só por um dia.

Da-yeong estreitou os olhos, desconfiada. Parecia tentar descobrir se eu estava falando sério ou se tinha segundas intenções. Pensei que fosse óbvio que havia um motivo por trás, mas, mesmo com uma expressão hesitante, ela concordou em dar um passeio.

Assim que saímos de Seul, o trânsito ficou bem mais leve. O destino da viagem foi Yang-pyeong. Era o roteiro que eu seguia quando namorava meu ex-marido. Não ficava muito distante e era um lugar agradável para passear sem pressa. Mesmo tendo se tornado um local meio incômodo depois do divórcio, para ser sincera, não havia outro igual. Porque foi ali onde nossa família começou.

Numa tarde de dia útil, não havia muitas pessoas em Dumulmeori. Da-yeong e eu caminhamos um pouco pela margem do rio e entramos no café de dois andares. O lugar tinha um ar de chalé de madeira, com cobertores finos deixados nas cadeiras, como em uma cabana na montanha. Sentamo-nos perto da janela e olhamos o rio enquanto tomávamos as bebidas que havíamos pedido. Da-yeong escolheu chocolate quente, e eu, chá de crisântemo. Quanto mais o aroma se espalhava pela xícara, mais a flor desabrochava. Saboreando esse momento, minha mente se acalmou. Mesmo assim, Da-yeong continuou olhando pela janela, parecendo desconfortável.

— Foi aqui que seu pai me pediu em casamento. Ele foi muito sem graça, não acha?

Os olhos de Da-yeong continuavam distantes. Ela nem sequer tentava olhar para mim. Sempre me portei como uma mãe gentil. O tipo de mãe que, com um tom amigável, pedia e cuidava das pequenas coisas. Mas evitava que saíssemos ou fôssemos para algum lugar juntas. Porque, quando sentia que éramos só nós duas, o lugar de A-yeong praticamente desaparecia. Por isso, esse foi um dia muito diferente do normal. Mencionei coisas que nunca tinha contado a Da-yeong.

— Você pode não lembrar, mas seu pai ficou muito feliz quando vocês nasceram. Foi muito difícil para mim também, depois de me separar dele. Eu achava que o divórcio era uma coisa que só acontecia com as outras pessoas, não comigo. Mas, sempre que vocês me chamavam de mãe, eu me sentia sortuda. Porque, apesar de tudo, eu sempre seria a mãe de vocês.

A menina continuou em silêncio.

— Da-yeong. Se houver algo que você queira saber, pode me perguntar. Hoje vou te contar tudo.

No intervalo entre uma frase e outra, o som do moedor de café preenchia o silêncio. O som que normalmente seria irritante parecia um ruído branco reconfortante. Da-yeong apertou os lábios como se estivesse escolhendo as palavras. Se fosse isso, eu poderia aguardar o tempo que fosse. Não só por hoje, mas por anos.

— Como meu pai era?

— Era amigável. Não exageradamente amigável, mas gentil comigo. Do mesmo jeito que foi com vocês. Também era honesto. Eu o conheci no trabalho e gostei dele porque parecia sincero e íntegro. Sempre foi um pai carinhoso para A-yeong e para você também. No passado, eu não conseguia perdoar seu pai justamente por isso... mas agora posso perdoá-lo por esse mesmo motivo. Porque pelo menos ele foi bom para nós enquanto esteve conosco.

— Quando vocês se separaram...

— Seu pai disse que gostava de outra pessoa. Foi muito, muito doloroso. Eu nunca tinha imaginado que uma coisa dessas poderia acontecer comigo. Achava que nós quatro seríamos uma família para sempre. Ainda assim, seu pai continuou a ajudar A-yeong e você para que não faltasse nada enquanto cresciam. É a primeira vez que você ouve isso, não é?

Da-yeong assentiu levemente. Se A-yeong estivesse sentada aqui comigo, que perguntas teria feito? Provavelmente não seriam muito diferentes das de Da-yeong. Ao falar com Da-yeong, eu esperava que essas palavras alcançassem A-yeong também. Lembrei-me de um ditado que dizia que, depois que surge, um som nunca desaparece, ele apenas viaja pelo mundo.

— Eu... falei sobre a minha irmã.

Esperei que ela continuasse e fiquei em silêncio.

— Durante a entrevista que você mencionou, falei sobre minha irmã. Que tipo de pessoa ela era, o que significava para mim e que lembranças tínhamos juntas. Foi a primeira vez que alguém me perguntou sobre isso depois que ela se foi...

Imaginei Da-yeong e a diretora do centro sentadas frente a frente na sala de atendimento. A expressão tímida de Da-yeong ao abrir seu coração e a abordagem da diretora. Da-yeong começando a falar aos poucos e a diretora ouvindo em silêncio.

— Como você se sentiu?

Finalmente consegui perguntar como Da-yeong estava se sentindo. Na teoria, era coisa fácil de dizer, mas ao mesmo tempo uma pergunta que só poderia ser respondida se sentimentos difíceis fossem superados, um por um. Percebi que ter coragem era isso. Derrubar as paredes que não conseguimos escalar ou atravessar. Não precisávamos fazer isso sozinhas. Era algo que podíamos fazer juntas.

— No começo, foi um pouco desconfortável, mas, depois que contei tudo, senti como se um peso tivesse saído das minhas costas. Falei sobre as brincadeiras que minha irmã fazia comigo quando eu era pequena. Nada de mais, coisas como me apressar e me obrigar a fazer alguma coisa. Mas falar sobre isso me fez perceber que eu tive mesmo uma irmã mais velha, que às vezes era chata e que podia me irritar, mas que estava sempre comigo... E fiquei com saudades. Eu não quero me esquecer dela.

— Filha, eu... Eu estava com medo. Com tanto medo de falar sobre A-yeong com você. Tinha receio de que fosse um fardo muito difícil, e também por que sentia que tinha certa culpa sobre a partida de A-yeong... Isso tudo me machucava tanto que não conseguia falar. Mesmo que você provavelmente já estivesse sabendo de tudo. Que sua irmã se foi, que eu estava passando por momentos difíceis. Por isso, me desculpe por não ter perguntado antes como você estava, como se sentia.

Enquanto eu dizia isso, minha garganta ficou apertada e a ponta do meu nariz ardeu várias vezes. Mas, pelo menos nesse momento, não quis deixar que a emoção me impedisse de falar. Não queria deixar a oportunidade passar. Abri meu coração, juntei os caquinhos e segurei as lágrimas. Para dizer isto:

— Não consegui perguntar. Obrigada, Da-yeong. Por tomar a iniciativa de perguntar se eu estava bem. Sempre amei você tanto quanto sua irmã. Mesmo agora... depois de tudo, você continuou se preocupando comigo. Não quero perder mais ninguém.

Devagar, Da-yeong desviou o olhar da janela e me encarou. Por causa das lágrimas nos meus olhos, seu rosto parecia embaçado. Querendo vê-la com mais nitidez, pisquei. Quando as lágrimas caíram, foi como se eu estivesse encarando meu reflexo em um espelho. Alguém que se parecia comigo estava chorando também. E, ao liberar toda a tristeza acumulada, Da-yeong chorou por bastante tempo. Foi a primeira vez que a vi chorar daquele jeito. No dia em que me despedi de A-yeong, fiquei tão concentrada na minha própria tristeza que não consegui enxergar minha filha. Minha outra filha, Da-yeong, finalmente estava chorando. Colocando os sentimentos para fora.

— Já cheguei a sentir ciúmes porque você só tinha olhos para minha irmã, e houve momentos em que desejei que ela desaparecesse, mas não queria que morresse. Só queria que você prestasse mais atenção em mim. Por isso, também me senti culpada com relação a minha irmã. Mas a conselheira me disse para transformarmos o arrependimento em gratidão...

Por que achei que Da-yeong não entendia nada? Eu não sabia da culpa que ela carregava. Só tinha uma vaga ideia de que estava triste sem a irmã. Como ela disse, Da-yeong também tinha muitas facetas. Uma filha que não demonstrava seus verdadeiros sentimentos. Uma irmã mais nova que aceitava as brincadeiras da mais velha. Uma pessoa que perdeu um membro da família para o suicídio. A partir de agora, meu dever era cuidar daquela adolescente de dezessete anos na minha frente. Para além do fato de ser minha filha, mas como uma pessoa única, diferente de mim.

— Queria pedir desculpas, mas vou agradecer também. À minha irmã, a você e à conselheira que me ouviu.

— Eu também estou grata, filha.

Agradeci, assim como a conselheira disse para Da-yeong fazer, e como Da-yeong me disse, transformei o arrependimento em gratidão. Da-yeong fez a entrevista para ajudar outras pessoas como sua irmã. Esperou por mim, mesmo sabendo de tudo. Ela sabia expressar seus sentimentos com sinceridade. Tudo isso fazia parte da Da-yeong que eu não tinha sido capaz de enxergar.

Nesse dia em que dissemos coisas inesquecíveis, caminhamos em silêncio por um tempo. Como se cada uma estivesse organizando os próprios pensamentos.

Voltamos rapidamente à rotina. No dia seguinte, Da-yeong foi para a escola, como sempre. Em vez de se mostrar mais carinhosa, disse um tchau acanhado e saiu. Mas voltou no horário de sempre, com o mesmo som de passos e o costumeiro aviso de "cheguei". Também não passei por grandes mudanças. Preparei o jantar e não disse nada de especial durante a refeição. Não agradeci nem disse que a amava. Palavras de afeto não são algo que se começa a trocar assim, de uma hora para a outra. Ainda assim, fiquei aliviada e grata por Da-yeong ter voltado sã e salva mais uma vez.

Nesse dia, em que Da-yeong voltou para casa como sempre, e em que isso foi tão gratificante como sempre, fiz a pergunta de sempre:

— Como foi seu dia hoje, Da-yeong?

Ela não me contou tudo que aconteceu. E não fiquei chateada por ela ter desconversado. Mas às vezes, quando estava sentada no sofá olhando para o celular, Da-yeong me chamava. Mostrava suas postagens nas redes sociais e dizia:

— Essa aqui é a Hye-jeong, ela arrumou um namorado há pouco tempo. Fomos estudar juntas em um café, mas ela só ficava conversando com o namorado, sabe?

— Você deve ter ficado decepcionada.

— Fiquei é com nojo.

As palavras ácidas de Da-yeong me fizeram sorrir. Perguntei casualmente se ela também tinha algum interesse romântico. Seja por ser distraída ou por estar com vergonha, ela respondeu secamente que não tinha nada disso. Enquanto eu olhava suas postagens nas redes sociais, me lembrei de A-yeong. A-yeong, que estava procurando alguém que a entendesse. Que tentou lidar sozinha com seus sentimentos difíceis. Então, falei para Da-yeong:

— Não importa o que aconteça, mamãe está do seu lado.

Mesmo franzindo a testa como se estivesse enojada, um sorriso surgiu nos lábios de Da-yeong. E eu me senti verdadeiramente grata por esse momento.

4
TALVEZ MAIS IMPORTANTE DO QUE A VERDADE

— O que você acha que é mais importante nesse trabalho? Do ponto de vista de alguém que observou até agora.

— Confortar o coração de quem ficou.

...

A vítima de suicídio Hwa-yeon Lee (65) foi encontrada enforcada em uma maçaneta quando os paramédicos chegaram, por volta de 7h, após receberem uma ligação do marido Han-moo Kim (70) às 6h46 do dia 28 de junho de 2022. O horário estimado do óbito foi às 2h30. A necrópsia determinou que a morte ocorreu devido a asfixia por enforcamento. No dia do incidente, a vítima disse que iria dormir cedo e foi se deitar primeiro no quarto principal, por volta das 22h do dia anterior (dia 27). Depois, em torno de 23h30, o marido também adormeceu no quarto principal, mas, ao acordar (umas 6h40) não viu a esposa e foi até a sala. Nesse momento, encontrou a suicida pendurada na maçaneta da porta e acionou as autoridades cerca de cinco minutos depois. Segundo depoimento do filho Nam-jin Kim (35), nos meses anteriores ao suicídio, ela perdeu o apetite e seu nível de atividade diminuiu. O marido relatou que ela fazia comentários como "se eu não estiver mais aqui". O caso foi classificado como suicídio com base em declarações de que a vítima e o marido tinham um relacionamento muito bom em circunstâncias normais. Posteriormente, o solicitante Nam-jin Kim (35), tentando lidar com o suicídio da mãe, participou de um grupo de apoio para familiares enlutados e, por intermédio dele, tomou conhecimento e solicitou uma autópsia psicológica no centro. Pode-se inferir um quadro de depressão aguda, já que a vítima apresentava sinais de comportamento depressivo antes do suicídio, mas é necessária uma investigação abrangente dos fatores desencadeantes do estresse.

[8 de maio de 2023 – Registro de solicitação de caso]
...

Mandei uma mensagem para Ji-an avisando que não havia vaga para estacionar e que chegaria em cima da hora. Não queria parecer que estava enrolando, então acrescentei que tinha saído mais cedo de casa. Nesse momento, um carro saiu bem na minha frente e fiquei parado, esperando. Estacionei assim que ele liberou a vaga e olhei a hora: 9h20 da manhã. Saí apressado do carro e corri em direção ao centro.

Centro de Autópsia Psicológica — Quarto Andar

— Tinha que ficar logo no quarto andar? — murmurei para mim mesmo enquanto subia a escada. — Quarto andar, e ainda por cima sem elevador. Até no prédio de cinco andares onde moro tem elevador. Mesmo quando ia ao Escritório de Contabilidade do Calabouço, no terceiro andar, sempre pegava o elevador. E aqui preciso subir quatro lances de escada. Sinto como se estivesse malhando todos os dias de manhã quando venho trabalhar, graças a Ji-an Kang.

Quando cheguei ao escritório, Sang-woo e Ji-an já estavam lá. Ji-an já começou me repreendendo pelo atraso de três minutos.

— A pontualidade é importante no nosso trabalho. É um compromisso. Mesmo que você se atrase para o expediente, nunca pode se atrasar para um encontro com uma família enlutada.

— Relaxa, Ji-an. Assim ele vai acabar desistindo do trabalho — comentou Sang-woo, bem-humorado.

O Sang-woo que eu conhecia até então era uma pessoa com um sorriso suave e um humor brincalhão. Pelo jeito, não precisara ir ao hospital e tinha chegado cedo para ajudar Ji-an. Sentei-me no lugar que antes era dele e que naquele momento eu ocupava.

— Desculpe, não tinha vaga para estacionar.

— Essas coisas acontecem mesmo. Ji-an também sempre reclama da dificuldade para parar o carro. Por isso, pouco depois que comecei a trabalhar aqui, vendi o meu. Se bem que, graças a você, agora não trabalho mais aqui e também ando de carro.

Eu não conseguia acreditar que alguém tão falante tivesse trabalhado com Ji-an por tanto tempo. Ela não demonstrava, mas será que gostava desse tipo de pessoa? Sorri, sem graça, e olhei para Ji-an, que não estava prestando muita atenção em mim e já trazia alguns documentos.

— Você completou o treinamento no mês passado, certo? Sang-woo vai orientá-lo sobre os próximos passos. Hoje, ele vai acompanhar você, mas sempre confira com cuidado...

— Ji-an, estou fazendo o treinamento direitinho. Ele também é funcionário em tempo integral agora. Não se preocupe.

Ela ficou em silêncio, olhando.

— Você se preocupa demais, Ji-an! Demais mesmo! — completou ele.

Com esse comentário de Sang-woo, ela deu uma risada leve. Sua expressão parecia muito mais relaxada do que quando estava só comigo. Sang-woo habilmente aliviou a tensão dela, veio para o meu lado e falou baixinho, como se contasse um segredo:

— Ji-an está nervosa à toa. Quando está com as famílias enlutadas, ela é uma pessoa completamente diferente. Você já deve ter notado, né?

Pelo visto, ele tinha percebido que eu costumava observar Ji-an. Sorri sem dizer nada. A maior parte do trabalho no centro não era difícil. Registros simples e repetitivos. Havia muitos aspectos semelhantes à função que eu desempenhava na empresa anterior. Com exceção do fato de ter que lidar com famílias de vítimas de suicídio.

Ha seis meses, recebi uma ligação de Ji-an. Era um dia comum, em que eu estava mergulhado nos jogos.

Pow! Pow!

A arma no monitor estava apontada para os personagens. Cada vez que eu apertava o botão, eles caíam um por um, mas não me importava. Será que já tinha me acostumado? Quando outros pensamentos me ocorreram, perdi a concentração. Alguém deve ter aproveitado a brecha, e um "*pow!*" soou atrás de mim, dando game over. Fiquei um pouco irritado, mas nada de mais. Isso acontece o tempo todo nos jogos.

Bzzz, bzzz.

Ah... Qual é!

Quando estava prestes a começar outra partida, o telefone vibrou. Era Ji-an. A última vez em que nos falamos foi quando comprei o PlayStation 5 e ofereci meu PS3 antigo para ela. Ji-an recusou. Disse que não gostava muito de videogames. Acabei vendendo o PS3 usado. Será que ela ia pedir o console agora? Peguei o telefone já com a frase "Vendi o PS3" na ponta da língua.

— Alô.

— Oi, tudo bem?

— Tudo, vou indo.

— Podemos conversar um pouco?

Quando ela não mencionou logo de cara o PlayStation, fiquei me perguntando qual seria o propósito da ligação. Será que era aniversário da minha irmã, Ji-an, três anos mais nova que eu? Meu aniversário é que não era. Não sabia sobre o que ela queria falar, mas percebi que ela estava dando voltas, sem ir direto ao ponto. Ji-an sempre foi assim.

— O que você quer? — perguntei, incentivando-a a parar de enrolar.

Precisava voltar logo para o jogo. O avatar ainda estava me esperando. Ji-an hesitou e falou:

— Conhece alguém que possa trabalhar como assistente administrativo? Estamos com uma vaga no centro agora e estou procurando candidatos. Não é difícil, é basicamente cuidar da papelada... Você sabe mais ou menos o que eu faço. Conhecer e conversar com famílias de pessoas que cometeram suicídio e organizar essas informações em documentos. A maior parte eu mesma faço, mas seria bom ter alguém para ajudar com isso.

— O que exatamente precisa fazer?

— É trabalho administrativo em geral. Ajudar com documentos de contabilidade e apoio governamental, formulários de consentimento e relatórios necessários para as autópsias psicológicas. Vou fazer o treinamento, mas preciso de alguém com certa urgência.

Ji-an explicou que a pessoa que a auxiliava estava tendo dificuldades para continuar a exercer a função devido a problemas de saúde da mãe. Apesar de o centro não ter muito trabalho, ela parecia estar com pressa, já que me procurou. Provavelmente a situação da pessoa que a auxiliava não estava boa.

— E se eu entrar nessa vaga?

— Hein?

Quando Ji-an questionou, eu já estava desligando o videogame. Entediado de ficar em casa jogando, o plano era procurar emprego em breve. O seguro-desemprego que recebia desde o término do contrato com a empresa anterior também estava chegando ao fim. A vaga tinha surgido numa boa hora. Ainda mais em uma instituição pública, que não dá muito trabalho. Não tinha por que recusar.

— E o seu trabalho? Você não estava em um escritório de contabilidade?

— Na verdade, meu contrato acabou. Estava procurando emprego enquanto recebia o seguro-desemprego.

— Tem certeza de que dá conta de fazer esse trabalho? Comigo...?

— Qual o problema de trabalhar com você? É trabalho. Já cuidei de muita contabilidade e papelada.

Como se não tivesse imaginado que eu me candidataria, Ji-an ficou insistindo se eu estava mesmo certo disso. Pensando bem, fazia uns vinte anos que não passávamos tempo juntos. Só nos falávamos nos aniversários e eventos da família. Estávamos distantes havia mais de dez anos. Ainda por cima, o que poderia ser mais conveniente do que ter a irmã mais nova como chefe? Estava cada vez mais difícil conseguir um emprego nesses tempos. O que poderia dar errado? Respondi como se não fosse nada de mais:

— Não é urgente? Eu topo.

— Mas esse trabalho é mais difícil do que você imagina. Você vai ter que lidar com as famílias de pessoas que cometeram suicídio. Tudo bem?

— É trabalho. Não tem problema.

Ji-an hesitou em responder. Eu tinha experiência de sobra em trabalho de escritório. Mesmo que ela estivesse relutante, sabia que não era uma escolha ruim. Mas eu imaginava o que a preocupava. No fim das contas, também não conseguia visualizar nós dois no mesmo escritório todos os dias. Se ela falasse que iria procurar outra pessoa, eu desistiria numa boa. Mas Ji-an disse algo inesperado:

— Certo, então quando você pode começar?

Eu ia desistir se ela recusasse. Não sabia dizer se tinha acertado ou errado na minha decisão. Respondi enquanto guardava meu PlayStation:

— Posso começar amanhã mesmo.

— Consegue chegar às dez e meia amanhã, então? Vou mandar o endereço por mensagem. Aí nos encontramos para discutir seu treinamento.

— Certo. Mas vocês oferecem seguro-saúde?

— É claro que sim. Você acha que somos uma agência sanguessuga ou algo assim? — respondeu Ji-an, resmungando.

Lembrei que as pessoas ficam chamando o lugar que Ji-an dirige de "agência sanguessuga". Como se fosse um lugar onde os funcionários não recebem nem o suficiente para almoçar direito. Como nunca havia visitado o trabalho dela antes, cheguei até a pensar em algo parecido com um escritório de agiota.

— Até amanhã.

Depois de dizer o que queria, ela desligou. Registro da chamada: três minutos e trinta e dois segundos. Provavelmente a conversa por telefone mais longa que já tive com Ji-an.

Na primavera, o centro estava tranquilo. Perguntei a Sang-woo se era sempre assim, e ele explicou que a primavera, quando a taxa de suicídio aumenta, é chamada de "spring peak". Há muitos suicídios principalmente nesse período e, por isso mesmo, menos pedidos, já que as autópsias psicológicas só podem ser realizadas três meses após a morte. Ele acrescentou que o verão e o outono são as estações mais agitadas.

— Na verdade, as pessoas não entendem muito sobre o assunto. Por isso, não solicitam autópsias psicológicas com muita frequência.

Sang-woo fez uma expressão amarga ao dizer isso. Eu queria perguntar se estar ocupado era uma coisa boa, mas deixei para lá para não prolongar a conversa. Relembrando sua expressão, pensei que ele provavelmente lamentava o fato de haver pessoas que cometem suicídio, solicitassem ou não uma autópsia psicológica. Porque isso implicava diretamente a morte de alguém.

Trim, trim.

O telefone tocando era a prova disso. Era o telefone do escritório, não um celular. Assim que tocou, Ji-an verificou a hora, me puxou e falou rapidamente:

— Quando temos clientes ou visitantes, nós os tratamos com respeito, ok? Ao atender o telefone, primeiro apresente o centro, depois se apresente e pergunte o motivo da ligação. Acima de tudo, seja delicado e gentil.

— A ligação vai cair.

— E, quando tocar, conte até três e atenda. É o tempo que a pessoa precisa para se preparar mentalmente.

— Quantas vezes você já disse isso?

Dessa vez, eu estava de plantão ao telefone. Ji-an queria me testar no atendimento a famílias enlutadas, já que eu tinha acabado de concluir o treinamento de aconselhamento. Sang-woo também estava supervisionando. Depois de falar, Ji-an indicou o telefone com os olhos. Embora já a tivesse observado atendendo várias vezes, fiquei um pouco nervoso quando chegou minha vez. Comecei a contar, como ela tinha dito. *Um, dois, três.*

— Bom dia, Centro de Autópsia Psicológica, Ji-hoon Kang falando. Em que posso ajudar?

— Eu... gostaria de solicitar uma autópsia psicológica da minha mãe.

Falei no tom mais gentil possível, mas recebi palavras difíceis de processar. Três anos antes, a mãe dele cometera suicídio. Não se sabia o motivo exato, mas estava claro que ela vinha se alimentando mal e diminuindo sua atividade nos meses anteriores. O cliente, que era filho, achou que era apenas por causa da idade. Mas, alguns meses depois, ela se enforcou em casa e foi encontrada pelo marido, pai dele, que na época chamou as autoridades.

Por mais que o cliente perguntasse o que aconteceu, o pai não contava nada e continuava morando sozinho na casa vazia onde a mãe partira. O cliente explicou que não sabia por que a mãe falecera e, como estava muito difícil lidar com isso, fazia um ano que começara a frequentar um grupo de apoio para familiares enlutados por suicídio, onde ficou sabendo do centro.

— Ah...

Diante da história e da sensação de que ele poderia desabar a qualquer momento, fiquei sem palavras. Quando meus olhos se voltaram instintivamente para Sang-woo Lee, ele fez um gesto para me incentivar. Justo quando me perguntava se era com esse tipo de coisa que eles lidavam o tempo todo, Ji-an escreveu algo com urgência no celular e me mostrou:

Pergunte se prefere receber visita ou vir ao centro.

— Ah, gostaria de receber uma visita? Ou prefere vir até o centro? — perguntei mecanicamente, olhando para a frase que Ji-an escreveu.

O cliente pareceu hesitar e demorou a responder. Esse momento de silêncio me deixou um pouco aliviado. Porque, cada vez que ele falava, parecia que eu sentia o peso da morte sobre meus ombros. Mas eu precisava de uma resposta.

— Como o senhor prefere?

— Vou até aí com minha esposa. Quero fazer tudo o que puder pela minha mãe.

— Está bem. Vou enviar uma mensagem com a hora e o endereço para este número. Até breve.

Um, dois, três.

Quando desliguei, tive vontade de soltar um longo suspiro. Querendo desabafar sobre os sentimentos do cliente, olhei para Ji-an, mas ela já estava resumindo calmamente a história contada pelo telefone. Sang-woo me deu um tapinha nas costas falando que fiz um bom trabalho. Por sorte, Ji-an tinha ouvido a ligação inteira por viva-voz, assim não precisei explicar tudo depois. Enquanto eu continuava imóvel diante do telefone, ela se dirigiu a mim:

— Por que está parado? Tem que fazer um cronograma e preparar os documentos.

— Hã? Ah, sim.

Sang-woo, que acompanhava a conversa, respirou fundo e disse:

— Vamos trabalhar.

Isso me fez questionar se alguém tinha mesmo acabado de contar sobre o suicídio de um familiar. Enquanto eu agendava cuidadosamente as consultas e organizava os documentos, acompanhado por Sang-woo, Ji-an falou de repente:

— Não se deixa abalar.

Será que eu parecia tão abalado assim? Sang-woo tentou fazer uma piada para aliviar o clima, mas não consegui rir. Observar e vivenciar pareciam coisas de mundos completamente diferentes. Sang-woo disse para não me preocupar, pois eu só me comunicaria com as famílias enlutadas ao atender o telefone e quando assinassem os documentos. Pelo menos não me designaram para fazer as entrevistas.

— Os documentos estão prontos?

Pouco mais de uma hora antes da chegada dos clientes, Ji-an perguntou como se quisesse confirmar. Nesse ponto, Sang-woo só vinha duas vezes por mês ou até menos. Então, eu passava muitos dias só com Ji-an. Conforme a hora se aproximava, a tensão crescia pouco a pouco. Não acreditava que tinha ficado tão nervoso só por causa de um telefonema. Seria essa a diferença entre quem estabeleceu ou não o "rapport", como dizem no treinamento de aconselhamento? Antes, parecia apenas um trabalho administrativo, mas assim que comecei a atender ao telefone me senti como se tivesse virado um conselheiro.

— Estão chegando.

Ouvimos passos do lado de fora da porta de vidro. Só pelo som, Ji-an já sabia que eram os clientes. Ela borrifou rapidamente um aromatizador com cheiro de algodão e trocou os chinelos por sapatos. Havia uma calçadeira escondida na mesa para que ela pudesse calçá-los a qualquer momento.

Quando a porta de vidro se abriu, entraram um homem alto e magro, mas encorpado, e uma mulher de cabelos curtos, um pouco mais alta que a média. Ele usava camisa, calça social e um sobretudo azul-marinho, e ela estava com um vestido elegante, dando ao casal um ar sofisticado. Com naturalidade, Ji-an se aproximou, cumprimentou-os e entregou seu cartão de visita.

— Olá, sou Ji-an Kang e administro o centro de autópsia psicológica. Aquele ali é Ji-hoon Kang, que atendeu vocês ao telefone. Tiveram alguma dificuldade para chegar?

— Ah... foi tranquilo. Só para estacionar que foi um pouco difícil.

— Pois é, esse bairro é meio assim mesmo, não é? Sentem-se, por favor.

As palavras e os gestos de Ji-an fluíam como água. Mesmo com um ar comedido e profissional, ela mantinha um tom suave para aliviar a tensão. Fiquei atrás dela, observando sem reação. Enquanto os clientes se sentavam, Ji-an me olhou de relance.

Ah, é mesmo. Uma conversa rápida com o cliente que fez a ligação...

Com a expressão mais acolhedora e profissional possível, eu me aproximei deles. A etiqueta incorporada em mim após mais de dez anos de vida em sociedade não foi em vão.

— Olá, sou Ji-hoon Kang, nos falamos pelo telefone. Gostariam de um chá ou café?

— Por favor — responderam pesadamente, como se carregassem algo grave.

Preparei o chá devagar, tentando ao máximo não deixar que os sentimentos deles me afetassem. O método de preparo também tinha sido ensinado por Sang-woo. Colocar uma colher de chá no saquinho e retirar na hora certa. Para atingir a temperatura ideal, erguer bem o bule ao despejar a água na xícara.

Ji-an confirmou o conteúdo do pedido e explicou o termo de consentimento para o processamento dos documentos. Enquanto preparava o chá, acompanhava a fala dela. Quando o próximo treinamento terminasse, talvez eu mesmo tivesse que conduzir o processo de consentimento. Ainda bem que eles não disseram aquela frase que Sang-woo mencionou: "Por que precisamos fazer isso?" Uma pergunta agressiva. Sang-woo disse que, nesses casos, geralmente se resolve respondendo: "Pelo bem do falecido e pelo luto saudável do familiar."

— Por favor, digitalize os documentos.

Ji-an pegou as assinaturas e me entregou uma pilha de papéis. Tanto atender ao telefone como recolher assinaturas não eram tarefas tão difíceis, mas ao me lembrar do conteúdo da ligação, não conseguia me livrar do nervosismo. Ji-an fazia tudo parecer rotineiro. Observando-a, perguntei-me se um dia me acostumaria com isso também. O pensamento fez eu me sentir estranho.

— Me acompanhem até a sala de atendimento, por favor?

— Está bem...

Quando Ji-an os levou para a sala no canto do escritório, senti que consegui respirar melhor aos poucos. Sem vê-los, fui capaz de me concentrar no trabalho com tranquilidade. Digitalizando documentos, organizando-os por caso e verificando se não faltava nada. Depois, bastava enviar os papéis assinados e receber informações como prontuários.

Eu não ouvia praticamente nada do que diziam na sala de aconselhamento. Embora tivesse uma janela de vidro, metade dela estava coberta com adesivos foscos, ocultando as expressões faciais e permitindo ver apenas leves movimentos. Na verdade, como estava sendo gravado, eu podia ouvir a consulta enquanto trabalhava nos documentos. Mas aquele era um espaço para conforto psicológico. O aromatizador com cheiro de algodão, o tom de voz gentil, o sofá confortável... Pensando que tudo aquilo tinha o propósito de acalmar os visitantes, me senti como um NPC de um jogo. Um avatar que existe apenas para servir ao jogador.

Devem ter passado cerca de duas horas. A porta da sala de consulta se abriu. O rosto da mulher estava com marcas de lágrimas, e o do homem, cheio de tristeza. Ao contrário do habitual, fiquei curioso sobre o que tinham conversado. Ji-an estava com uma expressão levemente triste, mas não conseguia dizer se era genuína. Quando me levantei da cadeira, ela piscou para mim indicando que estava tudo bem e os acompanhou até a porta.

— Se tiverem mais alguma coisa a dizer, por favor, me avisem. Vamos investigar e entrar em contato.

— Muito obrigado.

Depois de se despedir com um olhar solene e quando os passos já não podiam ser ouvidos, a expressão de Ji-an suavizou. Não era alegre nem feliz, mas parecia uma tristeza diluída. Sem parar, ela me entregou o cartão SD com as gravações da consulta. Então falou, sem forças, como se tivesse perdido toda a energia:

— Por favor, organize a gravação em um documento. Resolva outras consultas pendentes dentro de uma semana. Vou sair por um momento.

— Está bem.

Ji-an pegou uma pasta grande, quase do seu tamanho, e saiu. Como eu não queria perguntar para onde estava indo, conectei imediatamente o cartão SD ao computador. Para ser sincero, nesse momento eu estava mais curioso sobre o conteúdo da conversa. Qual seria a história que não conseguiu contar ao telefone? De certa forma, abri o arquivo de áudio com pouca sensibilidade.

Pelos fones de ouvido, escutei a voz de Ji-an e do casal.

— Vocês dois são parecidos.

— Ah, ouvimos isso com frequência.

A conversa que começou com um assunto trivial era apenas a porta de entrada para a tristeza. Enquanto transcrevia cada fala, precisei parar abruptamente de tempos em tempos.

Entrevista completa com Hwa-yeon Lee_Relação: Filho (cliente) / Nora (esposa do cliente)

Conselheira: Por favor, apresentem-se.

Filho: Meu nome é Nam-jin Kim e tenho trinta e cinco anos. Esta é minha esposa, Ha-ha Yang. Atualmente, sou CEO de uma startup. Ainda temos poucos funcionários no escritório e demoramos um pouco para nos estabelecer. Ah, sim. Minha esposa tem trinta e dois anos e nos conhecemos na faculdade. Há cerca de quatro anos, tivemos uma filha e nos casamos. Naquela época, eu estava muito ocupado com os preparativos para a bebê e com os negócios. Minha esposa trabalhava em um banco, mas largou o emprego depois de se tornar mãe, e eu estava me preparando para abrir minha empresa. Foi muito difícil. Agora vivo um pouco mais tranquilo... Minha esposa também me ajuda no trabalho às vezes.

Conselheira: Quando sua mãe faleceu?
Filho: Foi bem nessa época. Três meses depois da morte dela, nossa filha nasceu. Simplesmente não consigo entender. A neta dela estava para nascer. Por que ela faria uma coisa dessas? Meu pai também. Ele não fala sobre a minha mãe. Insiste em morar sozinho na casa onde ela nem está mais. Não tem como dialogar com esse velho.

Conselheira: Como era o relacionamento entre seus pais? Por favor, conte desde sua infância.
Filho: Na minha infância, vivíamos bem. Meu pai era funcionário público e minha mãe, dona de casa. Lembro que meu pai sempre ligava para ela quando saía do trabalho, avisando que estava voltando. Fazia questão de ligar, mesmo sabendo que iam se ver logo. Dizia que estava com saudades. Meu pai era assim, muito carinhoso com minha mãe. Eu quase nunca via os dois brigando. Comigo ele era um homem rude e difícil, mas era um bom marido para ela. No jantar, era sempre meu pai quem lavava a louça.

Depois, saí de casa para a faculdade e ficaram só os dois, mas pareciam continuar se dando bem. Desde que meu pai se aposentou, viajavam e faziam caminhadas juntos. Agora, ele não consegue nem ouvir a palavra "mãe". Fica furioso e insiste em fazer sozinho os ritos ancestrais no aniversário de morte dela. Mesmo sendo esposa dele, ela era minha mãe também! Não entendo tanta teimosia...

Conselheira: Na sua opinião, que tipo de pessoa era sua sogra?
Esposa do cliente: Era uma pessoa muito encantadora e calorosa. Até durante a época em que eu e meu marido só namorávamos, ela sempre me levava para comer algo gostoso quando nos encontrávamos e, quando eu ia à casa deles, preparava refeições especiais. Conversávamos sobre meu marido e outras coisas, assistíamos à novela juntas. Era uma figura materna para mim. Perdi minha mãe muito cedo, então foi ainda mais especial me casar com meu marido. Quando engravidei, confesso que me senti um pouco perdida, mas ela segurou minha mão e me disse que agora éramos uma família de verdade, e que estava grata por eu fazer parte dela. Que seríamos de fato mãe e filha. Chorei muito naquele dia. Estava feliz e aliviada... Não consigo acreditar que ela se foi sem nem conhecer Ji-yu...

Conselheira: Vocês acham que aconteceu algum incidente incomum antes de ela partir?
Filho: Como disse, estávamos muito ocupados. Para ser sincero, tinha acabado de abrir a empresa e, no

começo, não sabia nada. Então, houve muita tentativa e erro e passamos por um período financeiro conturbado. Casado e com um bebê a caminho, precisei de dinheiro e, pela primeira vez, pedi ajuda aos meus pais. Na verdade, talvez seja por isso que me sinto tão mal. Pode ser que tenha deixado eles desconfortáveis por ter pedido dinheiro emprestado na época. Ou então aconteceu algo com eles, e eu não pude ajudar...

Conselheira: Sobre o que conversaram no grupo de apoio?
Filho: Que pode ser ainda mais difícil quando não sabemos o motivo. Se soubéssemos por quê, poderíamos pelo menos entender. Que parece ser mais doloroso quando não conseguimos compreender o que aconteceu com a mamãe. Foi aí que nos indicaram esse lugar. Tentei conversar várias vezes com meu pai. Mas o que posso fazer? Ele fica calado e igual a uma estátua naquela casa vazia.

Conselheira: Será que não tem como convencer seu pai do contrário?
Filho: Vai ser difícil. Nem contei para ele que vim aqui. Se descobrir, vai ficar furioso. Questionando por que estou fazendo isso. Que minha mãe já se foi...

Conselheira: Tenho uma última pergunta. Como acha que poderia ter salvado sua mãe?
Filho: Acho que se tivéssemos prestado mais atenção, se pelo menos já estivéssemos estabelecidos como estamos agora, as coisas poderiam ter sido diferentes. Não, sinceramente não sei. Qual era o problema, o que estava difícil para ela... Me sinto tão impotente.

"Só de terem vindo ao nosso centro, já estão fazendo sua parte para salvar a vida de alguém."

As últimas palavras da gravação eram de Ji-an. Elas me lembraram do que Sang-woo dizia. Que estávamos ali pelo bem do falecido e pelo luto saudável do cliente. Que a ideia de que esse processo salvaria outras pessoas dava forças para seguirem em frente. Mesmo depois de transcrever toda a conversa, eu ainda tinha dúvidas. Na verdade, são dúvidas que surgem sempre que faço esse trabalho. Como conseguimos ajudar os familiares a continuarem vivendo? Apenas conversando assim? Enquanto organizava a gravação no formato certo, Ji-an voltou. E falou de repente:

— Temos uma viagem de negócios amanhã. Chegue até às dez. Vamos nos encontrar aqui e seguir juntos. Use um sapato confortável.

— Para onde nós vamos?

— Para a casa do senhor Hwa-yeon Lee. O marido que está morando sozinho.

— Para quê?

— Tenho algo para verificar. Vejo você amanhã.

Ji-an pegou a chave do carro e saiu novamente.

Fiquei sozinho no centro vazio. *Como ela é fria.* Enquanto organizava os documentos restantes, entendi por que Ji-an precisava de Sang-woo ao lado dela. Como aquele era o *modus operandi* dela no dia a dia, precisava de alguém tão amigável quanto ele. Fiquei confuso pensando se precisaria assumir esse papel. Achava melhor me concentrar na pilha de documentos do que tentar ser simpático, e até preferia que houvesse mais trabalho. Quer dizer, não queria que mais pessoas cometessem suicídio, mas, sim, que aumentassem os pedidos de autópsia psicológica.

Era um daqueles dias em que o chão derrete e a poeira paira no ar. Não estava nublado, mas havia uma leve névoa de poeira fina. Parecia que eu estava vendo a paisagem através de lentes embaçadas. Não perguntei nada a Ji-an até sairmos do centro e chegarmos a uma área residencial em Incheon. Apenas um jazz suave tocava no carro.

Como Ji-an sugeriu, eu me vesti bem, mas coloquei tênis confortável. Ela também estava mais casual do que de costume, com jeans e blusa. O marido da vítima, senhor Han-moo Kim, morava no primeiro andar de uma casa grande em um beco isolado. Ji-an observava a casa, segurando uma pequena pasta na mão esquerda e um álbum de arquivos na outra.

— O que vamos fazer agora? — perguntei, olhando para Ji-an.

Achei que finalmente era um bom momento para fazer a pergunta que estava segurando. Ela respondeu com naturalidade.

— Vamos nos passar por assistentes sociais.

— Como é que é?

— O pai não está dando consentimento para uma autópsia psicológica. Você sabe como a taxa de suicídio é alta entre idosos? Para pessoas com oitenta anos ou mais, é de 67,4 para 100 mil pessoas. Além disso, o índice de suicídio entre pessoas que moram sozinhas aumenta a cada ano. O senhor Kim também é um familiar enlutado por suicídio. Em outras palavras, faz parte de um grupo de alto risco. Vamos conhecê-lo pessoalmente e ver como está. A prevenção ao suicídio também é nosso trabalho.

Ji-an tinha a capacidade de dar sentido às coisas mais absurdas. Por mais que eu fosse uma pessoa de natureza simples e que não desconfia dos outros, não pude deixar de questionar o que ela dizia. Não parecia ser algo que ela costumava fazer.

— A gente faz esse tipo de coisa também?

— Dependendo do caso, sim.

— Então o centro é chamado de agência sanguessuga por um motivo.

Até quando zombei da situação, Ji-an não se abalou. Sabe-se lá quando ela tinha preparado um gráfico impresso, como se fôssemos mesmo da assistência social. Enquanto caminhava em direção à casa, ela falou com firmeza:

— Primeiro, vou cumprimentá-lo. Já você, apenas acene com a cabeça da maneira mais gentil possível. Vamos só fazer algumas perguntas e depois sair.

Conforme Ji-an avançava, acelerei o passo e me posicionei logo atrás dela. Quando chegamos à casa, a porta da frente estava fechada. Por ser enorme e imponente, parecia algo feito para não ser aberto. Em comparação, Ji-an ficava até mais baixa do que era de fato. Ela bateu à porta e o barulho foi tão alto que era impossível não sermos ouvidos.

Toc! Toc! Toc!

Porém, mesmo depois de bater, ninguém apareceu. Quando Ji-an levantou a mão para tentar novamente, ouvimos a voz pesada de um senhor idoso do outro lado.

— Quem está aí? — perguntou do fundo da escada em espiral um senhor de rugas tão profundas no rosto que lhe conferiam uma expressão severa.

— Somos da assistência social. Estamos visitando e conversando com pessoas que moram sozinhas para ver como estão.

O senhor é Han-moo Kim? — disse Ji-an gentilmente, mantendo a calma ao máximo.

— Sou.

Seu tom seco tornava difícil imaginar que fosse uma pessoa tão gentil com a esposa. Em vez de amigável, sua voz estava carregada de desconforto. A expressão carrancuda mostrava tanta insatisfação que era difícil encará-lo. Ji-an tentou continuar:

— Será que podemos entrar e conversar um pouco?

— Vão embora.

— Por favor, senhor.

Pude sentir a teimosia que o filho mencionou na gravação. Sua atitude era extremamente ríspida, não dando a menor abertura. Nem a gentileza de Ji-an parecia surtir efeito. Foi quando me manifestei, tentando ajudar:

— Senhor, viemos a trabalho. Se não nos receber, teremos que voltar outra vez, e isso complica as coisas em muitos aspectos.

Houve um silêncio.

— Por favor — completei.

— Entrem.

Enquanto ele abria a porta, Ji-an pareceu um pouco surpresa. Pelo jeito, não esperava que eu fosse útil. Dessa vez, fiz cara de quem não tinha feito nada de mais. Ela franziu a testa de leve ao ver minha expressão.

O interior da casa não podia ser mais comum. Além do cheiro característico das casas antigas, todos os móveis pareciam velhos. O papel de parede amarelado, como se nunca tivesse sido trocado, também denunciava a passagem de tempo. Ele ficou parado, sem nem indicar onde deveríamos nos sentar. Ji-an parecia examinar o lugar em silêncio. Com a sala no centro, havia um quarto principal à esquerda e um pequeno cômodo à direita, cuja porta estava bem fechada.

— O senhor tem alguma dificuldade no dia a dia? Está se alimentando bem?

— Vou levando.

Ji-an iniciou a conversa com perguntas básicas. Questionou sobre a rotina, se trabalhava, o que comia e verificou se estava com problemas financeiros. As respostas foram diretas e curtas. Ele parecia estar ansioso para nos mandar embora logo, já que nem se sentou.

— Há quanto tempo o senhor mora sozinho?

Quando Ji-an fez essa pergunta, a expressão dele endureceu ainda mais. O semblante já severo se tornou hostil. Mesmo assim, responde a pergunta de Ji-an com indiferença:

— Uns três anos.

— Por que o senhor passou a morar sozinho?

— Minha esposa. Ela se foi.

Nesse momento, notei seus olhos. Olhos trêmulos. Apenas as pálpebras tremiam em um rosto tão severo. Percebi de imediato que aquela emoção era tristeza. Era surpreendente como os sentimentos das pessoas podiam ser vistos tão claramente. Mas ele não parecia querer mostrar suas emoções e disse, colocando-nos para fora:

— Podem ir embora agora.

— Ainda tenho perguntas...

— Vão embora!

Sem poder fazer mais nada, Ji-an e eu fomos expulsos. Como se tivesse desistido, ela se virou e andou até o carro. Fui atrás e perguntei:

— Conseguimos alguma coisa?

— Não sei. Ele ainda está na primeira fase do luto, que é a negação.

— E o filho dele?

— Na terceira, a fase de negociação. E a principal emoção é a culpa.

— Hmm.

Negação, raiva, negociação, depressão, aceitação. As cinco fases do luto descritas por Kubler-Ross, que aprendi no treinamento que recebi quando comecei este trabalho. Um estágio de negação, no qual você diz que não consegue acreditar; um de raiva, em que você se pergunta por que algo assim aconteceu; um de negociação, no qual você se questiona e se culpa, perguntando-se se poderia ter feito algo diferente; um de depressão, em que você se sente desamparado e vazio e, por fim, o de aceitação, no qual você supera as emoções negativas, reconhece a realidade e aceita a morte. Ao ver a fase de negação acontecendo diante dos meus olhos, entendi um pouco o conflito entre pai e filho. Era como se tivessem entrado no mesmo labirinto, mas cada um tivesse tomado um caminho diferente e parado num beco sem saída, como em um jogo de RPG. Se minha analogia estiver correta, eles precisariam se encontrar novamente e seguir em uma nova direção.

O fim de semana passou, e chegou a segunda-feira. Apenas Ji-an e eu estávamos no escritório, e nós dois concordávamos que não era necessário conversar o tempo todo. Ela só falava o essencial. Eu também.

— Você pegou os registros?

Quando Ji-an perguntou sobre o caso de Hwa-yeon Lee, imprimi os documentos recebidos e os entreguei a ela. Não verifiquei o conteúdo. A maioria era difícil de entender. Ji-an pegou os papéis e leu com atenção. Então, de repente, perguntou:

— Tem certeza de que essas informações são da Hwa-yeon Lee?

— Tenho.

Olhei para a tela do computador novamente. No registro, estava claramente escrito "Hwa-yeon Lee". Mesmo no emprego anterior, eu raramente cometia erros em documentos. Ji-an fez uma careta depois de ouvir minha resposta, então, com receio de ter cometido algum equívoco, perguntei:

— Tem algo errado?

— Não... Ela foi diagnosticada com câncer seis meses antes de cometer suicídio. Câncer de ovário em estágio três. Recomendaram cirurgia, mas não podiam garantir a cura completa. Será que o filho não sabia disso?

— Não faço ideia.

— Pode pedir ao cliente que entre em contato comigo quando tiver tempo? Vou falar com o hospital.

Ji-an ligou apressadamente para algum lugar. Parecia ser a instituição médica que forneceu as informações. Ao revisar os detalhes da entrevista, não havia nenhuma menção ao histórico médico da falecida. Será que eles não sabiam? Liguei para o cliente e deixei uma mensagem pedindo que entrasse em contato comigo o mais rápido possível, enquanto Ji-an estava ao telefone em um canto do centro.

— Então, não há registro de tratamento psiquiátrico nem outro tratamento médico além desse? — Alguém diz algo que não consigo entender na linha, e ela responde: — Sim, sim, entendo.

Ji-an falava com muita seriedade. Parecia estar verificando algumas coisas, mas não dava para saber exatamente o quê. Por mais desinteressado que eu fosse no trabalho, o histórico médico oculto de uma suicida despertou minha curiosidade. Se já havia sido diagnosticada com câncer, por que optou por cometer suicídio? Eu não conseguia entender por quê. Ji-an logo encerrou a ligação. Em seguida, perguntei despretensiosamente:

— O que disseram?

— Na primeira consulta, reclamou de dores abdominais e foi examinada em um hospital universitário, onde confirmaram câncer de ovário em estágio três. Foi à consulta com o marido na época, e o hospital avaliou que a taxa de mortalidade era alta, e a cura, improvável. Mas o marido, como responsável, só aceitou os analgésicos e recusou a cirurgia. Ah... Conseguiu falar com o cliente?

— Deixei uma mensagem. Ele vai ligar.

Bzzz, bzzz.

— Na mosca — comentei, olhando para o celular que tocou imediatamente.

Ji-an atendeu ao telefone sem prestar atenção no meu comentário, como se não tivesse achado graça. Diferente de quando falava comigo, seu tom era suave e calmo:

— Olá. Aqui é a Ji-an Kang, diretora do Centro de Autópsia Psicológica. Posso falar com você agora?

— Ah, pode...

— Descobrimos algo durante nossa investigação e queria confirmar com você.

Como o centro estava muito silencioso, dava para ouvir vagamente a voz do cliente. Me concentrei para escutar sua resposta.

— Ao verificar os registros médicos por meio dos documentos autorizados, confirmamos que sua mãe, Hwa-yeon Lee, foi diagnosticada com câncer de ovário em estágio três, seis meses antes de cometer suicídio. Você sabia disso?

— Câncer?

— Isso, mesmo. Na época, seu pai a acompanhou ao hospital como responsável. Foi determinado que uma recuperação completa era improvável, e recomendaram que fosse realizada uma cirurgia, mas ele recusou.

Não se ouvia nada do outro lado da linha. Teria ficado sem palavras? Conforme o silêncio se prolongava, Ji-an, achando que a ligação tinha caído, falou:

— Alô?

— Eu... eu não sabia.

Dava para perceber um tremor em sua voz quase inaudível. Se tivesse falado um pouco mais baixo, eu não teria conseguido escutar a resposta. Prendi a respiração ao máximo para acompanhar a ligação. Ji-an falou com desenvoltura, como se já tivesse planejado cada palavra. Fez jus a sua competência profissional.

— Acredito que a escolha que ela fez pode ter relação com o diagnóstico de câncer. Por isso, gostaríamos de solicitar formalmente uma entrevista com seu pai. Confirmamos que ele sabia do diagnóstico e, para entendermos o que Hwa-yeon Lee estava pensando no fim da vida, precisamos conversar com ele. Tudo bem para você?

— Hã? Ah...

— Se for difícil para você avisar diretamente, podemos entrar em contato com ele. O que seria mais confortável? Prefere avisá-lo ou quer que a gente fale com ele?

— Ah... Bom, isso é...

Tanto eu como Ji-an percebemos o pânico do cliente, mas ela continuou inabalável, como já tinha feito comigo antes:

— Então, entraremos em contato com ele. Você concorda?

— Concordo...

— Obrigada. Voltamos a nos falar em breve. Enquanto isso, fique bem.

— Está bem.

Observei Ji-an desligar o telefone. Achava que ela era apenas minha irmã mais nova, mas depois do treinamento em aconselhamento, passei a enxergá-la como uma profissional determinada. Parecia habitar um mundo diferente do meu, que ficava nervoso com um telefonema. Para aliviar o clima, falei algo que Sang-woo diria se estivesse aqui:

— E aí? O que vamos fazer agora?

Ao ouvir essas palavras, Ji-an me olhou e esboçou um leve sorriso. Parecia o sorriso amargo de Sang-woo. Será que eu precisava aprender aquele sorriso melancólico se quisesse continuar trabalhando no centro? Enquanto eu divagava, Ji-an, concentrada no trabalho, disse:

— Pesquise os registros médicos de Han-moo Kim.

— Nós não temos o termo de consentimento dele para informações confidenciais.

— Vamos pegar agora. Prepare os documentos. Vamos — falou Ji-an, já se movimentando.

Eu me perguntei se ela era mesmo tão impulsiva. Devia ser por isso que diziam que a agência se preocupava apenas com dinheiro. Preparei rapidamente um formulário de autorização em nome de Han-moo Kim usando as informações que tínhamos e fui atrás de Ji-an. Fomos para Incheon, onde ficava a casa dele.

Observar a paisagem pela janela não era tão chato. Por algum motivo, estar no carro de Ji-an era estranhamente agradável. Ela dirigia bem, como um piloto determinado a vencer uma corrida de kart. De perfil, enquanto estava absorta em pensamentos, ela parecia uma pessoa completamente diferente. Mesmo não fazendo ideia do que Ji-an estava pensando naquele momento, sabia que estava fazendo algo importante.

Quando chegamos a Incheon, o sol já estava se pondo. Achei melhor avisar antes e tentei ligar várias vezes durante o trajeto, mas ninguém atendeu. Ji-an apenas dizia que estava tudo bem porque tínhamos a autorização do filho, que era nosso cliente.

— Um, dois, três.

Quando chegamos à casa de Han-moo Kim, Ji-an contou até três, assim como fazia ao atender telefonemas. A pasta continha um termo de consentimento para obtenção de informações confidenciais, equipamentos de gravação para a entrevista e um notebook. Batemos à porta e ouvimos o mesmo som abafado de antes. Só depois de insistirmos mais duas vezes, percebi algum movimento.

— Quem é? — indagou uma voz áspera vinda de dentro da casa.

Ji-an falou alto o suficiente para atravessar a porta de ferro:

— Aqui é Ji-an Kang, a conselheira que fez a visita da última vez! Por favor, abre a porta pra gente.

De repente, perguntei-me se Ji-an havia se apresentado como conselheira em nossa visita anterior, mas ele pareceu reconhecer sua voz, e não seu nome ou profissão. Após uma breve pausa, entreabriu a porta. Nos seus olhos visíveis pela fresta estreita, havia algo que parecia hostilidade.

— Podemos entrar um pouco?

— Falem aqui mesmo.

— É um assunto importante.

Diante do tom sério de Ji-an, ele cautelosamente abriu um pouco mais a porta e nos deu passagem. Ela fez uma pequena reverência e foi até a sapateira. Mas ele bloqueou o caminho, indicando que não poderíamos passar dali.

— O que vocês querem?

— Nam-jin Kim é seu filho, certo?

— É...

Ele pareceu desconcertado ao ouvir o nome do filho. Ainda assim, sua postura não suavizou, e a tensão não diminuiu. O homem manteve uma linha invisível para impedir que nos aproximássemos. Ji-an explicou a situação rapidamente:

— Seu filho solicitou uma autópsia psicológica. É um procedimento que investiga os motivos pelos quais as pessoas cometem suicídio e estabelece um plano de prevenção, além de auxiliar no processo de luto. Meu nome é Ji-an Kang e administro o centro. Minha última visita também fazia parte desse processo. Hoje vim lhe pedir uma entrevista, com a autorização do seu filho.

— Como é?

— Seu filho está tentando superar a morte da senhora Hwa-yeon Lee por meio de um processo de luto saudável. Para isso, ele precisa da sua ajuda. Levará uma ou duas horas, só precisa responder algumas perguntas. Conto com o senhor.

— Está me pedindo para falar sobre minha mulher?

Seus olhos ficaram cada vez mais raivosos. Era como se eu estivesse testemunhando a transição da fase de negação para o estágio da raiva. De tanta fúria, a voz dele falhou no final. Apesar de a postura curvada e os membros finos não serem fisicamente ameaçadores, sua voz e seus olhos eram como os de um leão.

Ji-an não recuou e sustentou o olhar. Era óbvio que, se ela desviasse os olhos, nunca ouviríamos a história da esposa dele. Mais importante ainda era a preocupação de Ji-an de que tanto o cliente quanto Han-moo Kim, ali na sua frente, estivessem prolongando demais seu período de luto. É preciso enfrentar a situação para seguir em frente. E ele também precisava fazer isso. Pelo menos era no que Ji-an acreditava.

— Se for difícil falar agora, entre em contato comigo depois.

Mantendo o contato visual, ela pegou um cartão de visita e estendeu a ele, que não olhou nem aceitou. Ji-an manteve a mão no mesmo lugar, sem recolhê-la. Por um tempo, houve apenas silêncio e tensão. Fiquei um passo atrás, como um mero espectador. Estar no meio dessa tensão me deixou inquieto.

— Os documentos, por favor.

— Ah... Beleza. Perdão.

Levei um susto e me mexi rapidamente. Usei linguagem informal por hábito e me corrigi apressadamente, então vasculhei a pasta e entreguei o formulário a Ji-an. Demorei a perceber que eu não era apenas um espectador. Ela tirou uma caneta esferográfica do bolso do casaco, entregou junto com o formulário e disse:

— Este é um documento necessário para a autópsia psicológica. Preciso do consentimento do senhor. Mesmo que a entrevista seja depois, por favor, pelo menos assine.

— Por que eu assinaria?

— Pela sua família. E também pela falecida.

Achei que estava na hora de usar as dicas que recebi de Sang-woo. Não sei que poder Ji-an possui, mas sua voz fazia qualquer um acreditar que estava sendo sincera. O senhor parou e, sem se mover, olhou os papéis. Em vez de verificar do que se tratava, parecia apenas fixado naquelas folhas, refletindo sobre a palavra "família". No silêncio, pude ouvi-lo engolir em seco. Então, pegou a caneta e assinou seu nome com a caligrafia cursiva característica dos idosos.

— Não voltem mais aqui.

Ji-an deixou o cartão que ainda segurava na sapateira e disse:

— Até breve.

Então Ji-an se virou e foi embora. Sem forças, fui atrás dela. Depois de sair e dar cerca de vinte passos, ouvi o som de uma porta batendo forte. Não sabia se aquele barulho sinalizava que eu havia concluído uma fase ou que o jogo tinha acabado.

— Pelo menos ele assinou.

Totalmente perdida em pensamentos, Ji-an estava parada, olhando para o nada. Quando comentei isso, ela respondeu:

— Todo mundo tem algo que considera importante.

Ji-an parecia saber que, quando ela mencionasse a esposa, ele não teria escolha a não ser assinar. Parecia ter enxergado o coração dele. Nesse momento, imaginei que Ji-an pudesse estar pensando mais ou menos o mesmo que eu, e senti um arrepio. Não sabia como ela tinha se tornado tão perspicaz. Depois de suspirar, olhei para o documento digitalizado e perguntei:

— Mas por que justamente uma autorização para informações confidenciais?

O documento que Ji-an conseguira era um termo de consentimento para acessar dados sigilosos. Sang-woo havia me explicado que era necessário para ter acesso a coisas como registros médicos, por exemplo. Como Ji-an disse que a entrevista podia ficar para depois, mas pediu que ele pelo menos assinasse o documento, não pude deixar de me perguntar sobre suas intenções.

— Hwa-yeon Lee cometeu suicídio tomando uma overdose de remédios para dormir e se enforcando em seguida. Geralmente, quando alguém se enforca em um lugar baixo, toma soníferos antes e, ao cair no sono com o pescoço preso, o peso do corpo sem força tensiona a corda, resultando na morte. Mas nos registros médicos dela não há prescrição de soníferos, seja na psiquiatria, seja na clínica geral. Isso significa que alguém pode ter conseguido a receita para ela, uma pessoa com dificuldade de locomoção.

Quantos casos Ji-an já teria visto para saber tanto sobre métodos de suicídio? Enquanto a observava elaborar um raciocínio, pensei que os rumores sobre a agência ter um viés comercial não eram infundados. Fiquei curioso para saber sobre a frase que ela deixou no ar. Então, provoquei:

— Está dizendo que o marido conseguiu os soníferos para ela?

— Só ele sabia do câncer. Se obteve os remédios já pensando em suicídio, pode ter agido como cúmplice. Se obteve várias prescrições em diferentes lugares num curto período, pode haver suspeita de intenção suicida. Estou tentando verificar isso. Mas...

— Mas...?

Ji-an nem terminou de falar. Ficou olhando fixamente para os registros médicos na tela do meu computador. Depois de ler atentamente todas as informações, ela enfim completou:

— Dois meses antes do suicídio de Hwa-yeon Lee, Han-moo Kim começou a receber prescrições de soníferos no próprio nome, indo a psiquiatras e clínicos gerais. Ou incentivou o suicídio, ou ajudou nos preparativos...

— O quê?

— Vou para Incheon amanhã.

— Sozinha?

— Só eu posso fazer isso.

Olhei para os ombros de Ji-an ao meu lado. Suas costas estreitas e seu corpo pequeno pareciam carregar incontáveis pesos de morte e tristezas. Ji-an parecia não perceber porque era normal para ela. Sem motivo, espanei de leve seus ombros. Mesmo assim, a morte e a tristeza estavam grudadas nela e não se soltavam.

— É um caso difícil.

De repente, lembrei-me do que Ji-an disse ao me apresentar esse trabalho. Que era mais difícil do que parecia. Eu ignorava as dificuldades como se não fosse comigo, mas pelo visto ela não fazia isso.

Sexta-feira, três da manhã. Com o fim de semana pela frente sem precisar me preocupar com o trabalho, já havia passado mais de duas horas deitado jogando no celular. Era um jogo viciante, onde você tinha que eliminar todos os oponentes para vencer, que sempre fazia você pensar "só mais uma partida". Como tinha ficado em terceiro lugar na rodada anterior, não queria desistir da chance de alcançar o primeiro lugar dessa vez. Foi quando meu telefone vibrou e um nome apareceu na tela do jogo.

Irmã mais nova — Diretora do Centro Ji-an Kang

Era Ji-an. Para ela ligar tão tarde, devia ser algum assunto urgente, mas restavam apenas dez sobreviventes no jogo. Quando pensei em só retornar no dia seguinte, uma mensagem de notificação de chamada apareceu na tela e não consegui ver o inimigo na minha frente, o que me fez perder o jogo. Enquanto meu personagem caía gritando "Ugh!", atendi a ligação.

— O que foi?

Como falei com a voz irritada, Ji-an perguntou com cautela se eu estava dormindo.

— Não, mas morri por sua causa. Só fala o que você quer.

— Encontrei com Han-moo Kim hoje.

— Ah... E daí?

Não entendi por que ela estava tocando nesse assunto tão tarde. Embora tivesse dito que iria vê-lo depois do trabalho, não tinha como ter conversado com o homem até às três da manhã. Será que tinha ficado pensando demais e não conseguiu dormir? Esperei sua resposta, mas ela fez uma pergunta inesperada:

— O que você acha que é mais importante nesse trabalho?

— Assim, do nada?

— Do ponto de vista de alguém que observou até agora.

— Hum...

Não consegui responder facilmente. Embora soubesse o que Sang-woo me explicara em teoria, aquilo não tinha tocado meu coração de verdade. O que significava fazer o bem pelo falecido, prevenir o suicídio em que sentido? Essas questões não me afetavam profundamente. Então, lembrei-me dos pequenos gestos de consideração de Ji-an com os clientes. O que senti ao observar suas ações. Compartilhei essa impressão:

— Confortar o coração de quem ficou.

Ji-an ficou sem palavras por um momento. Quando pensei que talvez tivesse dito algo inadequado, ela falou:

— Você está certo... Obrigada.

E desligou. Olhei para a tela do jogo em espera no celular. Acho que por ter perdido o fio da meada depois da ligação, a vontade de jogar mais uma partida desapareceu. Em um jogo, posso recomeçar mesmo se morrer. Por isso, posso jogar despreocupado. Mas, quando me dei conta de que ninguém voltava à vida no trabalho de Ji-an, entendi por que ela detestava jogos. Conhecia bem demais a vida em que nos encontramos e que precisamos sobreviver.

Relatório de autópsia psicológica

Nome: Hwa-yeon Lee

Idade: 65 anos

Data de falecimento: 28 de junho de 2020.

Resumo do caso: Em 28 de junho de 2020, enquanto o marido dormia em casa, a vítima (Hwa-yeon Lee, 65 anos) cometeu suicídio tomando uma overdose de soníferos e se enforcando em uma maçaneta. O marido a encontrou por volta das 6h40 e acionou socorro às 6h46. Quando os paramédicos chegaram, ela já estava sem vida, e estimaram que o horário do óbito foi às 2h30.

Processo de crescimento e tendências: A vítima sempre teve um bom relacionamento com a família e era especialmente próxima do marido. Era a terceira de sete irmãos, sendo três homens e quatro mulheres. Concluiu o ensino médio e depois, enquanto trabalhava em uma fábrica, conheceu o marido aos 20 anos e se casou aos 21. Não houve acontecimentos incomuns durante sua infância e seus pais faleceram de causas naturais. O marido era funcionário público e ela, dona de casa. Viviam sem conflitos. Após a aposentadoria do marido, passaram a morar em Incheon com um salário mínimo. No momento do suicídio, presume-se que não tinha recursos financeiros suficientes para auxiliar nas despesas do filho (Nam-jin Kim, 35 anos) com o casamento, o nascimento do neto e os negócios.

Fatores de estresse: Seis meses antes de cometer suicídio, ela foi diagnosticada com câncer de ovário em estágio 3 em um hospital universitário, com prognóstico desfavorável para cura completa. Apenas o marido soube do diagnóstico, não informando ao filho. Três meses antes da consumação do suicídio, a paciente começou a apresentar sintomas depressivos, com redução perceptível do apetite e do nível de atividade. Queixava-se de dores intensas e, devido à baixa taxa de sobrevivência da doença, aparentemente desenvolveu depressão aguda. Acredita-se que tenha recusado o tratamento hospitalar por razões financeiras. Fazia comentários sugestivos de ideação suicida ao marido, como "Por favor, cuide das crianças". Por ser muito apegada à família e demonstrar histórico de abnegação desde jovem, optou por não informar o filho sobre sua doença nem fazer solicitações financeiras.

Parecer final: O diagnóstico de câncer de ovário em estágio avançado, seis meses antes do suicídio, parece ter gerado pessimismo devido à baixa chance de cura. Supõe-se que a impossibilidade financeira de receber tratamento, somada à dor física e ao sofrimento emocional, causou estresse significativo. Acredita-se que o sentimento de culpa por representar um fardo para a família também tenha atuado como fator de estresse, contribuindo para o suicídio.

Plano de prevenção: Para prevenir o suicídio na população idosa, é necessário um olhar atento para a questão, sendo este um caso que demandava intervenção médica ativa. É necessária uma política de apoio às despesas médicas em conjunto com uma abordagem psiquiátrica.

<anexo_entrevista 1> <anexo_entrevista 2> <anexo_registros médicos> <anexo_relatório de autópsia>

Era um dia agradável, o céu estava livre daquela poeira fina de sempre, característica da mudança na direção do vento. O cliente veio ao centro para saber os resultados da autópsia psicológica. Só de ouvir os passos, Ji-an reconheceu que era ele, borrifou um aromatizador e ajeitou as roupas com cuidado. Somente depois que Nam-jin Kim se sentou no sofá e o chá foi servido, Ji-an começou a conversa.

— Finalmente um dia bonito, depois de tanto tempo.

— É mesmo...

— Como tem passado?

Bastou essa pergunta para que o cliente começasse a chorar. Ver um adulto chorando seria raro em outros lugares, mas aqui era comum. De um canto, acompanhei silenciosamente a conversa.

— Fiquei tão chocado. Nunca imaginei que algo assim estivesse acontecendo... Estou só... um pouco confuso.

— Aqui está o relatório.

Ji-an apresentou o relatório da autópsia psicológica que ela mesma havia redigido. Sang-woo me disse que isso era uma tarefa que apenas ela executava. Mesmo assim, acabei lendo na hora de imprimir. Como Ji-an nunca contou o desfecho do encontro com Han-moo Kim, fiquei ainda mais curioso com o resultado.

— A mamãe... A minha mãe...

O cliente segurou o relatório com as duas mãos, tentando conter o choro. Mesmo assim, pude ver de longe as lágrimas caindo e molhando o papel. Diferente de quando falava comigo, Ji-an demonstrou empatia e, com uma expressão de pesar, falou suavemente:

— Sua mãe estava sofrendo muito por causa da doença. Ela não queria ser um fardo para a família.

— Mãe...

O cliente chorava sem parar. Seria assim tão doloroso perder um familiar? Eu também já tinha perdido alguém da família. Mas nesse momento a tristeza daquela época parecia distante. Talvez tenha sido mais choque do que tristeza. Ji-an, porém, parecia se lembrar claramente daquele dia. Porque ela compartilhava da tristeza dele, com o mesmo olhar daquela época. No ambiente carregado de pesar, outros passos foram ouvidos.

A porta se abriu e senti o ar mudar completamente. Quando me virei para ver quem era, me deparei com Han-moo Kim. Fiquei surpreso com a visita inesperada, mas a expressão de espanto do cliente ao vê-lo foi ainda maior.

Como se já soubesse de tudo, Ji-an foi até ele, ajudou-o a se aproximar e o fez se sentar ao lado do cliente. Mesmo ao lado do filho, sua expressão severa não mudou. Por que ele estava ali? Vendo que seu cliente observava a cena sem reação, Ji-an explicou:

— Eu o chamei aqui. Achei que seria bom vocês conversarem.

Ele nem olhava para o rosto do filho. O cliente também parecia evitar mostrar o rosto coberto de lágrimas. Observei os dois, imaginando como Ji-an o convenceu a ir até o centro.

— Agora, faremos a entrevista final da autópsia psicológica.

— Mas não tinha acabado? — perguntou o cliente, parecendo surpreso.

Aquele também era meu primeiro caso, e eu não sabia o que Ji-an pretendia com aquilo. Ela sorriu e respondeu:

— Nada será gravado, e o sigilo está garantido. Vamos falar sobre Hwa-yeon Lee junto com seu pai. Tudo bem para o senhor?

O cliente se virou desconfortavelmente e olhou para o pai, que assentiu de leve. Talvez estranhando a colaboração do pai teimoso, o cliente ficou ligeiramente de costas para ele. Ji-an parecia ter previsto isso também e não se surpreendeu, dando início às perguntas como se estivesse realizando uma entrevista.

— Como era Hwa-yeon Lee?

— Era uma boa esposa. Fazia o melhor ensopado de missô, e uma pasta de soja caseira divina. Os ingredientes eram simples, mas ela sempre colocava camarões pequenos. Por saber que eu gostava tanto, nos meus aniversários, ela sempre fazia ensopado de missô em vez da tradicional sopa de algas. Inclusive quando eu estava doente. No começo do casamento, ela não cozinhava bem e, talvez por ter ficado chateada com isso, se prontificou a aprender a cozinhar com várias pessoas. Eu adorava vê-la assim e ligava para ela todos os dias quando saía do trabalho. Para saber o que teríamos no jantar...

— Pai...

Com uma expressão perplexa, o cliente olhou para o homem. Seria porque não estava acostumado a ver seu pai falando sobre a mãe? Embora eu não soubesse o que tinha acontecido nesse meio-tempo ou naquele dia, pude sentir que ele havia mudado de alguma forma.

— O filho precisa responder também.

O cliente hesitou com as palavras de Ji-an. Pai e filho ainda estavam de costas um para o outro, as expressões pesadas. Porém, aos poucos, começou a falar:

— Mãe, mãe... Mãe... Ela... Eu também gostava daquele ensopado de missô. Eu gostava, mas ela fazia tantas vezes... No meu aniversário, eu queria uma sopa diferente, mas era sempre ensopado de missô. Me perguntava por que era sempre isso... Agora sei que era por causa do meu pai.

Embora ainda estivesse chorando, abriu um leve sorriso. O pai olhou para o filho, moveu lentamente a mão enrugada e a colocou com cuidado sobre a dele. Como se não precisasse dizer mais nada. As lágrimas continuavam caindo.

— Qual é a sua lembrança mais marcante? — perguntou Ji-an.

— Ugh... Ugh... Quando eu era pequeno, íamos acampar... Meu pai acendia o carvão, e minha mãe me levava para brincar no riacho, que costumava ficar tão gelado que eu batia os dentes. Depois me aquecia perto do fogo e voltava a brincar... Mãe... Mamãe parecia feliz... Ela parecia tão feliz.

— E o senhor, Han-moo Kim? — questionou Ji-an.

— Ela era linda quando a vi pela primeira vez. Jovem e cheia de vida. Quando sorria, seus olhos formavam uma meia-lua. Mesmo depois de voltar para casa, eu não conseguia esquecer aquele sorriso. Tive certeza de que queria vê-lo pelo resto da vida. Que seria bom poder ver sempre...

— É verdade. Os olhos dela pareciam mesmo uma meia-lua quando sorria — acrescentou o filho.

Ji-an permaneceu sentada em silêncio. Em vez de fazer mais perguntas, apenas os observou. Eu fiz o mesmo, prendendo a respiração. Houve um silêncio esquisito, mas aos poucos eles começaram a conversar.

— Sabe... aquela mania da mamãe? Quando sorria, ela ficava dando tapinhas nas pessoas ao redor... Você sempre acabava apanhando, né, pai?

— É verdade.

— Gostava dela mesmo assim?

— Gostava, sim.

Só então entendi por que Ji-an o havia chamado. O que importava para eles não era "como ela morreu", mas lembrar "que tipo de vida ela viveu". O luto era o processo de aceitar e fazer as pazes com aquela vida. O que eles precisavam era conversar e compartilhar suas memórias sobre como ela viveu, e Ji-an sabia disso desde o início — isso era aceitação.

Conversaram sobre ela por bastante tempo. Uma das mãos do pai ainda repousava suavemente sobre a do filho. No fim da conversa, o cliente ergueu devagar a outra mão e a colocou sobre a do pai. Então, baixou a cabeça e chorou.

— Não fique... Não fique mais tão distante da gente. Vamos nos ver mais vezes, mesmo você morando naquela casa.

— Vamos, sim.

Trocaram promessas, como se os nós fortemente atados em seus corações tivessem enfim se desfeito. Enquanto observava, o rosto de Ji-an estava cheio de confiança. A certeza de que, por meio do diálogo, eles mesmos seriam capazes de resolver seus problemas. Sua expressão mostrava que essa confiança era suficiente.

— Por favor, voltem com cuidado.

Ji-an os acompanhou até a saída. Ela havia ajudado o idoso ao entrar, mas era o filho que o amparava naquele momento. Observei tudo em silêncio do meu lugar. Depois que eles foram embora, olhei pela janela. Sob o céu azul sem uma única nuvem, vi as costas de um velho caminhando devagar com a ajuda do filho, que seguia o ritmo do pai. Assim como na cabeça de Ji-an, a morte e a tristeza pairavam sobre a cabeça deles. De repente, perguntei a ela:

— A autópsia psicológica costuma ser assim?

— Não é um caso comum, mas no fundo, como você disse antes, nosso trabalho não é confortar quem ficou? É por isso que investigamos as causas do suicídio e criamos planos de prevenção. Por quê? Finalmente está sentindo que está trabalhando?

— Não, é que...

— Ainda bem que deu tudo certo.

Ji-an se espreguiçou com uma expressão neutra. Já eu fiquei com o coração pesado.

Quando me dei conta de que não fazia ideia de que Ji-an carregava sozinha o fardo do lado oculto desse trabalho, aparentemente só burocrático, senti algo diferente do habitual. Não sabia explicar direito, mas era como um peso no peito. Será que Ji-an enfrentava um mundo que eu não queria ver? Que mundo era esse?

Descobri o arquivo cerca de um mês depois. Ji-an tinha feito uma viagem a trabalho, e eu estava transcrevendo gravações. Enquanto ouvia concentrado, houve um "*zap!*" e faltou luz. Quando o computador religou, todo o meu trabalho tinha se perdido.

— Ah...

Pensei rápido. Devia recomeçar as transcrições ou tentar recuperar os arquivos? Como estava mais acostumado com gambiarras do que com honestidade, decidi procurar *backups* e vasculhei todas as nuvens. As habilidades de recuperação de dados que adquiri no emprego anterior ajudaram. Quando restaurei vários registros e gravações, um arquivo contendo apenas números, sem o nome do caso, chamou minha atenção na nuvem.

13.05.2023.01:48

Todos os arquivos eram organizados pelo nome de caso. Era uma regra rígida de Ji-an. Ainda assim, havia um arquivo sem nome. Os números deviam ser data e hora. Treze de maio... Treze de maio. Quebrei a cabeça tentando lembrar que dia era esse. Ah. O telefonema. Verifiquei os registros de chamadas. Naquela madrugada, Ji-an me ligou do nada. Lembrei que ela mencionou ter entrevistado Han-moo Kim, mas não pediu para eu organizar os registros, dizendo que ela mesma faria isso. Teria Ji-an cometido um erro? Recuperei o arquivo e reproduzi para classificar pelo nome do caso. A qualidade da gravação não era boa, mas dava para distinguir a voz dele e a de Ji-an.

— Eu gostaria de conversar sobre Hwa-yeon Lee.

— Não tenho nada pra falar.

— Se pudesse ouvir as últimas palavras de Hwa-yeon Lee... O senhor gostaria?

Houve um silêncio. Escutei atentamente. Em seguida, ouvi a voz de Ji-an:

— Nossa investigação confirmou que uma grande quantidade de soníferos foi prescrita em seu nome. Não constam registros de prescrição para Hwa-yeon Lee, mas a autópsia mostrou que ela tomou muitos comprimidos antes de cometer o suicídio.

Por um tempo, não houve resposta.

— Não estou aqui para julgar nem culpar ninguém. Só quero ajudar a descobrir a verdade e permitir um processo de luto saudável. Guardarei seu segredo. Mas, por favor, mantenha o meu também. Existe uma forma de ouvir os últimos pensamentos de Hwa-yeon Lee — acrescentou Ji-an.

— Como assim?

— Nossa investigação encontrou o testamento dela. Se vier comigo, poderá ver.

Depois disso, ouviu-se um ruído forte e difuso, seguido do som de um motor por um tempo. Ji-an e ele deviam estar indo para algum lugar. Seguiram-se vários sons indistintos. Parecia que havia uma conversa acontecendo, mas não consegui entender claramente do que se tratava. Quando o som ficou mais nítido, ouvi vagamente a voz de uma mulher desconhecida. Não era alguém presente no local. Parecia uma gravação, com som metálico e de baixa qualidade.

Querido... mesmo sem ter nada para deixar para as crianças... eu fui muito feliz por ter tido você ao meu lado. Você sempre segurou minha mão, e fez com que eu me sentisse tão segura quando jantava com você... Meu único filho... Mesmo assim, estou tranquila. ... Estou com medo também. Deixando você para trás... Mas tem que ser assim... Você precisa ficar. Por mim... Eu vou primeiro... Segure minha mão... Sem pressa.

O áudio era difícil de entender. Ji-an teria encontrado as últimas palavras da vítima gravadas sem eu saber? Seria um arquivo recuperado do celular dela? O que significava aquilo? Eu tinha muitas dúvidas, mas não podia esclarecê-las com uma gravação. Em seguida, ouvi a voz de Ji-an:

— Estes são os últimos pensamentos de Hwa-yeon Lee, o que ela queria que o senhor soubesse. Sua esposa fez essa escolha pelo bem de sua família. Então, por favor, fale também pelo bem de sua família. Talvez este não seja o jeito que Hwa-yeon Lee desejou que as coisas ficassem.

Mesmo sendo apenas uma gravação, dava para sentir a tensão no ar. Ji-an parecia estar esperando pacientemente uma resposta. Após cerca de cinco minutos, com a voz trêmula, ele começou a contar o que aconteceu, passo a passo. O ruído diminuiu e as vozes ficaram mais claras.

— Nosso filho tinha se casado e ia ter um bebê, e de uma hora pra outra minha esposa descobriu um câncer. Um câncer difícil de curar. Eu insisti para fazer a cirurgia. Todos os dias, dizia que podia dar certo, que talvez sobrevivesse. Mas ela disse que já tínhamos vivido o suficiente e me perguntou se eu queria arruinar o futuro das crianças que estava apenas começando. A cirurgia era caríssima. De onde arrumaríamos o dinheiro? Mas minha esposa ficava cada dia mais doente. Emagreceu, passava as noites com dor. Gritava segurando a barriga, o que me fazia sofrer também. Eu queria sofrer no lugar dela, mas era impossível. No fim, falamos em morrer juntos. Que eu morreria também! Que doaríamos nossa casa e morreríamos juntos! Mas... Mas minha esposa me disse, chorando, que quando nasce um neto, deveria pelo menos haver um avô. Mesmo sem avó, o bebê ainda podia ter um avô, para contar como ela era e falar também de como o pai era quando jovem, essas coisas. Ela me pediu para viver por ela... Foi o que me falou. Que era seu último desejo. Ela me pediu para deixá-la ir em paz e viver no lugar dela...

— Então o que aconteceu naquele dia...

— Acho que não faz mais sentido esconder. Vou contar.

Prendi a respiração e esperei pelas próximas palavras.

— Eu matei ela.

— Como assim?

— Eu matei a minha mulher... Foi naquela madrugada. Ela tomou os comprimidos para dormir que comprei. E de madrugada, quando ela estava num sono profundo, amarrei uma coleira e a arrastei... Foi pedido dela. Ela queria morrer dormindo. Você sabe como é ver sua esposa perdendo o fôlego?

— O senhor não fala com seu filho sobre a mãe dele porque...

— Eu matei a mãe dele. Como eu poderia encará-lo? Estava assustado e com medo. Sempre que meu filho fala sobre a mãe, me sinto sufocado pela culpa. Fico revivendo a morte dela e isso me enlouquece. Nem sou digno de ser pai dele.

— O que o senhor quer que eu faça?

— Faça o que quiser. Eu não me importo mais.

Quando ouvi toda a conversa, percebi que era melhor não saber. Será que Ji-an me ligou naquela madrugada porque não sabia o que fazer com essa verdade? No entanto, tentei entender sua decisão, já que o relatório concluiu que foi "suicídio devido a depressão aguda". Ji-an escolheu o que era melhor para eles.

Quando ela voltou da viagem de negócios, eu tinha tantas perguntas. Sobre o que houve naquele dia. Sobre o que foi dito. Sobre a verdade. Nada disso poderia ser questionado de forma simples. Então, só consegui fazer uma pergunta:

— Sobre o caso de Hwa-yeon Lee. Como você conseguiu fazer Han-moo Kim vir ao centro?

Talvez por ter se lembrado do ocorrido, Ji-an sorriu amargamente outra vez. Ela não parecia saber que eu encontrara o arquivo de áudio e me contou o que aconteceu depois.

— Eu pedi a ele que tentasse conversar com o filho mais uma vez. Falei que queria ajudar quem ficou a ter uma vida melhor. Você mesmo disse isso. Que nosso trabalho é confortar o coração de quem restou.

— Entendi.

Eu queria fazer mais perguntas, mas, para Ji-an, o que aconteceu naquele momento era algo que não deveria existir. Os sentimentos dos vivos eram mais importantes do que descobrir como ela conseguiu transmitir os últimos pensamentos da falecida. Tudo que eu podia fazer era acreditar na decisão de Ji-an, que entendia disso melhor que eu. Apaguei completamente os arquivos recuperados para que ninguém mais soubesse. E, quando vi o rosto de Ji-an, reproduzi naturalmente um sorriso amargo, semelhante ao dela.

Enquanto verificava se o arquivo tinha mesmo sido excluído, notei uma chamada perdida.

Mãe

Era mais um dos assuntos sobre os quais eu não podia comentar com Ji-an.

5

QUANDO ESTIVER COMPLETAMENTE DERROTADO

— Tente se reconstruir. Mesmo que precise derrubar tudo antes. Mesmo que chegue ao fundo do poço, recomece. Devemos viver o presente. Perguntar um sobre o outro, responder, ter uma troca de verdade, sabe? Precisamos viver o agora.

— Quer dizer que... Você sabia.

14 de dezembro de 2018, aproximadamente às 18h42. Fomos acionados após uma denúncia de um morador local. Ao chegarmos, o indivíduo estava na grade da cobertura de um prédio de oito andares. O denunciante, um pedestre, tinha reportado que o indivíduo estava prestes a pular do telhado. Equipes de resgate adicionais foram enviadas e conseguiram persuadi-lo a sair do local após cerca de trinta minutos. Foi transferido para um hospital próximo com medidas de proteção. Não informou o responsável e recebeu internação emergencial conforme procedimentos. Solicitada conexão com o centro local de saúde mental

e compartilhamento das informações. Verificamos registros adicionais, mas não foram encontrados dados do indivíduo nem informações do responsável.

[Registro de Ocorrência Policial]

Não importa quão bem conservado seja um edifício, ele não resiste ao passar do tempo. O batente da janela, antes branco e liso, estava áspero e amarelado. A tela mosquiteira tinha tanta poeira acumulada que nem abria direito. Mesmo assim, foi sorte o leito da minha mãe ficar perto da janela do quarto coletivo no hospital. Não por ela, mas por mim, que passaria um tempo ali.

A traqueia da minha mãe também parecia desgastada pelo tempo, produzindo um som de respiração desconfortável. O cateter de oxigênio, posicionado cuidadosamente sob seu nariz, intensificava aquela sensação pesada. Estava sempre no hospital cuidando dela, mas naquele momento havia muito pouco a fazer, já que ela não conseguia mais falar. Parecia que minha única função era acompanhá-la até que aquela respiração difícil cessasse. Se fosse um fato e não um sentimento, eu não conseguiria deixar aquela estreita cama de acompanhante.

Desde que minha mãe recebeu o diagnóstico terminal, pouco mais de seis meses se passaram. Eu deveria ter ficado chocado, mas sinceramente não fiquei tanto. Já tinha visto meu pai antes de ele partir. Na ocasião, ele caiu de repente dizendo que estava tonto depois de beber, mas na verdade se tratava de um ataque cardíaco. E aquela acabou sendo a última vez que ele colocou uma gota de álcool na boca. Eu me deparei com a aura da morte nesse dia. Com a energia que alguém próximo da morte exala. Senti aquilo novamente quando minha mãe disse que precisava ir ao hospital. Talvez eu já tivesse premeditando a morte antes mesmo dos resultados dos exames.

— Cerca de três meses. Mesmo parecendo bem agora, vai piorar rapidamente.

O médico disse isso e recomendou apenas a internação hospitalar. Entendi que, com isso, ele indicava não haver expectativa de cura. Eu não tive escolha. As palavras do médico pareciam definitivas. Como se acompanhar seus últimos momentos fosse o meu dever de filho, abandonei até o trabalho no centro. Depois que ela foi internada, senti como se minha vida tivesse se tornado a dela. Apesar de nunca termos sido muito próximos.

— Ainda assim, você se saiu bem — falei, tocando suavemente a testa da minha mãe.

Sua temperatura corporal estava um pouco abaixo da minha. Normalmente, quando estamos doentes, temos febre. Mas minha mãe parecia estar esfriando gradualmente. Como se quisesse provar que nem sempre os médicos estão certos, aguentou seis meses, não três. Mas o tempo não parava, e parecia que estávamos chegando ao fim.

— Como tem passado?

Já se passou quase uma década desde que conheci essa pessoa; pouco mais de sete anos, para ser exato. Costumávamos nos encontrar uma vez por semana, mas passamos a ter encontros mensais. Seu rosto gentil, seus olhos profundos e sua determinação inabalável sempre me pareceram ideais para um conselheiro. Havia muitas coisas que eu não sabia sobre ele, mas ele conhecia quase tudo sobre mim. Dentro dos limites do que contei, claro.

— Como sempre. Na maior parte do tempo, fico com a minha mãe e às vezes vou ao centro para dar uma mãozinha no trabalho.

— Como está sua mãe?

— Não deve durar muito mais.

— E está tudo bem com você, Sang-woo?

Ele tinha um jeito especial de abordar as pessoas. Simplesmente perguntava como eu estava e, de alguma forma, conseguia quebrar o gelo. Dei um leve sorriso e respondi:

— Estou bem. Ao contrário daquela época, tive tempo para me preparar mentalmente.

— Mesmo assim, estou preocupado. Sang-woo, seu pai partiu pouco antes daquele incidente. Você continua negando, mas acho que foi inconscientemente afetado pela morte dele. Mesmo tendo passado tanto tempo.

— Estou bem, mesmo. Digamos que naquela época eu era jovem. Agora só quero que eles tenham paz. Seja aqui ou lá do outro lado.

Ele franziu o cenho, acentuando sua preocupação. Pensei em como ele era caloroso, importando-se com alguém como eu. Como um conselheiro competente, ele me perguntou de novo sobre meus sentimentos:

— Olhando pra trás, o que a morte do seu pai significou para você?

— Em vez de ficar triste, fiquei chocado e surpreso. Acho que só... me dei conta de que todos nós vamos morrer. Que eu também vou, inevitavelmente.

— Isso foi perturbador?

— Conselheiro... — Olhei firme para ele, em silêncio. Não sei o que havia nos meus olhos, mas ele disfarçou a surpresa e me encarou de volta. Suavizei minha expressão e falei brandamente:

— Muito tempo se passou. Muita coisa mudou também.

— Tem razão. Acho que estou me preocupando demais.

Ele deu um leve sorriso, como se estivesse envergonhado. E não fez mais perguntas. Como também aprendi técnicas de aconselhamento psicológico, sabia da necessidade de enfrentar o passado, mas ele parecia saber de forma instintiva que há momentos em que é preciso esperar. Trocamos algumas palavras sobre os planos para o dia. Quando a sessão estava perto de acabar, ele fez uma pergunta que tocou meu coração:

— No que você mais pensa quando está ao lado de sua mãe?

— O céu refletido pela janela.

O fato de ele não ter me perguntado o significado disso pareceu uma gentileza da sua parte.

Talvez muitas palavras não fossem necessárias após tanto tempo juntos.

Para ir ao hospital, eu usava meu carro velho. Mas, quando ia ao centro, pegava transporte público. Não por falta de estacionamento, mas porque sempre fiz assim desde que começara a trabalhar ali, três anos antes. Apesar de cansativo e demorado, pegar ônibus e metrô me dava a sensação de ainda estar fazendo algo além de cuidar da minha mãe. Que ela não era tudo em minha vida. Que ainda havia coisas que eu podia fazer. Precisava tanto dessa sensação que às vezes desejava que o metrô nunca chegasse ao destino.

— Por que o clima tá assim de novo? Tá vendo... nada funciona sem mim.

Assim que abri a porta do centro, senti imediatamente o ambiente. O silêncio pairava no ar. Ji-an e Ji-hoon pareciam determinados a não serem amigáveis um com o outro. Nenhum dos dois queria falar primeiro ou fazer comentários casuais.

— Sang-woo, você chegou.

Assim que Ji-an me viu, sua expressão suavizou. Não sabia dizer se a alegria em seu rosto era por mim, por eu quebrar o silêncio ou por ambos. Ji-hoon também sorriu de leve para me cumprimentar. No começo, achei que ele não sabia se expressar bem, mas com o tempo percebi que era apenas uma pessoa sincera e sem grandes oscilações emocionais.

— Como foi o caso da vez?

— Graças à sua ajuda, conseguimos resolver tudo sem problemas.

— Ji-hoon deve ter se saído bem. Vai, Ji-an, você precisa reconhecer isso.

Quando eu ri, Ji-an sorriu e olhou para o irmão mais velho. Quando seus olhares se encontraram, logo desviaram — o dele para o monitor e o dela para mim. Parecia que só me restava ensinar como se dar bem com os colegas de trabalho, já que Ji-hoon entende muito de contabilidade e não tinha mais nada pra melhorar no trabalho dele, e a gente já tinha terminado a papelada daquele projeto de apoio atribulado no começo do ano.

— Você está quase terminando seu treinamento, não é?

— Sim. Falta só a última etapa.

— Depois que aprender a obter os termos de consentimento, será um funcionário de verdade. Acho bom que continue aqui para sempre.

— Pois eu vou deixar um cantinho para você, Sang-woo — disse Ji-an, entrando na minha conversa com o irmão dela.

Por que falar em guardar um lugar para mim agora que tudo estava acabando? Mas eu sabia o que aquelas palavras significavam: um aviso para não me afastar muito, nem por muito tempo.

De repente, perguntei-me se todos me viam como motivo de preocupação. Dei um sorriso vazio.

Como precisava voltar ao hospital antes de anoitecer, revisei o plano de negócios e o relatório de Ji-hoon, ajustando o necessário. Na verdade, não havia o que melhorar, mas já que estava ali, sentia que devia fazer algo e prolonguei a conversa. Ele concordava sem demonstrar qualquer incômodo. Não falava muito, mas não era frio. Ji-an e Ji-hoon realmente compartilhavam o mesmo sangue.

Quando terminei, sentei-me em meu lugar para uma última verificação. Uma mesa da largura de meus braços abertos, com um gabinete e um monitor sobre ela. Os documentos que eu guardava já tinham sido transferidos para Ji-hoon fazia tempo. Pousei as mãos devagar sobre a mesa. Senti a frieza de algo inanimado. Ao olhar para a janela, notei sua moldura elegante. O edifício era antigo, mas as esquadrias tinham sido trocadas na reforma. Lembrei-me de quando reformei aquele lugar com Ji-an. Equipamentos e objetos de decoração escolhidos a dedo. Até o perfume da copa combinava com o ambiente. Se não tivéssemos trocado as janelas, as lembranças daquela época pareceriam muito distantes. Por algum motivo, isso me trouxe alívio.

— Já vou indo! Vocês dois, tentem se esforçar mais um com o outro.

— Isso só prova que precisamos de você aqui.

— Ji-an! Até quando vai depender de mim?

— Por favor — pediu Ji-an suavemente.

Eu gostava quando ela dizia isso. Mesmo para as menores tarefas, nunca deixava de dizer "por favor". Podia ser cortesia ou hábito. De qualquer forma, essas palavras sempre me confortaram. Talvez porque, por muito tempo, eu quis pertencer a algum lugar.

— Então, vou indo.

— Até mais — disse Ji-hoon, também se despedindo.

"Até mais." Ele parecia tão certo de que haveria um próximo encontro que me deixou com um gosto amargo. Foi momentâneo, mas, enquanto descia a escada, ouvi passos atrás de mim. Era Ji-an.

— Sang-woo!

— Esqueci alguma coisa?

— Não... Como está sua mãe? — perguntou ela baixinho, aproximando-se. Só então percebi como ela era pequena.

— Ah, está bem. Obrigado por se preocupar.

— E você?

Ao olhar para a expressão dela, senti um aperto no peito. Por que todos me perguntavam como eu estava? *Eu... Eu estou bem.* Vi sinceridade no olhar dela e não tive coragem de mentir. Escolhi palavras ambíguas.

— Também, só fico triste mesmo. Minha mãe... já sofreu bastante.

— Espero que você esteja sendo sincero — disse Ji-an.

Não podia dizer que não era sincero. Mas sentia que não deveria ter nenhum outro sentimento além desse. Por um momento, pensei que talvez estivesse mentindo. Embora tenha repetido isso inúmeras vezes para mim e para os outros.

— Mãe, ainda está com... dor?

Nove horas da noite. Falei baixinho no quarto escuro do hospital. Será que minha mãe, que nem conseguia abrir os olhos, estava sonhando? Podia me ouvir? Será que em seu sonho meu eu mais jovem perguntaria "Mamãe? Está doendo?". Ela ficaria triste me vendo assim? Preocupado, calei-me. Em vez de falar, olhei pela janela. O céu noturno parecia mais claro do que o quarto escuro. O cinza-chumbo preenchendo as lacunas entre as luzes dos prédios. Por causa da tela mosquiteira, eu não sabia ao certo se havia nuvens. Tudo estava embaçado lá fora, e isso me confortava em certos dias, porque a janela do hospital onde estive internado também era assim embaçada. Porque o mundo além do borrão, em constante mudança, e o céu me mostravam que o tempo flui sem parar.

Eu não sabia por que queria morrer. Minha mente estava tomada por imagens da morte. Seria a energia da morte do corpo do meu pai que tinha se apegado a mim? Depois daquele dia, pensava constantemente na minha própria morte. Não só na minha. A morte de todos invadia meus pensamentos, e eu não conseguia evitar. Em alguns dias sentia medo; em outros, ansiedade. Não era a tristeza pela morte do meu pai que me fazia querer morrer. O porquê? Também me perguntei centenas de vezes.

Quando dei por mim, eu estava na grade do telhado. Olhei para baixo para medir a altura. A faixa de pedestres no asfalto dava a dimensão — o que normalmente via com facilidade parecia minúsculo à distância. Ergui a cabeça. O céu azul sumia aos poucos, tingindo-se de vermelho. Era lindo. Percebi que o mundo era lindo.

Meu corpo paralisou na grade. Como se minhas sensações tivessem desaparecido junto com os pensamentos, não conseguia me mexer. Como quando mergulhamos em uma piscina. Um simples avançar. Como descer uma escada. Bastava mover um pouco meu corpo. Por mais que tentasse, ele parecia ter se tornado uma rocha fincada na terra. Não sei quanto tempo fiquei ali até ouvir uma sirene ao longe. Alguém tinha me visto.

Instalaram um dispositivo de segurança onde eu estava pendurado, e uma equipe subiu ao telhado para me convencer a não saltar. Resgate e polícia pareciam ter unido forças — cerca de três pessoas apareceram atrás de mim. Eu só conseguia mover a cabeça. Olhei para baixo, depois para o céu e, então, para trás. O socorrista parecia tenso.

— Rapaz, que tal descer daí pra gente conversar? — falou o paramédico, mantendo uma distância.

Sua voz estava trêmula. Eu não entendia por que estavam tão tensos. Por medo de que eu pulasse? Que morresse? O que eles tinham a ver com isso? Mas se esforçavam para manter a calma e tentavam me persuadir a sair dali.

— Você consegue se mover, certo? Só precisa dar um passo para trás. Se descer daí, a gente vai ouvir tudo que você tiver para falar.

Como só olhei sem responder, insistiram.

— Não consegue se mexer? Precisa de ajuda?

— Estou bem.

— Desce primeiro que a gente conversa.

— Eu estou bem.

Repetimos o mesmo diálogo. Eles "Desce primeiro", eu "Está tudo bem". Enquanto discutíamos, pareciam ter terminado de instalar o dispositivo de segurança. Pensei em dar um passo à frente, mas meu corpo recuou. Quando desci da grade, eles rapidamente me cercaram. Era dezembro. Talvez pelo frio, cobriram-me com um cobertor. Enrolado na manta fina, fui tomado por um calor inesperado. Só então percebi que estava tremendo.

— Por que você subiu lá?

Todos perguntaram. Os paramédicos que me enrolaram em um cobertor, os policiais que pediram meus dados, os médicos do hospital e a equipe que cuidou de mim depois da minha internação. Até minha mãe quando veio me visitar perguntou por que eu tinha subido. Todos achavam que eu tinha um motivo para morrer. Mas era simples.

— Eu estava com muitos pensamentos. Não queria fazer nada.

Nem todos acreditaram. O médico ficava me perguntando sobre minha infância. Escola. Estudos. Relação com os pais... Mas não havia nada de especial em mim. Meu pai havia falecido dois meses antes de os pensamentos começarem. Só quando mencionei isso começaram a me perguntar sobre ele, como se tivessem achado o motivo. Mas eu não tinha o que dizer. Não era muito próximo do meu pai, que sempre viajava a trabalho, nem fiquei tão triste assim pela morte dele.

Por nada.

Não acreditaram em mim, que só pensava na morte. Que só queria esvaziar os pensamentos. Que só queria morrer. Quem não acreditou disse que eu precisava de internação. Naquele dia, em vez de tomarem medidas de proteção, decidiram me internar numa ala fechada. Da mesma forma, a equipe médica, que não acreditou em meus motivos, não me deu alta. Assim, no primeiro dia dos meus vinte anos, ainda estava no hospital.

O pessoal deve estar louco para encher a cara agora.

Na véspera do meu aniversário, eu estava deitado sem conseguir dormir depois que as luzes se apagaram. Na ala fechada e sem cortinas, todos viam o que eu fazia e tive que fingir que estava dormindo. Só podia entreabrir os olhos e olhar pela janela. Havia grades e as portas só abriam a largura de um palmo. Por ser um hospital universitário antigo, tudo era amarelado e as janelas eram mal conservadas. Porém, quando eu focava o céu, às vezes só ele aparecia, como uma ilusão de ótica. Como se não houvesse grades, manchas ou poeira. Mas, quando meus olhos relaxavam, a janela suja cobria a paisagem. Eu estava em uma ala fechada. Não podia circular pelo hospital, muito menos sair. Mais do que não poder sair, isso significava não poder ver o céu limpo por muito tempo.

Vinte anos...

Depois da meia-noite, pensei comigo mesmo. Era o primeiro dia dos meus vinte anos, mas ninguém no hospital me daria parabéns. Estava escuro lá fora e mais claro no quarto por causa das luzes noturnas. Quartos muito escuros dificultavam a supervisão. Eu preferia a escuridão total. Para ver o céu noturno mais claro.

Três meses depois, no dia em que tive alta, minha mãe me deu flores. Havia dúvida em seu olhar, parecia estar dividida entre a confiança de que eu nunca mais voltaria ali e o medo de que isso pudesse acontecer. Era estranho usar roupas normais depois de tanto tempo, e segurar flores só aumentava essa sensação.

— Parabéns pela formatura, filho — disse minha mãe.

Uma semana havia se passado desde a cerimônia. Não pude participar por causa da internação. Ela disse que meus amigos perguntaram por mim, mas disfarçou minha tentativa de suicídio dizendo se tratar de uma apendicite. Meu celular, que só podia ser usado em horários determinados, estava repleto de fotos dos meus amigos na formatura. Vê-las me fez sentir como se estivesse sozinho em outro mundo.

Sair do hospital desajeitado, com as flores e as roupas que minha mãe havia levado, foi a minha pequena cerimônia particular. Deixar a ala de onde não podia sair. Descer de elevador e erguer a cabeça. Olhar diretamente para o céu, sem nada bloqueando a visão. Foi uma formatura inesquecível.

— Vai mesmo fazer dupla graduação? — perguntou um colega.

Fiz psicologia junto com economia não para ajudar os outros, mas para entender o que eu queria da vida. Embora vivesse feliz com as pessoas, pensava na morte todos os dias. Voltando da festa, estava imerso em emoções complicadas, caindo como chuva. Na época, eu podia ver o céu limpo quando quisesse, mas meu coração parecia enxergá-lo através de uma janela empoeirada e manchada.

Os dias na faculdade eram cheios. Aulas e tarefas que precisava fazer, independentemente de como se sentia. As aulas de psicologia eram interessantes, mas não traziam respostas. Também não me esforcei muito para aprender. Saía com a turma sempre que podia e me envolvia em festas regadas a bebida. Eram dias em que perdia o toque de recolher do alojamento e enchia a cara até o dia clarear.

Queria esquecer tudo. O olhar da minha mãe. Os três meses no hospital. O asfalto visto da grade do prédio. Por isso, depois de me formar, optei por ir para Seul, sob o pretexto de encontrar um emprego. Me senti mal por deixar minha mãe, mas não tinha escolha. Ela não se opôs.

— Não se preocupe. Me viro sozinha.

Não consegui responder, então fiquei em silêncio.

— Confia. Confia em mim — acrescentou ela.

Usei a fé da minha mãe como escudo e fugi para um lugar cheio de gente que não conhecia meu passado. Gente nova. Não pretendia começar uma nova vida. Só vivi com a mentira de que, como todos, bebi aos vinte anos e recebi flores na formatura. As pessoas acreditavam sem questionar. Não havia motivo para suspeitas.

Deixando de lado o pretexto de ir para Seul, que era conseguir um emprego, todas as noites eu ia parar em algum bar diferente. Nunca sozinho. Eu ria e era amigável. Havia uma sensação reconfortante em poder me misturar e pertencer a qualquer lugar. Ter onde ficar. Poder ficar aonde quer que eu fosse. Essa atitude fazia as pessoas me acharem agradável.

— Sang-woo não pode ficar de fora, seja lá onde for!

— Ei, isso é um elogio?

— É bom ter você com a gente!

Embora as pessoas ao meu redor me conhecessem havia pouco tempo, falavam o que eu queria ouvir. Mesmo em tom de brincadeira, eu guardava cada palavra com carinho. Para não saírem voando. Para não esquecer. Eu acreditava que novas memórias diluiriam as lembranças daquele dia. Os dias em Seul eram um ciclo de lembrar, beber e esquecer.

Conheci Ji-an também bebendo em algum lugar. Gyu-ho, da faculdade de psicologia, entrou em contato dizendo que um projeto em que estava trabalhando havia terminado e me chamou para a comemoração. Diferente de mim, ele só fizera psicologia e, depois, pós-graduação em Seul. Não éramos próximos, mas saímos para beber tantas vezes que ele parecia me considerar um amigo.

— Quer vir? É uma festa de encerramento do projeto.

— Agora? Posso ir, mesmo?

— Você também é formado em psicologia. É só chegar e ficar à vontade.

— Eu vou, hein?

O local da festa não ficava muito longe de onde eu morava.

Quando vi que poderia chegar lá em trinta minutos se tivesse a sorte de arrumar um táxi, não hesitei em ir. Sabia bem que beber era mil vezes melhor do que ficar sozinho encarando o teto. Gyu-ho me apresentou de maneira pomposa:

— Esse aqui é um amigo da psicologia. Chamei porque é gente boa demais.

— Oi, eu sou o Sang-woo Lim, turma de dois mil e nove da Universidade OO!

— Ei, isso está até parecendo encontro de ex-alunos. Fica à vontade, cara.

Assim que entrei na festa, contei um pouco mais de dez pessoas e fui procurar um grupo pra me enturmar.

Em vez de ficar parado bebendo, eu circulava e conversava. Perguntava às pessoas qual era seu psicólogo favorito, se tinham experiência clínica. Entre perguntas e respostas, alguém chamou minha atenção. Ji-an.

Sua serenidade me deixou impressionado. Enquanto todos estavam animados e falando alto, ela nunca elevava a voz. Bebia bem, aceitando as doses sem demonstrar desagrado. Não parecia tímida. Sorria, mantinha contato visual e conduzia bem as conversas. Lembrava uma professora universitária elegante.

Segurando um copo vazio, eu me aproximei, sentei-me ao lado dela e puxei conversa. Comecei me apresentando e perguntando sua idade.

— Vinte e cinco.

— Nossa, faz tempo que não encontro alguém da minha idade! Também tenho vinte e cinco.

— Ah... sim.

Eu estava prestes a sugerir que dispensássemos as formalidades, mas ela respondeu de maneira formal. Talvez tivesse ficado desconfortável com minha aproximação, então achei melhor manter o tom formal também. Havia algo de misterioso em conversar com ela. Não era tímida, mas parecia distante. Sorria, mas não de forma descontraída. Talvez por sua experiência em psicologia clínica, tinha o jeito de uma conselheira habituada a ouvir.

— O céu está nublado.

No fim da festa, enquanto os outros tentavam chamar um táxi, ela ficou ao meu lado observando o céu. De repente, aquele céu pareceu o das minhas memórias e senti uma pontada no peito. Fiquei curioso sobre ela. Perguntei-me o que se passava na cabeça de alguém que fica parada encarando o céu noturno nublado.

Um ano se passara desde que eu havia me mudado para Seul. Nesse meio-tempo fiz apenas bicos na minha área de estudo, e na maior parte do tempo me concentrei em conhecer pessoas. Ji-an era uma delas. Não era fácil tomar a iniciativa, mas ela sempre respondia, mesmo que demorasse. Às vezes me procurava primeiro. Bem raramente. Só depois de um tempo percebi que estávamos um pouco mais à vontade um com o outro.

Achava que seria capaz de esquecer meu passado. Novas pessoas. Novo ambiente. Novo trabalho. Mas a energia da morte ainda pairava sobre mim. Sozinho em casa, imaginava minha morte naquele momento. Eu sem acordar do sono. Morto. Em momentos assim, o ar ficava denso e meu corpo, pesado contra o chão. Mal conseguia mexer o dedo. Pressão no peito, respiração difícil. Sentia que, com um pouco mais de peso, as lágrimas escorreriam. Queria gritar para a morte, perguntando o que mais queria de mim.

Bzzz, bzzz.

O celular vibrou no ar estagnado. Lutei para me levantar nessa oscilação. Era Ji-an.

— Alô? Sang-woo?

Ji-an, que em um ano não tinha demonstrado interesse em falar informalmente, me ligou de repente. Aliás, será que ela já tinha me ligado antes? Atendi, atordoado.

— Ji-an, o que foi, não estava esperando sua ligação tão tarde...

— Só posso te ligar se estiver precisando de algo?

Senti seu leve sorriso pelo telefone. Ela parecia não achar nada estranho na situação. Será que se sentia tão à vontade assim comigo? Então continuou falando:

— Eu estava saindo do trabalho e vi que estava nublado, então resolvi ligar.

— Você me ligou porque está nublado?

— Todas as vezes que você me procurou, acho que estava nublado. Como não deu notícia hoje, resolvi ligar.

— Quer sair pra beber algo?

— Agora? — perguntou Ji-an, como se isso nem tivesse passado pela sua cabeça.

Mas seu tom alegre sugeria que não desaprovava. Pensei sobre o fato de beber tarde da noite acabar parecendo um flerte, mas como sempre bebíamos quando nos encontrávamos para jantar, não achei que pareceria especial.

— Você tem que bancar o fato de ter me ligado tão tarde. Eu estava deitado e acabei de levantar.

— Hmm... Então vou pra aí, aproveito que já estou na rua mesmo.

— Até mais.

Levantei-me e lavei o rosto. Não por vaidade, só não queria parecer desleixado. Ela devia ter ligado por trabalhar perto. Mas então me lembrei de suas palavras. Ela me ligou porque estava nublado. Como se também conhecesse o céu através de uma janela suja.

— Um ensopado de odeng, soju e cerveja, por favor.

— Soju e cerveja juntos? Você bebe bem, hein, Ji-an...

Seu sorriso mostrou que era mais tranquila do que eu imaginava. Desconfortável por ela ter tomado a iniciativa, provoquei:

— Ligando a essa hora... acha que não tenho o que fazer?

— Não é isso. Mas alguma coisa me disse que você aceitaria. E foi você quem sugeriu beber. Ou seja, estava livre mesmo.

— Não me venha com análise psicológica uma hora dessas.

— Fiz isso? Deve ser hábito.

Ela levava as piadas a sério, mas percebi que era seu jeito peculiar de brincar. Serviu a mistura de soju e cerveja em um copo de vidro e me entregou, com uma desenvoltura que não combinava com suas mãos delicadas.

— Aliás, Sang-woo, por que você sempre me procura em dias nublados? Sempre fico esperando uma mensagem sua quando o céu está assim.

— Eu faço isso?

— Não tinha se dado conta ainda? Quando vejo que o céu está nublado e vejo o celular, sempre tem uma mensagem sua... — explicou ela, depois de tomar metade da bebida de um só gole. — Então percebi que você deve odiar dias assim. E que ficar sozinho nessas horas deve ser muito pior.

— A maioria das pessoas só pensariam que eu liguei por ligar.

— É, até poderia ser... Talvez eu pense assim porque as pessoas que me procuram geralmente estão precisando de ajuda.

Houve um silêncio.

— Eu não gosto. De dias nublados. Por isso liguei para você hoje — acrescentou ela.

O tom calmo soava formal, mas me surpreendi com ela falando de seus sentimentos. Nunca tinha feito isso antes. Na maioria das vezes só conversávamos sobre aconselhamento e sobre os artigos que estávamos lendo. Como um teste, perguntei:

— Por que não gosta?

— Porque se parecem comigo. Nem sol, nem chuva forte. Ambíguo. Para as pessoas que buscam aconselhamento comigo, não posso estar sempre feliz, mas também não dá para chorar na frente delas.

Quando pensei que sua mente devia estar cheia de pensamentos sobre o trabalho, ela perguntou:

— E você, Sang-woo, por que não gosta?

Uma cena surgiu na minha cabeça, como se estivesse se desenrolando diante dos meus olhos. Um céu que eu não enxergava claramente. Mal visível através da janela velha e empoeirada. Será que ela ouviria a minha história? Como interpretaria? Tinha ido para Seul para esquecer aquela época, mas por que sentia que ainda estava lá? Por que ainda queria morrer quando estava sozinho? A pergunta dela me tirou do eixo. Então, eu me vi desmoronando, meus frágeis pedaços caindo lentamente.

— Sang-woo?

Séria, ela estudou minha expressão. Eu não sabia o que dizer. Deveria ser honesto? Ou fazer piada como sempre? Seria por isso que eu estava desmoronando? Ela perceberia se eu contasse uma mentira? Por algum motivo, senti que sim. Que ela saberia o que era verdade e o que era mentira.

— Na verdade... — Sorri sem jeito, tentando não parecer muito sério. Minha voz tremeu. Engoli em seco e continuei: — Eu já tentei me matar. Me pendurei na grade da laje de um prédio. Não sabia por que queria morrer, só queria. Chamaram o socorro e fui internado em uma ala fechada. Passei meu aniversário de vinte anos e minha formatura lá. Não podia fazer nada nem queria. Só olhava pela janela. Talvez porque o prédio fosse antigo, mesmo os dias claros pareciam nublados. Então dias assim me fazem lembrar disso tudo. É um pouco absurdo, não é? Nem é que eu não goste daquela época. Só vem à mente.

Ji-an continuou quieta, só ouvindo.

— Todo mundo questiona por que fiz isso, mas não sei. Até hoje não sei. Eu me pergunto se precisava tanto de um motivo. Só... ficava pensando nisso.

— Eu...

Não consegui encará-la. Então, olhei para o meu copo de cerveja. A condensação formava gotas que escorriam devagar. Decidi que não levaria a sério o que ela dissesse. Mesmo se me perguntasse de novo por quê. Não importava como tentasse me confortar. Ou simpatizar. Mas ela disse algo diferente:

— Uma vez me perdi perto de casa quando era pequena. Tinha acabado de me mudar. Nunca fui boa com direções e acabei não achando o caminho de volta para casa. Mas meu pai foi me procurar e então me ensinou como voltar. Um, dois, três. Um, dois, três de novo. É por isso que sempre conto antes de começar o aconselhamento. Precisei contar para chegar em casa.

Houve um silêncio.

— Acho que todos temos coisas que simplesmente não conseguimos esquecer — acrescentou ela.

Ji-an terminou a bebida. Baixou o fogo da sopa fervente e me serviu. Fiquei calado enquanto se servia, então ela disse:

— Acho que vou beber isso e ir. Esqueci que trabalho amanhã cedo.

— Tudo bem.

Querendo acabar logo, bebi rápido. Não tínhamos comido nem metade do ensopado quando a bebida acabou. Ela também bebeu em silêncio, no seu próprio ritmo. Já tinha me sentido tão sozinho com alguém? Não sabia se esse desconforto era por causa do silêncio ou por ter revelado meus pensamentos mais íntimos. Quando ela saiu por um instante, paguei a conta. Queria ir embora logo. Fugir daquele momento.

— Volte com cuidado.

Enquanto Ji-an esperava o motorista, eu me despedi e saí sem verificar se ela havia entrado no carro. Não sei se reparou, mas ela também não tentou me segurar enquanto eu me afastava. Aquilo me pareceu rude por um momento. Até que me dei conta do quanto estava sendo mesquinho. Sempre esperava que alguém me segurasse. Como não conseguia me segurar, queria que outros o fizessem.

Eu odiava esse sentimento. Como assim, o que eu acreditava ser meu esforço era, na verdade, apenas a espera de que alguém me segurasse? Passei em frente à minha casa e continuei caminhando. Se existisse um fim do mundo, iria andar até lá. Mas a estrada seguia infinita. Como se sempre houvesse para onde ir. Isso também pesava tanto que quis parar de andar. Parei no meio da ponte Seo-gang.

Tirei os olhos do chão, erguendo a cabeça. De um lado, havia carros cortando a madrugada e, do outro, o rio Han numa escuridão mais profunda que o céu. A escuridão que eu buscava. Uma escuridão que faz o céu noturno parecer claro. Eu queria alcançar algo mais escuro que o céu. Percebi que não importava quanto tentasse, sempre chegaria ali. Continuaria vagando pelo mesmo lugar.

Depois daquele dia, achei que as coisas poderiam mudar. Mas estava ali novamente. Só queria esquecer os olhos da minha mãe. Aqueles olhos que diziam que eu precisava viver. Fazia de tudo para evitá-los. Parecia que eu tinha lutado até aquele momento por causa deles. Porque ela não desistira de mim.

Meu corpo paralisou exatamente como naquela vez. Pensei em dar um passo. Não para trás, mas para a frente. Achei que podia simplesmente mover meu corpo como se estivesse prestes a pular um muro. Bastava inclinar o corpo e deslizar, como se fosse rolar para a frente.

Houve um estalo no ar.

Agarrei o guarda-corpo. Aos poucos fui ganhando força. Tentei mover meu corpo rígido. Então, ouvi uma agitação no ar.

Bzzz, bzzz.

Ji-an...?

Era ela. Ligando. Querendo saber se cheguei bem?

Atendo ou não?

Enquanto eu hesitava, o telefone vibrava. Atendi com um aperto no peito. Como se, mesmo agora, esperasse que alguém me segurasse.

— Alô?

— Sang-woo, liguei porque queria muito te perguntar uma coisa.

— O quê?

— Você ainda está pensando nisso? — Ela ficou em silêncio por um tempo. — Ajuda. Você precisa de ajuda?

Senti uma urgência atípica nela, que indicava que não estava perguntando só por perguntar. O vento do rio amolecia meu corpo enrijecido. Só quando meu pescoço estava prestes a ceder, que consegui responder:

— Preciso... Me ajuda.

— Estou indo. Só me diga onde está.

Ela foi até mim. Falou comigo o tempo todo, sem desligar o telefone. Não me perguntou como eu me sentia nem por quê. Apenas contou histórias do seu passado. Eu só murmurava às vezes, como se estivesse respondendo. Quando finalmente me achou, ela correu com seus sapatos baixos e agarrou meu pulso com a mão pequena.

Depois me apresentou a um centro de aconselhamento. Ficou comigo ao marcar a consulta e na primeira visita. Foi a primeira a aceitar meu desejo de morrer sem pedir motivos.

Conversamos muito naquele dia.

Minha mãe, que nunca havia se pendurado na grade de um prédio, partiu. O dia estava mais nublado do que o céu visto através da tela empoeirada.

Obituário

Informamos o falecimento da mãe de Sang-woo Lim, às cinco horas do dia vinte de junho de dois mil e vinte e três. Que descanse em paz.

Falecida: Moon-seon Kang
Velório: Funerária 00, Sala trezentos e um
Enterro: Domingo, 2 de julho de 2023, 11 horas

Enviei uma mensagem de texto com o obituário, conforme as instruções da funerária. Minha mãe esteve no velório do meu pai, mas ele não estaria no dela. Não poderia estar, melhor dizendo. Falei em silêncio com meu pai. Só mais três dias. Eu ficaria com ela só mais três dias. Depois a mandaria para junto dele. Que esperasse só mais três dias.

No primeiro dia, vieram os parentes. Minhas tias pareciam mais tristes do que eu. Ao vê-las chorando de soluçar, senti-me um criminoso frio. Não que eu não estivesse triste, mas não conseguia chorar daquele jeito. Talvez por isso me sentisse sobrecarregado com aquela tristeza.

Na noite do segundo dia, Ji-an e Ji-hoon fizeram uma visita no fim da tarde. Como o centro não fechava tarde, deviam ter escolhido um momento com menos gente. Ji-an, de blusa branca e calça preta e meias pretas, parecia estranha. Na verdade, o irmão mais velho, com as mesmas roupas, parecia alguém que eu conhecia por mais tempo.

— Sang-woo...

Depois da breve cerimônia, Ji-an não falou muito. Havia mais preocupação do que tristeza em seus olhos, e isso me deixou confuso. Parecia sentir tristeza por mim, e não por minha mãe. Seu olhar marcante atravessava meu coração. Tive que engolir o sentimento de revolta que surgiu dentro de mim.

— Você deve estar... arrasado — disse Ji-hoon enquanto Ji-an resolvia algo do trabalho.

Na mesa fria, pratos descartáveis com carne, panquecas e ensopado. "Arrasado" soou como uma formalidade. Respondi calmamente:

— Não estou tão triste. Minha mãe sofreu muito e agora foi encontrar meu pai. Para ser sincero, nem fui um filho tão próximo. Como posso dizer? Passei mais tempo fora de casa do que com ela. Ficamos mais juntos no hospital, mesmo.

— Que surpresa, Sang-woo. Achei que... vocês se davam muito bem.

— Não é que a gente se desse mal. Só que às vezes ela me sufocava. Eu não queria enfrentar isso. As expectativas dos pais, sabe?

— Entendo.

Ji-hoon não insistiu. Não sei se por desinteresse ou educação. Mas não forçar a barra parecia seu jeito de se importar. Ouvir sem perguntar, manter uma certa distância e poupar preocupações. O oposto de Ji-an.

— Ji-an está demorando.

O telefonema de trabalho se prolongava. Como havia poucas pessoas presentes, o tempo se arrastou enquanto eu e Ji-hoon ficamos sentados à mesa. Percebi que nunca tínhamos ficado a sós antes. Indiferente ao constrangimento, ele jantava.

— Sang-woo, como você acabou trabalhando com Ji-an?

— Hein?

— Achei inesperado vocês se darem bem. Pelo jeito dela.

— Eu queria saber.

— Como assim?

— Eu queria conhecer os sentimentos das pessoas que vivem. A razão pela qual vivem. Como aguentam tanto sofrimento? Por que continuam? Se fosse comigo, desistiria. Não ia suportar... essa tristeza.

Sem expressão, Ji-hoon levantou a cabeça e olhou para mim. Como esperado, não fez mais perguntas. Parecia que nada que eu dissesse provocaria perguntas. Talvez por isso, falei como se estivesse sozinho:

— Queria entender a vida. Talvez a gente tenha isso em comum e, por isso, trabalhamos juntos.

Nesse momento, percebi alguém entrando pela visão periférica. Era Ji-an. Enquanto ela se sentava, sussurrei para ele:

— Por favor, cuide bem dela. Pessoas feridas se reconhecem. Na verdade, esse é o verdadeiro motivo.

Quando terminei de falar, Ji-an estava atrás de mim.

— Desculpe. Fui contactada com urgência para um caso de gestão de crise... Preciso voltar ao centro. Vai ficar, Ji-hoon? — perguntou ela, constrangida.

— Também devo ir.

— Sang-woo, você vai ficar bem?

Ela pousou a mão no meu ombro. Eu não podia me apoiar naquele toque reconfortante. Com um sorriso descontraído, disse:

— Vou, sim. O enterro é amanhã cedo. Já está tarde, podem ir.

— Sinto muito por não poder ficar mais.

— Você está dizendo isso porque sabe que vou dizer de novo que está tudo bem, não é?

Sorri suavemente e ela abriu um sorriso amargo, com alívio nos olhos. Continuou com a expressão de constrangimento até o fim. Ji-hoon foi educado e cortês, sem tentar me consolar. Depois que os dois saíram, a funerária ficou em silêncio. Limpei a última mesa e dispensei a ajudante.

Era a última noite na funerária, sozinho com minha mãe. Enquanto me despedia, relembrei o passado, momento a momento.

Quando eu disse a ela que ficaria no alojamento da universidade após a alta, minha mãe não esboçou nenhuma reação. Nem demonstrou preocupação, como se tivesse esquecido minha internação ou que eu tinha me pendurado na grade do prédio. Eu ainda me lembrava de como as letras no asfalto pareciam pequenas lá de cima. Ela apenas falou, calmamente:

— Se é isso que vai fazer você se sentir bem, eu concordo.

Será que ela não acreditava que eu havia tentado me matar? Os três meses internado eram só uma rebeldia esquecida? Não que eu estivesse decepcionado com minha mãe. Em retrospecto, foi provavelmente a melhor decisão que ela poderia ter tomado.

Nos fins de semana, eu voltava para casa. Mesmo com muitas tarefas ou eventos, passava ao menos um dia com ela. Era o mínimo que eu poderia fazer por ela, que morava sozinha, além de no fundo também sentir medo de que ela morresse subitamente como meu pai. Sempre que abria a porta, imaginava encontrá-la caída em algum canto. A ideia da morte me assombrava assim. Algo que podia acontecer com qualquer um, a qualquer momento. Mas nunca encontrei minha mãe desmaiada. Ela sempre me recebia com seu vestido estampado.

— O que você quer fazer depois de formado?

— Vou tentar arrumar um emprego em Seul.

O jantar era simples. Ensopado de missô com perilla temperada. Molho de mostarda para a carne de pato. Os brotos de alho e o kimchi de acelga eram presenças constantes, acompanhamentos de toda a minha adolescência. Minha mãe não me mimava por ser filho único. Nem tentava me abraçar. Como também trabalhava, mesmo na época em que meu pai era vivo, não tinha tempo para cozinhar. Chegava a ser um pouco indiferente. Depois que ele partiu, entendi que sua indiferença era força.

— Desde que continue vivo, você pode fazer qualquer coisa. Não se preocupe — comentou ela depois de comermos.

Eu não me preocupava com o futuro, mas ela falou isso. Estando vivo. Pode fazer qualquer coisa. Não se preocupe. Pensei em cada palavra. Soavam mais como "continue vivo" e "faça o que quiser". Não consegui responder.

Mesmo depois de me mudar para Seul, minha mãe quase não me ligava. Eu também só ia para casa nos feriados e rituais do meu pai. Nessas ocasiões também eram servidos brotos de alho e kimchi de acelga. Os brotos picantes com arroz branco me lembravam de momentos com meu pais. Porque sempre estavam lá. Percebi por que minha mãe ainda fazia os mesmos acompanhamentos. Também sentia saudades do meu pai.

Na volta para Seul, ela não mandava muita comida. O trajeto era longo: caminhada até o terminal, ônibus intermunicipal e metrô. Então, a bagagem não podia pesar. Minha mãe sempre perguntava, quando eu ia embora:

— Que acompanhamento você quer?

— Só um pouco de kimchi. Mas só um pouco mesmo.

Ela colocava o kimchi numa vasilha pequena. Embrulhava em plástico para evitar vazar, punha na vasilha e depois em uma sacola bem amarrada. Ela perguntava se não queria outros acompanhamentos, mas eu nem mencionava os brotos de alho. Não queria me lembrar da adolescência. Porque todos partem, e eu não podia fazer nada.

Eu devia ter aceitado um pouco naquela época.

Mesmo na noite profunda, não consegui adormecer. Talvez por ter sido a última noite com minha mãe, queria sentir o tempo passar devagar. Se tivesse aceitado os brotos de alho naquela época, eles ainda estariam na geladeira? Como não comia em casa, teriam apodrecido. Não, estariam conservados pelo frio. Eu sabia que nunca mais voltaria ao passado. Por isso, evitava ver minha mãe. Não queria sofrer tanto quando todos tivessem partido.

Talvez tenha sido por isso que não chorei no velório. Estava me preparando para deixar todos irem. Desde a morte do meu pai até esse momento, com minha mãe partindo.

Agora... acho que não tenho mais nenhum lugar.

A casa dos meus pais, que eu visitava ocasionalmente, já não existia. A família que me chamava de filho se fora. Minha mesa no trabalho passou a ser ocupada por outro. Quando o sol nascesse, até aquele altar funerário não estaria mais lá. Minha mãe tinha vivido e nesse momento não existia mais. Mas por que todos os lugares aos quais eu pertencia também sumiram?

Mãe...

Uma foto dela saudável chamou minha atenção. Com uma aparência vívida, sem nenhum sinal da morte. Eu me lembrava bem daquela imagem. Por mais que fugisse, minha mãe estava lá por mim. Preparado ou não para a tristeza. O momento de sua morte havia chegado. Eu disse tantas vezes que estava tudo bem. Era só negação. Na verdade, ela era importante pra mim. Eu queria lembrar. Não queria deixá-la ir. Sabia disso desde o hospital. Que sentiria falta.

Imaginei vividamente o asfalto daquele dia, as letras minúsculas indicando a faixa de pedestres, pessoas parecendo dedos, o céu nublado e os dedos dos meus pés para fora do beiral. Mesmo então, tinha medo. De perder alguém de novo.

— Sang-woo!

Dei um pulo com o som repentino. Quando olhei para a entrada, Ji-an estava parada. Eram cinco da manhã. Já era surpreendente alguém ir naquele horário, mais ainda sendo ela.

— Ji-an. O que veio fazer aqui, a essa hora?

— Sang-woo, ajuda... você precisa de ajuda?

— Hein?

— Agora. Você precisa de ajuda agora? — perguntou enquanto recuperava o fôlego, como se tivesse corrido uma maratona..

Ela apareceu de madrugada e ainda por cima me perguntando se eu precisava de ajuda. Não era capaz de avaliar os sentimentos dela. Mesmo assim, não podia mandá-la embora. Não podia mais dizer que estava tudo bem.

— Vem comigo pra um lugar.

— Hã?

— Duas horas. Não, vai levar só uma hora.

Não sabia para onde estávamos indo. Ji-an disse algo incompreensível e agarrou meu pulso. Como estava sem forças, apenas permiti que ela me puxasse para fora da funerária correndo. O som de seus saltos ecoava na rua. Logo chegamos a um lugar familiar. Era o beco atrás do Centro de Autópsia Psicológica.

— A-achei que ia ser mais rápido assim do que pegar o carro. V-vamos parar um pouco... Que horas são?

Ji-an ofegava. O centro não ficava longe da funerária, apenas uns dez minutos correndo por becos sinuosos. O que seria tão urgente que nem teve tempo para chamar um táxi? Recuperando o fôlego, respondi:

— Cinco... Cinco horas.

— Sua mãe... exatamente a que horas ela faleceu?

— Às cinco e cinco...

Sem fôlego, falávamos em frases curtas. Pouco antes, eu estava me lembrando do asfalto visto do telhado, mas agora estava ofegante, encharcado de suor. Ji-an falou devagar, mais recomposta:

— Ainda bem que chegamos a tempo. Não conheço todos os seus sentimentos, mas naquele dia na ponte do rio Han, não parei de pensar em você no caminho de volta. É difícil explicar...

Só senti que precisava ligar. Senti isso hoje de novo. Por isso eu vim. Achei que ia me arrepender se não fizesse isso. — Houve um momento de silêncio. — Eu só pensava em você... se precisava de ajuda.

Parado, lembrei-me do que disse a Ji-hoon. Pessoas feridas se reconhecem. Eu me perguntei se Ji-an ainda estava ferida? Por isso ainda percebia meus sentimentos? Ela empurrou minhas costas enquanto eu permanecia em silêncio. Na nossa frente, havia uma antiga cabine telefônica.

— São cinco e cinco. Tente ligar para sua mãe.

— Mas...

— Confie em mim. Ligue.

Seus olhos mostravam confiança. Eu quis acreditar, não importava como nem o quê, e não a questionei. Tal como ela disse, peguei o receptor preto e apertei os botões de metal frio. O número da minha mãe. O número que eu estava acostumado a discar na infância. Ouvi o tom de ligação, mesmo sem ter colocado moeda. Não achei estranho, já que ainda não tinha cancelado a linha. Mas então alguém atendeu. Era a voz dela.

Sang-woo. Queria deixar uma carta para você em meus últimos momentos, mas lamento não ter conseguido. Devia ter escrito quando estava bem. Queria ter deixado algo para você. Fiquei assustada quando você ficou internado. Tive medo de perder todos que amo. Mas agora me sinto mal por passar esses sentimentos a você. Ainda assim não lhe contei muita coisa porque não havia nada que eu pudesse fazer, a não ser confiar em você. Mesmo quando a polícia ligou para dizer que você estava internado, decidi continuar confiando em você. Assim como você confiou em mim. Assim como acreditei que você estaria ao meu lado. Mesmo que não tenhamos passado muito tempo juntos, sou grata por nossos últimos momentos juntos. Eu te amo e acreditarei em você até o fim. Junto com seu pai.

Antes de minha mãe ficar doente, sua voz era forte. O tom firme e profundo combinava com sua honestidade. Durante o tempo em que ficou internada, talvez pela fraqueza muscular e pela perda de força das cordas vocais, sua voz tornou-se gradualmente mais fina. Então, ela foi entubada e era difícil ouvi-la. Aquela voz forte e saudável saía clara do receptor. A voz que eu sempre lembrava.

— Ouviu os últimos pensamentos da sua mãe?

— Últimos pensamentos... da minha mãe...

Ela disse que foram os últimos pensamentos da minha mãe. Últimos pensamentos da minha mãe. Últimos... pensamentos... da minha mãe. Ela nunca esqueceu. Nem meu pai falecido, nem a vez em que me pendurei na grade do prédio. Acreditava que confiar em nós era o bastante. Tinha medo de perder quem amava. Assim como eu tive quando vi meu pai morrer. Mesmo assim, ela sobreviveu. Já eu quase me joguei do prédio, desistindo de tudo.

Assim como no dia em que foi correndo até mim pela primeira vez, Ji-an ficou ao meu lado, contando sua história:

— Eu costumava esperar meu pai aqui. Quando ele se atrasava, eu ligava deste telefone. Um dia, ele não voltou, e ficou cada vez mais tarde. Tentei ligar várias vezes, mas o telefone não completava a chamada. Então, pouco depois da meia-noite, a ligação completou. O que ouvi depois disso... foi como um testamento. Por mais que eu perguntasse, não havia resposta, só as palavras que ele quis deixar para mim.

Olhei para o seu rosto. Como se desmoronasse lentamente, ela falou, com uma voz trêmula:

— Tentei ligar de novo, mas não completou mais. Continuei tentando a noite toda. Então... alguém veio. Alguém que não era meu pai. Para contar que ele tinha morrido em um acidente.

Quando liguei, ou melhor, na última vez em que ele atendeu, já tinha acontecido.

Enquanto eu absorvia a informação, ficamos os dois em silêncio.

— Foi assim que descobri que aqui podemos ouvir os últimos pensamentos de alguém. Como um milagre dos sentimentos sinceros...

O céu foi clareando atrás dela e uma luz refletiu em meus olhos. A escuridão dava lugar ao vermelho e azul. Com tantas emoções, eu não conseguia falar. Entre elas, pena de Ji-an. Dava para ver que ela fazia de tudo para não deixar seu coração se partir em mil pedacinhos. Assim como eu.

— Não sei como você está se sentindo, por que está sofrendo ou quanto dói. Mas não quero descobrir seus sentimentos só depois de perdê-lo. Através deste telefone. Quero ouvir palavras vivas. Respostas. Então, Sang-woo, como você se sente de verdade?

Não consegui respondê-la, então ela fez mais uma pergunta:

— Ainda pensa em morte?

Um momento vívido. Que não consigo esquecer. O momento em que fiquei parado na laje do prédio. Em que estava no meio da ponte do rio Han. Eu precisava ser sincero. Porque eu...

— Quero viver. Não quero morrer. Mas não sei o que fazer. Não tenho mais família, ninguém para chorar junto, ninguém por quem me responsabilizar, e não sei como continuar vivendo... Me sinto solitário e triste. Tenho medo de não conseguir mais viver bem. De todos partirem e eu ficar sozinho. Como se não pertencesse a nenhum lugar, e não quero mais essa tristeza. Então...

— Vou ficar triste com você e ajudar. Como sempre fizemos. Volte para o centro, Sang-woo. Vamos ficar juntos de novo.

Ji-an se aproximou. Se o meu passo adiante era o fim, o dela era o começo. Virei-me para ela. O crepúsculo se aproximava.

Nuvens pairavam sobre nós e, quando se abriram no céu, o sol finalmente apareceu. O dia ficou claro. O ontem passou e o hoje chegou.

Ji-an me acompanhou durante o enterro. Minha mãe voltou para os braços do meu pai.

— Hoje é o último dia — disse o conselheiro sentado à minha frente, com uma expressão de pesar.

No entanto, um sorriso sutil surgiu no canto de sua boca. Embora a notícia repentina o preocupasse, ele parecia confiar na minha escolha. Dizia que era seu papel confiar em mim.

— Obrigado por tudo.

— Espero nunca mais ver você. No bom sentido — disse ele, sorrindo. Foi uma piada que funcionou porque ter que fazer terapia geralmente não acontece por bons motivos. Para não haver nenhum mal-entendido, acrescentou: — Mas, se ficar difícil, me procure.

Quando questionei se as duas frases não eram contraditórias, ele apenas sorriu.

— Se cuide.

Uma despedida sem graça, depois de sete anos de convivência. Mas eu também não consegui encontrar palavras melhores.

— Vou ficar bem.

Levantei-me do sofá macio. Era bem confortável, como o do centro. Também era bonito e quase não fazia barulho. Lembrei que escolhi aquele mesmo modelo quando estava ajudando a montar o centro porque era acolhedor. Provavelmente, o terapeuta também cuidara até dos mínimos detalhes por mim.

— Ah, Sang-woo... — Ele me deteve na saída e falou suavemente: — Por favor, conte para ela o que você me disse hoje. Vai ajudar.

— Farei isso.

Sorri. Depois de nos despedirmos com o olhar, saí da sala de aconselhamento. A última consulta trouxe memórias dos sete anos anteriores. O dia em que Ji-an veio correndo até mim. Nossas conversas sem rumo. As palavras que ela disse ao me apresentar esse lugar. Que dava para seguir vivendo. Uma janela grande chamou minha atenção. Limpa, sem poeira, transparente como se nem existisse.

🐾 🐾

Embora fosse um dia de semana, havia muita gente reunida ali. Ao pensar que cada uma daquelas pessoas seguia seu destino, percebi que muitas estavam partindo. Não no sentido literal da palavra, mas viajando, suponho. Quantas iriam para o mesmo lugar que eu? Quem seriam? Impossível prever. Um mês, uma semana ou no dia seguinte. Isso não mudara.

Triiim, triiim.

Coloquei a passagem dentro do passaporte e liguei. Queria me despedir uma última vez de Ji-an enquanto ainda estava na Coreia. Ela atendeu no terceiro toque. Teria contado até três? Pensando nisso, sorri.

— Sang-woo!

Sua voz era alegre. Naquela madrugada, embora ela tivesse me pedido para voltar ao centro depois do enterro, eu disse que precisava de um tempo para pensar. Menos de um mês depois, falei que estava cogitando fazer uma viagem. Sem prazo nem destino certo. No começo, ela perguntou, preocupada:

— Você precisa mesmo ir? Não tem que ir pra longe pra viver bem.

— Quero uma vida diferente. Passei muito tempo no hospital com minha mãe.

Ela insistiu para eu voltar ao centro, mas respondi decidido que queria experimentar viver dando boas-vindas a cada novo dia. Praticar me sentir renovado por estar vivo. Estava "a caminho" dessa prática. Ela cedeu à minha teimosia e disse:

— Você sempre terá um lugar para voltar.

E naquele momento, no primeiro dia da viagem, eu liguei para ela do aeroporto.

— Vou decolar em breve. Estou ligando porque acho que vai ser difícil nos falarmos com frequência.

— Você vai mesmo? Estou um pouco triste.

— Vou me lembrar disso como minha única vitória sobre você. Sabe como é teimosa.

Ela deu uma risada tímida. Ficamos em silêncio por um momento. Tanto eu quanto ela queríamos dizer algo, mas hesitávamos. Ela falou primeiro:

— Como você está se sentindo?

Ji-an perguntou com cautela, como se fosse não fôssemos nos falar novamente. Na verdade, mesmo no exterior, ainda podíamos manter contato pela internet, mas usei essa história de "última conversa" como desculpa para dizer o que queria:

— Olhando para trás, sei que estava completamente perdido nos dias em que tentei me matar. Naquela época, parecia o fim. Até você fazer aquela pergunta... Quer dizer, mesmo no dia em que você fez aquela pergunta. Mas hoje eu acho que só sou capaz de começar de novo porque me quebrei completamente uma vez. E vou tentar uma nova vida.

— Você ainda se sente perdido?

— Digamos que estou num momento em que sou capaz de fazer qualquer coisa. Então, Ji-an, você também...

— O quê?

— Tente se reconstruir. Mesmo que precise derrubar tudo antes. Mesmo que chegue ao fundo do poço, recomece. Devemos viver o presente. Perguntar um sobre o outro, responder, ter uma troca de verdade, sabe? Precisamos viver o agora.

— Quer dizer que... Você sabia.

Ela falou de forma monótona. Era assim, quanto mais seu coração doía, mais neutro seu tom ficava. Depois daquele dia na cabine telefônica, voltei várias vezes para ouvir a voz de minha mãe. Na última vez, algo me ocorreu. Eu me perguntei se Ji-an ainda ia até lá. Pelo tom em que ela falou, estava certo.

— Vou ficar bem. Seguir em frente de alguma forma. Está na hora de você se libertar também, Ji-an.

— Sang-woo...

— Ligue para mim quando sentir vontade de ir à cabine. Aproveita que você nunca saiu do país antes e, se você tiver alguma dúvida sobre o exterior, me pergunta, eu responderei tudo. Vou me gabar sempre. E tente ser mais amigável com Ji-hoon até eu ligar de novo. Não tem mais ninguém para aliviar o clima.

— Olha lá como você fala. É sua primeira vez no exterior também.

Falei casualmente, mesmo sabendo como Ji-an se sentia. Ela também aceitou minhas palavras sem deixar o clima pesar demais. Eu decidi confiar nela. Que seria capaz de se reconstruir, mesmo que tivesse de quebrar tudo no processo. Que encontraria uma nova vida. Ela confiaria em mim também. Porque acreditávamos.

— Vou ligar de novo.

Desliguei a ligação e mandei uma mensagem para Ji-hoon. Com cerca de cinco pontos de exclamação, pedindo para cuidar bem de Ji-an. Na hora do embarque, entrei no avião e apertei o cinto de segurança. Parecia frágil, mas não tive escolha a não ser confiar nele, e me recostei na cadeira. A companhia aérea de baixo custo tinha assentos apertados e duros, mas isso não diminuía a emoção da viagem.

Quando decolamos, o céu estava incrível. Um mundo inteiro acima das nuvens.

6

O QUE OS ÚLTIMOS PENSAMENTOS QUEREM DIZER

— Por que sua mãe fez isso?

— Que pergunta esquisita. Você não sabia que seu pai partiria desse jeito. E eu também não. No velório, todos me perguntaram. Por que ela cometeu suicídio? Suicídio ou não, minha mãe morreu. E não vai voltar. Não estou triste por ela ter cometido suicídio, mas por ter morrido. Você também... só está triste.

Estava sozinha no centro. Sem clientes, sem Sang-woo e sem Ji-hoon. A única lâmpada fluorescente acesa mal iluminava o lugar. O relógio sobre a mesa marcava dez e meia da noite. Depois de desligar o computador e o monitor, tudo ficou em silêncio. Quanto mais o momento se aproximava, menos eu sabia para onde ir. Meus desejos queriam seguir caminhos divergentes.

Está na hora de você se libertar também, Ji-an.

As palavras de Sang-woo me impediam de sair dali. Normalmente, eu iria ao beco. O lugar onde esperei meu pai tantas vezes quando criança. Queria ouvir sua voz novamente. Mesmo que as palavras não mudassem, mesmo que ele não perguntasse como eu estava. A meia-noite se aproximava. Apaguei a luz e tranquei a porta. Abafando meus passos, contornei o prédio. Enquanto andava em direção à cabine telefônica na rua íngreme, cada passo apertava mais meu coração com a vontade de não desistir.

Sang-woo deve estar voando agora. Só hoje. Hoje será a última vez.

Ao entrar na cabine, senti o ar abafado típico de espaços pequenos. Eu mal cabia naquele lugar que parecia tão grande na infância. Antes de chegar "a hora", li um por um os adesivos publicitários colados no vidro. Delivery. Mudanças. Amarração. Empréstimos. Até os adesivos sofreram o passar do tempo e estavam desbotados e descolando.

011-XXXX-XXXX

Disquei o número familiar. O número que já discara milhares de vezes. O primeiro que memorizei e o que mais queria guardar. A chamada conectou, como sempre. As mesmas palavras da véspera saíram, com a mesma voz.

Por favor, deixe que eu veja pelo menos a cerimônia de formatura de Ji-an. Ao menos a formatura da minha única filha, ou pelo menos me deixe ficar com ela até o ano que vem. Por favor, não quero que Ji-an fique sozinha. Minha filha está esperando que eu volte. Se me deixar viver, acreditarei em tudo. Ji-an, minha Ji-an, você não está sozinha. Ji-hoon está com você e eu também. Mesmo que não possamos mais fazer refeições juntos, mesmo que não precise mais esperar por mim, estarei sempre com você, Ji-an. Desculpe. Desculpe não estar ao seu lado quando você precisa. Por favor. Mesmo que eu morra, permita que as crianças vivam bem.

A voz do meu pai querendo viver. Quando a ouvi pela primeira vez, quis confrontar Deus. Perguntar como pôde ignorar os desejos do meu pai. Ele queria tanto viver. Falou com tanta sinceridade. Quando as palavras se dirigiam a mim, fiquei com raiva porque parecia que meu pai estava aceitando a morte. Não deveria ter desistido. Poderia ter lutado mais. Talvez tivesse sobrevivido. Porém, mais de dez anos depois, eu continuava ligando por causa dessas palavras.

Você não está sozinha.

Sei que meu pai morreu e que não podemos mais ficar juntos. Mas ouvi-lo dizer que não estou sozinha era o que eu mais precisava desde que ele partiu.

No dia em que voltei ao centro depois do velório para resolver questões de trabalho, a demora na conclusão me deixou ansiosa.

— Foi processado? Sim, sim, obrigada. Então, por enquanto, trataremos como pendente.

Três da manhã. Minha voz ecoava no escritório. Tudo começou com a notícia da tentativa de suicídio de um familiar em processo de autópsia psicológica e terminou com o aviso do seu falecimento. Então a polícia solicitou dados da entrevista para realizar uma investigação. Embora não fosse nossa responsabilidade, o desconforto persistia. Se tivesse perguntado mais uma vez... Estava profundamente arrependida.

O caso não resolvido pesava em meu coração. O arrependimento por não ter percebido, mesmo sendo terapeuta profissional. A culpa por não ter insistido. A impotência pelo fato de a tragédia ter se repetido. As emoções viraram um documento, mas a verdade é que eu queria sair correndo, batendo no peito. Embora já tivesse vivenciado outros suicídios de clientes, não estava entorpecida. Cada um deles me esmagava com a mesma força.

Papai.

Diante da noite assustadoramente longa pela frente, meu corpo ficou vermelho de ansiedade. Reação ao estresse. À medida que a vermelhidão se espalhava, senti como se estivesse me despedaçando. Imaginei mãos, braços, corpo e pernas se separando e rolando. Cada pedaço se quebrando em fragmentos cada vez menores, até sumirem. Fui me arrastando até a cabine telefônica. Mas a hora da morte já tinha passado, eram quatro da manhã. Não consegui completar a chamada.

Este número não existe...

A ligação que fiz com algumas moedas. A resposta à minha esperança de que alguém atendesse soava como um frio atestado de óbito dizendo que alguém precioso havia morrido.

O ar da madrugada estava úmido. Tão pesado que me pressionava contra o chão. Eu queria ajuda. De qualquer um. A imagem dos clientes pedindo socorro me veio à mente. Nesse momento, pensei em Sang-woo. Alguém que precisava de ajuda. Alguém para conversar. Mas a tristeza dele pesava mais do que a minha. Sang-woo devia estar sozinho no velório da mãe. Mal conseguindo chorar. Dizendo que estava bem. Verifiquei o obituário. A morte foi por volta das cinco da manhã. Corri sem pensar até ele. E falei, sem fôlego:

— Ajuda... você precisa de ajuda?

Se Sang-woo estivesse bem, realmente bem, eu contaria para ele. Que estava precisando de ajuda. Não consegui dizer, mas prometi a mim mesma, olhando-o, que salvar corações era o meu trabalho. E que não vacilaria por orgulho.

— Ji-an, eu não consigo conversar com as pessoas daqui! Estava louco para falar com alguém que entendesse meu idioma.

Foi nosso primeiro contato depois de uma semana. Sang-woo estava em algum lugar da África. Viajar para outro continente logo na primeira vez em que ia para o exterior. Nunca imaginei que Sang-woo fosse tão aventureiro quando trabalhava no centro. Ele contou, entusiasmado:

— Ontem na pousada apareceu um inseto enorme, do tamanho do meu antebraço. Você teria gritado com certeza! Mas o engraçado é que, de todo mundo que estava lá, só eu gritei. Não sei se todos já estavam acostumados ou algo assim. Passei a maior vergonha.

— E aí? Está aproveitando?

— Cada dia é uma novidade, mas para ser sincero sinto falta do trabalho no centro.

— Mas já?

Dei risada. Nem lembrava quando tinha sido a última vez que ri assim. As histórias de Sang-woo eram cheias de surpresas. Depois de contar todos os acontecimentos da semana que parecia não ter fim, ele me perguntou como eu estava.

— Tudo bem por aí? Como você e Ji-hoon estão?

— Bem, seguindo como sempre.

— Você já pensou em se libertar?

— E do que tenho que me libertar...?

Recordar cada palavra que alguém disse era o talento de Sang-woo. Graças a isso, ele se lembrava de tudo que os clientes falavam no centro, gerando confiança. E não parecia ter esquecido a minha história também.

— Da questão com sua mãe. Você me disse isso. Lembra o que me contou naquela noite no rio Han?

— Nossa, faz tanto tempo.

— Sete anos! Eu me lembro de tudo. Então, vai resolver as coisas com sua mãe? Agora você trabalha com seu irmão. Deviam conversar sobre isso em algum momento.

Houve um silêncio, e então ele disse:

— Ji-an. Você mesma disse que há coisas que se resolvem com o tempo, mas isso só acontece porque existe algum esforço. Talvez esteja na hora de você fazer esse esforço.

Foi o que eu disse na entrevista em que solicitei autorização para abrir o Centro de Autópsia Psicológica. Que o método de prevenção ao suicídio da época era limitado. Que eram necessárias intervenções e medidas mais ativas. Sang-woo se lembrava até disso, algo que eu mesma tinha contado para ele.

— Ligo de novo hoje à noite. Deixe seu pai descansar hoje e tente dormir.

— E desde quando eu não durmo?

— Não, quero dizer, é diferente agora. Você não é mais a Ji-an de antes. Agora é uma diretora de verdade.

— Vou pensar. Mas não precisa ligar à noite.

— Vou ligar, sim. Vê se atende!

Sang-woo desligou. O telefone silenciou. Olhei com indiferença para a tela de bloqueio. A cerimônia de formatura de Ji-hoon. Uma foto com meu pai e meu irmão formando, nós três juntos. Não só nessa ocasião, como também na minha vida, ela estava ausente.

Não é que eu não me lembre dela. Em minhas primeiras memórias, ela está lá. Acho que foi por volta dos sete anos. Nossa primeira e última viagem em família. Com o rosto vermelho por causa do sol, ela passava protetor solar em mim e no meu irmão. Segurando minha mãozinha. Sob o chapéu de abas largas, um sorriso raro e brilhante. Aquele sorriso me deixava feliz. Mesmo sem saber o que era felicidade, quando ela ria, eu ria também.

Mas em algum momento ela desapareceu. Nunca mais voltou para casa. No começo, pensei que fosse um passeio longo. Como era criança, sem entender a situação, perguntava a meu pai:

— Quando a mamãe vem?

— Mais tarde. Um pouco mais tarde — respondia ele, com carinho.

No entanto, seus olhos revelavam sofrimento. Como se houvesse um véu fino ocultando seu coração. A sensação sufocante de que algo apertava seu peito. Só quando cresci um pouco mais entendi que ela não voltaria. Naquele dia, joguei fora todos os presentes que não pude dar. Cartas de Natal, cravos para o Dia das Mães.

— Ji-an!

A partir daí, passei a esperar meu pai voltar para casa. Tinha urgência em saber que ele não tinha partido. Mesmo cansado, ele sorria ao me ver. E eu ficava aliviada. Pelo menos ele retornava. Não me abandonava. Voltávamos para casa de braços dados, sorrindo com leveza. Quando abríamos a porta, Ji-hoon olhava com uma cara azeda e dizia:

— Já chegaram?

Só falava isso, desviava o olhar e ficava novamente absorto no jogo. Não me magoava. Só o fato de ele reconhecer que eu estava ali já me fazia sentir que tinha um lugar para onde voltar.

Aquela cena. Ji-hoon no computador da sala, eu e meu pai tirando os sapatos e entrando em casa. O cheiro do jantar da casa vizinha entrando pela janela entreaberta. Uma mesa com uma refeição simples rodeada por nós três brigando para ver quem lavaria a louça. Essa ainda era minha imagem de família.

Triiim, triiim, triiim, triiim.

Meia-noite. O celular tocou no bolso da minha calça. No silêncio da madrugada, o som parecia um trovão naquele espaço pequeno. O telefone público ou o celular? Ligar ou atender? Quanto mais o horário se aproximava, maior ficava o dilema.

No final, não consegui optar por nada. Não consegui ouvir a voz do meu pai no telefone público nem atender a ligação de Sang-woo. Eu me senti mal por ambos. Como se não tivesse ido receber meu pai. Só olhei para o telefone quando a vibração parou. A chamada perdida pairava sobre a foto da família.

Pai. O que devo fazer?

Queria perguntar ao meu pai. Se ele queria que eu o esquecesse e não fosse mais ali, ou se eu deveria continuar indo. Mas eu já sabia que, por mais que perguntasse, nunca teria uma resposta. Mesmo ouvindo sua voz, seriam as mesmas palavras. Apoiei minhas costas na cabine. Meu corpo estava pesado demais para que apenas minhas pernas me mantivessem de pé.

Por que ele ainda não chegou...?

Mesmo atrasado, papai voltava no máximo até as nove da noite. Nos dias em que chegava tarde, pedia para eu não ficar esperando porque já estava escuro. Mesmo assim, eu o aguardava. Por mais tarde que fosse, não me cansava de esperar, porque gostava de vê-lo voltar. Às vezes eu me sentava no degrau da loja ao lado, às vezes andava pela vizinhança. Mas, naquele dia, ele não atendeu. Não consegui me desgrudar do telefone.

Eram quase dez da noite. Tentei ligar mais de dez vezes, mas ele não me atendia. Quando percebi que algo estava errado, meus dedos dos pés começaram a formigar. Os sentidos se embotaram, e a sensação estranha aumentou gradualmente. Quando chegou ao meu peito, eu fiquei sem fôlego. Meu corpo ficou todo vermelho, como uma alergia. Ligava a cada dez minutos. Sem sucesso, telefonei para Ji-hoon.

— Por acaso o papai passou aí?

— Não. Vocês não estão juntos?

Ji-hoon, que tinha se formado e se mudado em busca de emprego, também não sabia de nada. Imaginei que talvez tivesse acontecido uma emergência com meu irmão e papai tivesse corrido para socorrê-lo. Quando descartei essa possibilidade, fiquei desesperada. A ideia de que meu pai poderia não voltar quase me fez chorar.

Clic!

Um pouco depois da meia-noite, a ligação finalmente foi atendida. Após vários toques, eu já estava pensando em desligar, mas então ouvi o som familiar da chamada completando. Falei com urgência:

— Papai! Onde você está!?

A voz de papai fluiu, ignorando o que eu dissera. Por mais que perguntasse onde ele estava, a voz do meu pai continuava falando palavras desconexas. Quando percebi algo estranho, já estava na última frase.

Mesmo que eu morra, permita que as crianças vivam bem.

Ao ouvir isso, perdi os sentidos. As palavras soaram como um testamento de alguém que estava partindo para um lugar de onde nunca mais poderia voltar. Liguei de novo, mas a ligação não foi atendida. Nesse momento, passos urgentes se aproximaram.

— Ji-an! Ji-an!

Era a senhoria da vila, que morava no último andar. De pijama largo, parecia atordoada, como se tivesse acabado de acordar. Confusa, eu apenas a encarei. Ela veio até mim, pegou minha mão e me levou à rua principal. Então disse:

— Seu pai sofreu um acidente. Seu irmão ligou várias vezes pra sua casa, mas ninguém atendeu, então pediu que eu viesse aqui. Você precisa ir agora mesmo. Ji-hoon está vindo para Seul!

— Como é...?

— Ai, meu Deus... ele faleceu. Vai logo! Táxi!

A rua principal estava lotada. Todos os carros pareciam estar voltando para suas respectivas casas. Ela segurou minha mão e parou um táxi vago. Ao me empurrar para dentro, colocou dinheiro na minha mão.

— Para a funerária do Hospital 00! Ji-an, use isso para pagar a corrida!

O táxi correu perigosamente. Apertei o dinheiro com medo de perdê-lo. Pela janela, as imagens do dia passaram em um lampejo. Papai indo trabalhar. Eu voltando da escola e esperando por ele. As ligações sem resposta e a última, que foi atendida. Suas últimas palavras. Quando o táxi entrou no hospital, a minha ficha caiu. Como se fosse natural, o carro foi até o estacionamento da funerária e parou. Eu não conseguia mexer as pernas.

— Menina, chegamos.

— Ah... sim.

Entreguei o dinheiro que segurava com força. Estendi sem nem ver quanto tinha, e o taxista devolveu o troco sem dizer uma palavra. Abri a porta, fortaleci as pernas e de alguma forma saí, passo a passo, o mundo desabando ao meu redor. Cheguei à sala mortuária. Já estava tudo acabado.

Só consegui continuar lá por causa de Ji-hoon. Eu não tinha ideia do que fazer, mas ele cuidou de tudo com calma, dos rituais ao obituário, como se já tivesse experiência. Avisou ao meu colégio e me ensinou as reverências e os cumprimentos. Alguns dos meus amigos, com expressões confusas, vieram de uniforme escolar. Imitei Ji-hoon: me curvava, comia em silêncio. Era estranho comer depois da morte de meu pai, mas evitei esses pensamentos. Todo mundo perguntava se eu tinha comido e parecia que, se não fizesse ao menos isso, tudo desmoronaria.

A noite anterior ao velório foi particularmente longa. Embora eu não soubesse tudo sobre a vida do meu pai, ficou claro que ele só tinha a nós dois. Só sobraram seus filhos, de vinte e um e dezoito anos, no velório. Nenhum parente ficou. Quando vi os tais "parentes" chorando, até duvidei se eram realmente da família. Porque depois de secarem as lágrimas, todos beberam e então simplesmente foram embora.

Antes do velório, Ji-hoon ainda estava resolvendo algumas coisas com a funerária. Sentei-me diante do incensário e encarei a foto do meu pai. Eu me lembrava dele com um sorriso largo, mas na foto sua expressão estava estranha. Não sei que tipo de foto a funerária solicitou, mas aquela não era a imagem do meu pai que eu tinha na memória. Ele olhava desajeitadamente para o nada. Mesmo que eu estivesse bem ali, na sua frente.

No meio da madrugada, depois que os bêbados foram embora, ainda faltavam cinco horas para o enterro. Ji-hoon se sentou ao meu lado para conferir se estava tudo em ordem. Então falou com calma:

— Durma um pouco. Ninguém mais deve vir.

— ... E a mamãe?

— O que tem ela?

— Por que ela não vem?

Ji-hoon disse que a foto estranha era do casamento. Era a única adequada, em que papai olhava para a frente. Ela devia estar bem ao seu lado. Ela, que deixou os filhos para trás e foi embora, como comentaram no velório.

— Ela deve ter os motivos dela. Você sabe.

— Que motivos? Que motivos ela tem para não vir ao velório do papai? Meus amigos vieram, parentes que nunca vi antes vieram. Por que ela não vem? Nosso pai... morreu.

— Ji-an.

— É da família, era da família. Ainda é nossa mãe...

Minha garganta estava apertada, como se fosse fechar. Mesmo que eu não quisesse chorar, as lágrimas escorreram e minhas pálpebras pesaram. A ponta do meu nariz estava tão dolorida que eu não conseguia nem limpá-lo. Lágrimas e ranho se misturaram, encharcando as roupas de luto.

— ... Deve ser difícil para ela vir.

— E por que ela não pode vir? Apesar de tudo, ainda é nossa mãe. Mesmo que tenha abandonado os filhos, ainda é nossa mãe! Pelo menos está viva! Ela está viva... O papai... Não está mais aqui.

Houve um silêncio.

O jeito calmo de Ji-hoon sempre inspirou confiança, mas naquele momento o odiei tanto quanto minha mãe. Ele não chorou nem se abalou. Agiu como se tudo fosse normal, e eu não conseguia compreender isso. Queria que o único membro da família que restou chorasse comigo. Culpasse a mamãe também.

Ela não foi. Após o velório, Ji-hoon ficou alguns dias para arrumar os pertences do papai, mas acabou indo embora. Para trabalhar e tocar a vida. A morte de meu pai me deixou sozinha no mundo. Por isso, não tive escolha a não ser procurar aquele telefone público. Precisava desesperadamente ouvir que não estava só.

— Se eu conhecesse você naquela época, teria conseguido ajudar?

Ouvi a voz de Sang-woo meio cortada. Não sei onde ele estava, mas a conexão de internet parecia ruim. Pela diferença de fuso, perguntava do jantar, mas aqui só estava começando a escurecer.

— Na verdade, eu não estava sozinha.

— Você está falando de Ji-hoon?

— Não. Naquela época, eu o odiava ainda mais porque era da família. Tinha uma amiga do colégio. Que foi ao velório...

— Por essa eu não esperava. Nunca ouvi você falar sobre seus amigos.

— Mas você também... — falei baixo e ele riu, dizendo que era uma piada.

Logo em seguida, voltou a ficar sério. Era seu jeito de evitar que a conversa tomasse um caminho triste.

— Como essa amiga ajudou?

— Nada de especial. Voltei para a escola depois do velório e, um dia, ela me contou que a mãe dela tinha se suicidado. Falou como se sentia e eu me identifiquei. Como posso dizer? Não contei nada, mas ela me entendia... Foi aí que percebi que, suicídio ou não, perder alguém importante pra gente dói da mesma forma.

— Quer dizer que você trabalha no centro porque...

— Por ela. Eu queria ajudá-la de alguma forma. Foi graças a essa amiga que consegui suportar a dor.

Lembrei-me de Jeong-seon voltando comigo da escola. Contando sua história para mim do nada e chorando depois. Enxugando as lágrimas com firmeza. Ela havia se tornado uma amiga distante da qual eu não tinha mais notícias. Mas as lembranças daquela época me levaram até ali. Assim como ela me fortaleceu, quero fortalecer outros.

— Como será que a mãe dela queria que a filha vivesse?

— Não sei. Provavelmente bem. Como todos que ouvi no telefone público até hoje.

— E o seu pai?

Não existia uma resposta fácil. Já tinha tentado perguntar sobre isso ao meu pai tantas vezes, sem sucesso. Não sei se era o que ele queria, mas Sang-woo disse o que eu sempre falava para os pacientes do centro:

— Deve querer que você viva bem. Melhor do que agora. Com os vivos.

Fiquei em silêncio, não conseguia pensar em uma reposta.

— Eu só queria que você ficasse bem, Ji-an. Agora vou desligar. Deve estar tarde aí na Coreia.

Quando olhei para o relógio, já passava das onze da noite. Sang-woo tinha me dado o direito de escolha. Ouvir meu pai de novo ou dormir. Calculei o tempo que levaria até o centro.

Chegaria antes da meia-noite. Mesmo assim, não consegui sair de casa. Quanto mais eu hesitava, mais a hora se aproximava. Foi uma longa noite. Mesmo sabendo que não conseguiria adormecer, optei por tentar dormir. Perto da meia-noite, ainda queria correr para o telefone público. Mas sabia o que ia ouvir. Número inexistente. Na noite sem sonhos, as palavras de Sang-woo ecoavam. Viver bem. Se, ao menos, meu pai tivesse dito isso. Repeti suas últimas palavras, uma por uma. Por favor, permita que vivam bem. Eu sabia que isso significava viver com os vivos. Mas será que incluía fazer as pazes com ela? Não a perdoei? Era isso que meu pai desejava? Saber não mudaria meus sentimentos. Por mais que eu trabalhasse para ajudar os outros, continuava sendo humana, sem controle sobre meus sentimentos.

Foi um dia cansativo. Insone na cama macia, a cabeça a mil. Uma luz fraca começou a penetrar pelas frestas das cortinas, indicando que o sol estava começando a nascer. O brilho se intensificou, iluminando um canto do quarto. Fiquei olhando para a luz por um tempo e me levantei antes de o alarme tocar. Desisti de dormir.

— Aconteceu alguma coisa? — perguntou Ji-hoon quando passou por mim.

Até ele, geralmente desinteressado, notou meu cansaço. Suspirei aliviada por não ter clientes o dia todo. O suspiro alto me trouxe de volta à realidade. Lembrando que ainda estava no trabalho, tentei disfarçar:

— Você terminou de organizar as entrevistas?

— Terminei, mas tem alguma coisa errada com você?

Olhei para Ji-hoon. Raramente nos encarávamos, mas agora ele estava me fitando. Na mesma hora voltei o olhar para o monitor. Embora tentasse me concentrar no trabalho, pude sentir seu olhar severo ao meu lado. Ele se virou, como se tivesse desistido de perguntar. Mas isso não significava que eu podia fugir da situação.

— Está chegando o aniversário da morte do nosso pai. Você vai visitá-lo?

— Estamos no trabalho agora.

— A mamãe está querendo ir junto. Para ver o papai.

Por isso ele me perguntou como eu estava? Costumávamos ir separados ao cemitério, cada um a seu tempo. Mas trabalhando no mesmo lugar, fazia sentido irmos juntos. Mas nossa mãe? A palavra formou um nó na minha garganta. Tentei conter as emoções, mas as palavras saíram como flechas afiadas:

— Você ainda mantém contato com uma pessoa dessas? Por que eu iria junto com ela?

— Quando contei que estamos trabalhando juntos, ela quis ir.

— Que absurdo.

— Ji-an, já faz mais de dez anos.

— Não importa quanto tempo passe...

Como terminar a frase? Dizendo que eu não esqueceria? Que nosso pai não voltaria? Ou que não a perdoaria? Não consegui decidir. Ji-hoon falou:

— Ela também disse que quer se desculpar. Encontrar com você.

— Preciso dar uma volta.

Levantei-me e saí do centro. Senti o olhar de Ji-hoon nas minhas costas, mas não me virei para encará-lo. Desci a escada e senti uma pontada no peito. Pressionei a mão no coração enquanto ele ficava cada vez mais apertado, a respiração pesada. Minhas mãos, que cocei inconscientemente, ficaram vermelhas.

Um, dois, três...

Respirei devagar. Um, dois, três. Um. Dois. Três. Os aromas do verão e do outono se misturavam ao vento. O cheiro de folhas molhadas e esmagadas. Era só uma mudança de estação, mas parecia o fim de um ciclo. Algo natural — o verão vira outono, o outono encerra o verão. Andei devagar em direção ao beco. Uma subida íngreme entre casas e montanhas. No meio desse caminho, algo que não mudava: a cabine telefônica. Entrei nela e peguei o fone. Continuava com o mesmo peso de sempre. Meu corpo, por hábito, discou o número do meu pai.

011-XXXX-XXXX

Após discar, só ouvi uma voz me dizendo que o número não existia.

— Pai, estou com saudades de você. Por favor, diga alguma coisa. Não sei o que fazer.

Por favor, não quero que Ji-an fique sozinha. Minha filha está esperando que eu volte. Se me deixar viver, acreditarei em tudo. Ji-an, minha Ji-an...

Não tive escolha a não ser voltar lá naquela noite. Desabafei ouvindo a voz de meu pai. Precisava conversar. Porém, quando o tempo acabou, sua voz foi cortada impiedosamente. Tentei de novo várias vezes, mas só ouvi que o número não existia. As palavras que não consegui botar para fora doíam. Como suportar esse sentimento? Ao ligar meu celular e olhar o histórico de chamadas, vi o nome de Sang-woo. Fiquei dividida entre resistir e pedir ajuda. Hesitante, com as mãos trêmulas, apertei o botão de chamada.

Eu ia desligar no terceiro toque. Não queria mais enfrentar o silêncio. Mas ele atendeu.

— Ji-an! O que foi?

Quando ouvi a voz animada de Sang-woo, não soube o que dizer. Parecia estar em outro mundo. Mas ele insistiu:

— Alô? Ji-an?

Dava para notar seu tom de preocupação pelo meu silêncio. Antes de fazer a ligação, eu queria dizer qualquer coisa. Quando ele atendeu, porém, emudeci. Mesmo assim, senti que precisava falar algo. Mas por onde começar? Meus sentimentos? A situação em que estava? No fim, expliquei o motivo da ligação, mas as palavras saíram tristes demais.

— Me ajude, Sang-woo.

— Ji-an...

Sua voz pesou. Parecia que não estava conseguindo encontrar as palavras. Quase caí no choro. Nem sabia o que queria ouvir. Houve um momento de silêncio que correspondia à distância entre nós dois. Nenhum de nós se atreveu a encurtá-lo.

Por fim, Sang-woo falou:

— Quando você me pediu isso pela primeira vez, eu não sabia o que fazer. Então você continuou falando. No começo, eu só ouvia, mas agora acho que entendo. Nós não fazíamos ideia de qual era o caminho.

Mais uma vez, ficamos em silêncio.

— Mas, Ji-an, mesmo longe ainda podemos conversar. Se quiser, posso ouvir, ou então posso falar, se você preferir. Quer me dizer alguma coisa?

— Eu não consigo deixar pra trás. Simplesmente não consigo perdoar. Ela, meu irmão... No fundo eu sei que preciso fazer isso, mas meu coração não deixa. Não sei mais se eu quero continuar carregando esse peso. Aguentei bem até agora e pensei que bastava...

A voz embargada. Nunca pensei que um dia ligaria chorando para Sang-woo. Sempre me vi como uma pessoa forte, que ajudava os outros. Era como se tivesse voltado a ser a adolescente da época em que meu pai falecera. Retornado àquele lugar. Àquele sentimento.

— Está falando sobre sua mãe?

— Estou...

— E o que você quer fazer, Ji-an?

Mesmo que eu morra, por favor, permita que as crianças vivam bem.

As últimas palavras do meu pai vieram à minha mente.

— Não sei.

Sang-woo não me disse para perdoá-la. Eu também não tinha certeza se queria perdoar. Já conheci pessoas que perdoaram, aconselhei outras a tentar. Algumas feridas não podiam ser curadas. Seria ela a minha?

— Não importa o que aconteça, espero que seu coração fique em paz, Ji-an. Não um alívio passageiro, mas uma vida tranquila de verdade... — falou Sang-Woo.

O telefonema desse dia durou muito tempo. Entre perguntas e desabafos, foi uma conversa em que descobri e entendi muitas coisas. Enquanto trocávamos confidências, lembrei-me de quem eu realmente era. Quando as lágrimas secaram, olhei para o centro e vi que as luzes estavam apagadas. O lugar que precisava de mim. Onde eu deveria estar. No fim da ligação, Sang-woo falou em tom de brincadeira:

— Ji-an, não fique com vergonha por ter chorado hoje e não fuja das minhas ligações. Qualquer coisa, me procure. Prometo que vou atender.

— Você também...

Envergonhada e aliviada ao mesmo tempo, sabia para onde eu deveria ir.

Nunca pensei que ela iria ao centro. Eu lidava com estranhos todos os dias, mas seu rosto, de alguma forma, era familiar. Mesmo turva, a memória ainda existia. Eu a reconheci logo. Estava mais velha, encurvada, e tinha ganhado mais peso também, mas era ela.

Sentei-me desajeitadamente de frente para ela no sofá e examinei sua expressão. O olhar fugidio, as mãos cerradas, os músculos tensos de culpa. Foi Ji-hoon quem marcou o encontro. Não imaginei que comentar que aceitava vê-la levaria a isso. Devia ter imaginado que ele não teria muito tato com a situação. Chamou-a já no dia seguinte. Como se fosse um cliente normal que tivesse marcado uma consulta.

No centro, eu analisava corações, e os clientes colocavam para fora todo tipo de emoção. Eu estava na minha cadeira de sempre, mas vê-la no lugar onde costumava receber meus clientes me causou estranheza. Nem a cumprimentei, algo inédito no centro.

— Aceita um chá? — perguntou Ji-hoon educadamente.

Quando olhei para meu irmão mais velho, ele parecia calmo, como se não tivesse nada de estranho. Senti repulsa pela cena, mas não fugi. Decidi que era hora de enfrentar a situação de frente.

Três xícaras de chá na mesa. Depois de servir, Ji-hoon se sentou ao meu lado. Talvez eu devesse me sentir com sorte por ele não ter se acomodado junto a ela, que continuava em silêncio. Não tinha o que dizer ou estava sem coragem? Enquanto ela mexia na xícara, perguntei:

— Por que quis me ver?

— Porque... vocês são meus filhos.

— Mas parece que, naquela época, não éramos.

— Ji-an.

A voz calma do meu irmão conteve minha raiva, porque ele usou meu nome em vez de me repreender. Queria jogar tudo que ficou entalado dentro de mim na cara dela. Por que nos descartou? Por que sumiu? Por que não foi ao velório? Eu sabia muito bem que essas perguntas só tornariam o diálogo mais difícil. Mesmo assim, não conseguia evitar deixar o ressentimento tomar conta de mim.

— Nossa mãe também sofreu.

— Pois eu quero ouvir o que ela tem a dizer sobre isso — falei, suspirando.

Dar um suspiro era a única coisa que podia fazer para controlar as emoções. Ela começou a murmurar, os lábios enrugados. A voz era igual à que eu lembrava, o que me deixou ainda mais devastada.

— Eu deixei seu pai... admito que fui embora. Mas isso não significa que esqueci vocês. Sempre carreguei isso no coração e tive que viver assim. Achei que era castigo por abandonar meus filhos. Eu queria visitar vocês, mas ele não deixava.

— Ele quem?

— O novo marido dela. Nosso padrasto — respondeu Ji-hoon.

A palavra tornou a dor insuportável. Padrasto. Eu não queria chamar alguém que nunca conheci de pai. Só tive um pai. Tentando conter a voz, falei:

— Padrasto coisa nenhuma. E por que resolveu vir aqui agora?

— Ele morreu ano passado. Tinha tanta energia, mas faleceu de repente. Por isso, finalmente pude entrar em contato e...

— Procurou seus filhos porque não consegue se sustentar sozinha?

— Ji-an Kang.

Eu estava tremendo. Um formigamento tomou conta do meu corpo, e os sentidos começaram a embotar. Queria sair correndo, mas a voz de Ji-hoon me manteve firme. Não tive forças para me levantar. Com os olhos marejados de lágrimas, tentei controlar o tom de voz e falei:

— Foi por isso que você não foi ao velório? Porque seu novo marido não deixou? Nosso pai... ele...

— Eu sinto... muito.

— Você tem ideia de como é perder sua única família? Ver todos partirem?

Silêncio. Até Ji-hoon ficou sem palavras. Lembrei-me da imagem do meu irmão mais velho me deixando sozinha em casa. Disse que precisava voltar para trabalhar. Voltar não é ir para casa? Nossa casa não era o lar dele? A porta se fechou e fiquei só na casa vazia. Se eu saísse, sobraria apenas um espaço sem calor. Meu irmão sabia como estava me fazendo sentir? Esforçando-me para manter o controle, falei com firmeza:

— Preciso ir.

Coloquei todo o meu foco nas pernas e me levantei. O ar pesava, pressionando meu corpo para baixo. Sequei as lágrimas antes que escorressem. Com naturalidade, como se eu não estivesse prestes a cair no choro. A campainha soou quando saí porta afora. O som me fez lembrar dos clientes que já tinham passado por lá. Suas perdas, seus arrependimentos. A cada degrau, suas palavras ecoavam. Diziam que queriam voltar no tempo. Que queriam que seus entes queridos retornassem. Que, se soubessem antes, não teriam agido da mesma forma. Mesmo depois de ouvir tantas coisas, não consegui perdoá-la. Eu via o arrependimento dos clientes. Sabia de sua dor. Será que, na verdade, não entendia nada?

Durante meu treinamento clínico, atendi uma senhora. Eu era uma jovem estudante e ela, uma mulher de meia-idade. Já estava perto de me formar e tinha alguma experiência, mas não foi fácil aconselhar alguém com o dobro da minha idade. Obcecada com a ideia de que poderia perder credibilidade se demonstrasse qualquer imaturidade, tentei parecer o mais adulta possível. Roupas elegantes e sapatos de salto baixo. Penteado discreto e maquiagem suave. Voz monótona e calma.

Na primeira sessão, perguntei o que a levara a buscar aconselhamento. Na sala isolada, a voz ecoava. A decoração remetia a uma casa acolhedora. O consultório era dividido com outros terapeutas. Falei em tom suave para ela não se sentir desconfortável. Na metade da sessão, perguntei:

— Como foi sua infância?

As relações com os pais durante a infância moldam o apego e podem ajudar a revelar o núcleo psicológico. Embora as experiências sejam diferentes, todos nós temos infância. Por isso, era uma questão indispensável.

— Tenho um irmão mais novo e meus pais se davam bem. Foi difícil depois que meu pai partiu...

Era uma resposta evasiva. Com relativamente pouca experiência clínica, imaginei que alguém de meia-idade talvez não se lembrasse facilmente da infância. Não quis apressá-la. A impaciência revelaria minha inexperiência. Então, em vez de apontar essa questão, aprofundei-me:

— Quando seu pai faleceu?

Observei cuidadosamente sua expressão. Na primeira sessão, o objetivo não era tanto ouvir histórias, mas sim ver as reações psicológicas aos questionamentos. Com essa pergunta, seu olhar caiu e ela começou a roer as unhas. A imagem de maturidade deu lugar a uma criança tremendo de medo. Ela disse, com uma voz fina:

— Eu estava prestes a me formar no ensino médio. Na época, era adolescente e odiava ficar em casa. Gostava de sair com os meus amigos e me divertir. Até fugi uma vez e dormi alguns dias na casa de uma amiga... Deixei meus pais muito preocupados. Logo depois que voltei, meu pai foi internado. Sem saber o que ele tinha, me senti culpada. Achei que tinha adoecido porque eu o fiz sofrer. Que era tudo por minha causa. Um mês depois, ele morreu. Minha mãe estava chorando, meu irmão mais novo não sabia de nada. Senti tanta culpa que não consegui chorar. Ainda me arrependo...

Ela se lembrava daquela época tão vividamente, como se tudo tivesse acabado de acontecer. A mulher na minha frente parecia estar olhando para o passado e não para mim. A garganta apertada, o coração acelerado. A voz soou como um gemido:

— Quando meus filhos viajam, fico com medo de que morram de repente. Mesmo sabendo que não é certo tentar prender filhos adultos, não consigo deixá-los ir. Quando eles me chateiam, fico com tanta raiva que acabo explodindo sem querer.

Trauma. Transtorno de estresse pós-traumático. Quando falamos em trauma, geralmente pensamos em desastres, guerras, assaltos etc. Mas as feridas psicológicas causadas por choques cotidianos também traumatizam. E a pessoa sempre se lembra vividamente e volta aos sentimentos daquela época. Assim como ela que, mesmo beirando os sessenta anos, ainda chorava ao se lembrar da morte do pai. E não conseguia deixar de controlar os filhos devido às memórias daquela época.

Enquanto ouvia a história daquela mulher de meia-idade, me dei conta de que o trauma é uma dor que transcende o tempo. Trabalhamos juntas sobre como reagir quando as lembranças ressurgissem. Para que ela vivesse dia a dia reconhecendo a situação traumática como uma exceção. Ainda assim, ela chorava com frequência. Toda vez que isso acontecia, eu dizia que era preciso viver o presente, não o passado.

Já eu, que dava esses conselhos, me encontrava novamente na cabine telefônica. À medida que o aniversário de morte do meu pai se aproximava, o vento trazia o cheiro daquela estação. A noite estava gelada quando liguei mais uma vez para o meu pai.

As mesmas palavras, o mesmo tom de voz. A mensagem de número inexistente quando tentei de novo. Será que eu estava vivendo no passado?

Bzzz.

Levei um susto com a vibração do celular. Pensei que poderia ser Sang-woo, mas era uma mensagem de Ji-hoon.

> O aniversário de morte do nosso pai está chegando.
> Tenta conversar de novo com ela. Esse é
> o número da mamãe.

Junto com o texto, ele encaminhou um número. Não salvei. Só consegui encarar aqueles dígitos. Um número real, que existe neste mundo. Disquei devagar. Tocou, a chamada foi atendida.

— Alô?

Desliguei ao ouvir a voz dela. O coração disparado. O número do meu pai continuou dando a mensagem de inexistente.

Pouco depois do fim do expediente, talvez por ainda ter trabalho a fazer, Ji-hoon continuava no seu lugar. O último caso tinha sido concluído, mas algumas organizações questionaram nossos métodos, alegando que o impacto sobre a família enlutada poderia ser maior do que com a metodologia adotada pela Central de Autópsia Psicológica. Também ficaram preocupados com nossa capacidade de gestão de uma quantidade crescente de casos. Nada que afetasse o funcionamento do centro, mas foi incômodo. Ji-hoon percebeu que o clima não estava bom e ficou quieto. Enquanto me arrumava para sair, perguntei:

— Você não vai?

— Ainda tenho contabilidade para fazer.

— Quanto tempo deve levar?

— Meia hora...

— Vamos jantar? — propus, vendo as horas. Como diretora, queria animar a equipe.

— Pode ser — respondeu ele, sem tirar os olhos do monitor.

— O que quer comer?

— Jjajangmyeon. E tangsuyuk também, para me compensar pelas horas extras.

— Você andou falando com Sang-woo?

— Só trocamos algumas mensagens.

Sang-woo sempre pedia jjajangmyeon nos momentos mais críticos. Era uma piada interna, sobre sermos uma agência focada em dinheiro. Pelo visto, o treinamento para seu substituto no cargo incluíra a indicação de restaurante.

Os olhos de Ji-hoon seguiam focados no monitor. Pensando bem, desde que eu era pequena, ele estava sempre olhando para a tela. O que os computadores tinham de tão bom? Liguei para o restaurante chinês preferido de Sang-woo e fiz um pedido. Amigável, o dono até comentou:

— Sua voz está diferente.

Enquanto esperava a entrega, só ouvi o som de digitação e dos carros passando na rua. Sem ter o que fazer, fiquei sentada no sofá. Perguntei-me se já tinha ficado assim desde que comecei a trabalhar no centro. Quando Sang-woo estava por perto, falava comigo sem parar, e depois, quando Ji-hoon chegou, havia muito trabalho a fazer.

O som de passos ao longe era familiar. Devia ser o entregador. Os clientes costumavam pisar leve, apesar do peso que carregavam no peito. Por outro lado, os entregadores marchavam decididos. A campainha indicou que havia alguém à porta, e então ouvi uma voz:

— Entrega.

— Obrigada.

A sacola era pesada. O restaurante tradicional ainda fazia entregas em bolsas de ferro. Lembrei-me do dia que Sang-woo me contou que tinha descoberto o lugar. Em geral, nem penso nessas coisas, mas todo tipo de memória surgiu enquanto estava à toa esperando Ji-hoon terminar de trabalhar. Arrumei a mesa baixa e senti o calor da comida recém-preparada. Com cuidado para não respingar nas minhas roupas, desembrulhei a refeição. Mesmo sem eu chamar, Ji-hoon apareceu e se sentou à minha frente.

— Você sempre sabe quando está na hora da comida.

— É mesmo?

Ele misturou seu jjajangmyeon e deu uma bocada.

Apesar de ter sugerido que jantássemos, perdi a fome ao me lembrar da atmosfera pesada e da situação complicada no centro. Com medo de que o local ficasse cheirando a comida, abri a janela e me sentei novamente. Olhei para meu irmão, que, mesmo sem pressa, comia rápido, então disse:

— Come devagar. E tome cuidado para não respingar no sofá.

— Você já disse isso.

Por mais que eu quisesse quebrar o gelo, não sabia o que falar. A resposta abrupta de Ji-hoon me calou. Ainda assim, precisávamos continuar convivendo por causa do trabalho. A responsabilidade pesava em meus ombros. Calado, ele pegou um pedaço de tangsuyuk.

— A mamãe chegou bem em casa naquele dia?

— Hã? Chegou...

Antes de levar o pedaço de carne à boca, Ji-hoon parou e o devolveu à mesa. Parecia querer falar sobre ela, mas hesitava em tocar no assunto. Meu desejo de amenizar o clima me fez encarar coisas sobre as quais não queria falar. Perguntei calmamente:

— Desde quando você mantém contato com ela?

— Desde que saí de casa. Não sei como ela me achou, mas me ligou. Deve ter ficado sabendo que eu não estava mais morando com o papai de alguma forma.

— Por que... você aceitou?

— Depois de ouvir a história, eu entendi. O que posso dizer? Ela não foi uma mãe ruim para mim.

Para ser sincera, não entendi a distinção de Ji-hoon entre mães boas e ruins. Uma mãe que sai de casa e abandona os filhos não é ruim? Mas ele, que é três anos mais velho que eu, devia ter mais memórias com ela. Muito mais do que eu.

Ele pegou o pedaço de tangsuyuk que havia devolvido e o mastigou devagar. Eu tinha tantas perguntas, mas me contive. Sabendo ou não no que eu estava pensando, Ji-hoon terminou de engolir e continuou:

— Ela disse que tentou entrar em contato várias vezes. Mas parece que o marido não deixava. Ela não falou nada diretamente, mas acho que ele era um pouco violento. Aí, quando saí de casa, ela me encontrou. No primeiro telefonema, falou que não poderia atender ligações naquele número e perguntou se podia ligar de vez em quando. Respondi que sim e desde então mantivemos contato.

— E no velório...?

— Só nos falamos por mensagem de texto. Ela mandou dinheiro de condolência. Não deve ter conseguido ir porque ainda morava com aquele homem...

— Por que você não me contou?

— Achava que eu precisava de tempo.

Que tempo seria esse, quis perguntar. Até meu irmão, tão resolvido no velório, precisava de tempo? Qual teria sido a intenção dele, aparentemente tão tranquilo? Antes que eu perguntasse, ele continuou:

— Eu estava ocupado vivendo, era jovem. Também sofri com a morte do papai.

Houve um silêncio.

— Desculpe por ter te deixado. Pensei que ganhar dinheiro ajudaria a família. E agora estou trabalhando com você.

Pela primeira vez, Ji-hoon se desculpou. Olhando fixo para o tangsuyuk, evitou meus olhos. Apesar de entender essa reação nos clientes, não consegui dizer que estava tudo bem no momento que se tratava da minha história. Sem palavras, peguei um pedaço da comida. Fiquei aliviada por não precisar falar enquanto mastigava.

Mastiguei bem devagar e engoli com dificuldade. Senti um aperto no peito.

— Por que você acha que ela foi uma boa mãe?

— Você não sabe, mas no dia em que foi embora, ela me abraçou e pediu desculpas. Esse momento ficou na minha cabeça e não a vi como uma pessoa má. Depois soube também que ela continuou tentando se encontrar com a gente.

Calmo, Ji-hoon levou rabanete em conserva à boca. A história sobre nossa mãe parecia verdadeira. Ele não ganharia nada inventando essas coisas nem era de mentir.

Não quis levantar a voz de novo na frente do meu irmão mais velho. Sabia que ele estava se esforçando para conversar comigo. Então, comemos em silêncio e limpamos tudo. Enquanto enxaguávamos os pratos, não falamos nada de importante. Como nos velhos tempos, cada um simplesmente limpou o que comeu e, como se tivéssemos combinado, eu arrumei a mesa e ele levou o lixo para fora. Como fazíamos em casa.

— Vou indo.

Parecia que o trabalho ainda ia demorar. Depois da limpeza, Ji-hoon se sentou novamente em frente ao monitor. Olhando para ele, lembrei-me da sua adolescência, quando voltava a jogar assim que terminava de comer. Eu me despedi. Enquanto trocava os sapatos e pegava minha bolsa, ele comentou:

— Teve uma época em que eu me perguntava por que você fazia esse trabalho. Achei que o que dizia para os clientes talvez fosse, na verdade, o que você precisava ouvir. Por isso, espero que reconsidere. Sobre a mamãe.

Segurando a bolsa, olhei para ele. Mesmo fixos na tela, seus olhos tremiam ligeiramente. A culpa estava no ar, e não nos seus gestos. Para meu irmão mais velho, aquilo era um pedido de desculpas.

— Está bem.

Dei uma resposta curta e saí do centro. Já estava escuro, os dias estavam ficando cada vez mais curtos. Respirei fundo, caminhando devagar. Houve muitos dias em que eu quis desabar, mas dessa vez me mantive firme de pé. Como Sang-woo disse, eu tinha mudado. Era a Ji-an Kang de trinta e quatro anos, e não de dezoito.

Apesar de conviver comigo mesma desde que nasci, essa nova versão parecia uma completa desconhecida. Pensando bem, minha mãe e Ji-hoon também eram como desconhecidos. Eu não sabia como eles se sentiam. Nunca havíamos conversado de verdade. Precisava conhecê-los do zero, começando pelas pequenas coisas.

Jeong-seon era minha colega de turma. Não éramos muito próximas, mas nosso caminho para casa era o mesmo, então voltávamos juntas. Nossas conversas não costumavam ser profundas. Falávamos de coisas pequenas, banalidades.

Sua presença no velório do meu pai me surpreendeu. Alguns amigos próximos compareceram, mas não esperava vê-la ali. Mais surpreendente ainda foi sua naturalidade, como se já tivesse experiência com aquele tipo de situação. Fez duas reverências, guardou um momento de silêncio e cumprimentou a mim e ao meu irmão, sem contato físico. Parecia mais serena do que abalada. Quando a reencontrei na escola — ela tinha ficado até a refeição, sempre em silêncio —, senti um desconforto inexplicável.

Depois do velório, tinha evitado ir à escola por alguns dias. Na verdade, estava um pouco desconfortável com todos os amigos que tinham ido prestar condolências. Embora a vida escolar seguisse seu curso, fiz de tudo para evitar Jeong-seon. Às vezes me demorava na sala de aula; outras, saía sozinha às pressas. Ela deve ter percebido, tanto que um dia me pediu diretamente para voltarmos juntas. Foi difícil recusar. Acabei assentindo. Paciente, ela esperou enquanto eu enrolava na sala.

Voltamos a percorrer aquele caminho que já tínhamos feito juntas tantas vezes. Na época, não sabia o que dizer. Deveria agradecer por sua presença no velório? Seria apropriado dizer obrigada? Não queria parecer imatura perto de Jeong-seon, que demonstrava mais maturidade do que eu. No entanto, por mais que me esforçasse para escolher as palavras, não conseguia encontrar as certas.

— Minha mãe morreu no ano retrasado. Suicídio.

As palavras de Jeong-seon me atingiram como uma pancada na cabeça. A morte do meu pai ainda me parecia irreal, mas ela falou de suicídio com tanta naturalidade. Eu não sabia se deveria confortá-la, orar para que a alma da mãe descansasse ou falar sobre o velório. Jeong-seon continuou com naturalidade:

— Nem sabia que minha mãe estava deprimida. Parecia estar normal naquele dia. Foi trabalhar de manhã e voltou. Depois disse que ia sair e não voltou mais. Fez fora de casa. Não queria que eu visse.

Segui em silêncio, apenas escutando.

— Foi estranho. Ela sempre saía cedo e chegava em casa tarde. Não sabia que perdê-la seria tão triste. Saber que não voltaria mais. A gente nem se dava tão bem, mas parecia que o mundo tinha acabado. Eu não sabia como viver a partir daquele momento. Nunca tinha pensado em uma vida sem minha mãe.

Enquanto ela falava sobre seus sentimentos, fiquei imersa em suas palavras. Coisas que eu nunca havia expressado fluíram da boca de Jeong-seon. Mas o termo “suicídio” me chocou. Parecia algo mais triste e difícil de lidar.

— Por que sua mãe fez isso?

— Que pergunta esquisita. Você não sabia que seu pai partiria desse jeito. E eu também não. No velório, todos me perguntaram. Por que ela cometeu suicídio? Suicídio ou não, minha mãe morreu. E não vai voltar. Não estou triste por ela ter cometido suicídio, mas por ter morrido. Você também... só está triste.

Tinha dezoito anos. Mesmo sendo jovem, entendi que tinha feito a pergunta errada ao ouvir Jeong-seon. Se alguém tivesse questionado por que meu pai morrera, eu teria dito a mesma coisa. Só então entendi que a dor de Jeong-seon era igual à minha.

Lágrimas se formaram no olho esquerdo dela. Ela continuou avançando em ritmo acelerado, como se nunca fosse desabar, mas o canto do olho ficava cada vez mais úmido. Enxugou as lágrimas sem demonstrar tristeza e, com a voz firme, falou:

— Ainda dói. Sinto saudade. Até pensei que poderia ter tentado impedi-la de sair, mas ainda acho que ela teria ido de qualquer forma. Por um lado, pensar nisso me conforta. Todo mundo morre, é inevitável. Um dia, teremos que enfrentar essa tristeza. Acho que foi só um pouco cedo comigo.

Nós duas ficamos em silêncio, então ela disse:

— Toda morte é triste. E não podemos evitá-la. No caso sou eu quem sofro, em vez da minha mãe. Mas, se eu tivesse ido embora primeiro, ela é quem estaria passando por essa dor.

Pensando em retrospecto, Jeong-seon era uma pessoa muito triste. Experimentou a perda da mãe e se dedicava a tentar compreender o que tinha ocorrido, protegendo seus sentimentos dos rumores. No entanto, naquela época, não consegui entender o que ela sentia. Perder meu pai já era difícil demais de aceitar.

Suicídio ou não, tínhamos sentimentos parecidos. Como todas as pessoas enlutadas nas autópsias psicológicas que conduzi. Tristeza, raiva, culpa, negação. E devia ter sido o mesmo para Ji-hoon. Afinal, assim como eu, ele tinha perdido o pai.

Mesmo depois de algumas conversas com Jeong-seon, não ficamos muito próximas. Continuamos sendo apenas colegas. Na formatura, ela tirou uma foto minha junto com meu irmão, mas foi só isso. Conseguiu um emprego logo após o colégio e eu fui para a universidade. Os cumprimentos ocasionais foram rareando à medida que a vida mudava. Com mais de trinta anos, não sabia como Jeong-seon vivia, mas conseguia entender o que ela dissera naquela época. A tristeza da morte é incomparável e inevitável.

Nunca falei com Ji-hoon as coisas que disse a essa colega distante. Tanto meu irmão mais velho quanto minha mãe morrerão um dia. Como Jeong-seon agiria no meu lugar? Acho que provavelmente diria algo semelhante a Ji-hoon, com seu jeito duro:

Num mundo onde todos morrem, não há próxima vez. Não sabemos quando vamos morrer. Então, pense de novo. O momento de estarmos juntos é agora.

— Afinal, vocês decidiram ir juntos? — perguntou Sang-woo.

Parecia tentar disfarçar a preocupação com o tom alegre.

— Combinamos de ir ao memorial amanhã à noite, depois do trabalho — respondi calmamente.

— Não acredito que você ligou... Foi você que sugeriu isso pro seu irmão, né?

— Sang-woo...

Perspicaz como sempre, ele parecia saber tudo que acontecia no centro. Depois de organizar meus pensamentos, eu conversei com Ji-hoon quando ele chegou ao trabalho. Contei que pretendia ir ao memorial com ela em alguns dias, no aniversário de morte do nosso pai. Deixei a frase no ar:

— Se a mãe ainda quiser...

Como se fosse óbvio, Ji-hoon respondeu:

— Claro!

Pouco depois, ele me informou que ela tinha aceitado. Combinou de nos encontrarmos no centro no dia do aniversário para irmos juntos.

— O que você vai conversar com sua mãe?

— Não faço ideia.

— Que tal fazer como no trabalho? Perguntar sobre os sentimentos dela, como você faz com as famílias enlutadas. Você é mestra nisso.

— Isso não é trabalho.

— Mas você é tão boa! Vale a pena tentar. Vai ver você fez todo esse trabalho justamente para este momento.

— Vou me esforçar.

Sang-woo praticamente me arrancou essa promessa. Pediu que eu tentasse compreender os sentimentos dela, como faço com os clientes. Depois de ouvir minha história, disse que eu deveria ouvir a dele como pagamento pela consulta e contou com orgulho suas aventuras de viagem. Falou de quando teve que se comunicar só por gestos, praticamente dançando, por não conseguir falar a língua local. De como passou treze horas no aeroporto carregando as malas. De como quase foi furtado enquanto procurava hospedagem quando finalmente chegou ao local de destino. Ouvindo Sang-woo, o mundo parecia um lugar onde os imprevistos eram rotina. Se tantas coisas aconteciam durante uma viagem, quantas ocorreriam ao longo de uma vida? Mesmo assim, ele comentou, bem-humorado:

— Depois de passar por tanta coisa, sinto que posso encarar qualquer desafio. Se me largassem em qualquer país, acho que me virava. Viver bem não seria isso?

Sorri com suas palavras e depois refleti sobre o que havia dito. O significado de viver bem. Sentir que somos capazes de qualquer coisa, mesmo depois de passar por momentos difíceis. Eu também queria viver bem.

O carro seguia rumo à periferia de Seul. Meu irmão mais velho estava sentado ao meu lado e ela, atrás de mim. Talvez pelo fato de estar esfriando, vi algumas folhas de bordo avermelhadas pela janela do carro. O outono estava se aproximando.

O som do rádio ajudava a amenizar o clima. Não conversávamos, mas como sempre havia uma voz falando, dava para fingir que estávamos ouvindo algo. Ela parecia fazer o mesmo. Olhava fixamente para a frente, sem nem ao menos se virar para a janela. Ao lado dela, em vez do meu pai, havia um ramo de flores frescas.

Estávamos na estrada que levava para fora de Seul. Conforme o trânsito pesado melhorava, seguimos num ritmo mais livre. Eu não conhecia bem o caminho para o memorial onde estavam as cinzas do meu pai. Para mim, o telefone público era o memorial dele. Se não fui à cabine telefônica logo depois de marcar esse encontro, foi porque tentei me manter no presente. Eu me sentia mal pelo meu pai, mas me consolava sussurrando que logo o visitaria.

No rádio, anunciavam as mesmas notícias de sempre. Todas aquelas pequenas e grandes histórias do cotidiano: pedidos de música, desabafos sobre filhos doentes, pessoas dizendo como ouvir o rádio tinha lhes dado força. Fiquei imaginando que história eu contaria se tivesse que escrever sobre este dia. Diria que visitei o memorial do meu pai com minha mãe pela primeira vez? Quer dizer, que toda a família estava reunida? Não conseguia escolher as palavras certas, porque era estranho incluí-la na família.

Chegamos ao amplo estacionamento do memorial depois de um hora e meia de viagem. O fato de ter muitas vagas podia significar que havia um fluxo constante de visitantes, ou que pessoas morriam com muita frequência. Depois de estacionar e desligar o motor, Ji-hoon foi o primeiro a sair. Ela abriu a porta devagar. Parecia ter dificuldade e apoiou as mãos nos joelhos, como se lutasse para se manter de pé.

Ji-hoon a amparou. Não era nenhum problema de saúde específico, só os joelhos castigados, ela murmurou, mais para si mesma. Não comentei nada. Quando se levantou, suas costas estavam curvadas para a frente e os saltos se arrastavam, como se perdesse forças ao andar. Não pareceu estranho, e sim o jeito típico de caminhar de alguém da idade dela. Diminuí meu passo aos poucos. Continuei na frente, mas sem me distanciar muito.

— Pai, chegamos.

Devido à altura do local, era necessário agachar um pouco para conseguir ver. Na frente da urna, havia uma foto da formatura de Ji-hoon. A mesma que uso como papel de parede do celular. Ji-hoon entregou as flores para ela, que aceitou e fez uma oração silenciosa diante das cinzas do nosso pai. Então, depositou as flores e disse:

— Me perdoe... Me perdoe.

Aquele pedido de desculpas não parecia dirigido ao meu pai. Era como se estivesse sendo dito para mim e para Ji-hoon, que estávamos atrás dela. Achei a cena estranha. Ela, que nem tinha aparecido no velório, ali diante do memorial do nosso pai, oferecendo flores, era algo que eu nunca tinha imaginado.

Por algum motivo, ela começou a chorar. Ji-hoon e eu estávamos de olhos secos, mas ela, depois de repetir várias vezes o pedido de perdão, caiu num choro convulsivo. Era triste, como se tentasse expressar toda a tristeza que não pôde demonstrar no velório. Um choro que parecia mais apropriado para uma despedida do que para uma visita ao memorial.

Quando se acalmou, enxugou as lágrimas. Seu rosto, que vi de relance, parecia arrasado, e me perguntei se aquela tristeza era genuína. Ji-hoon a consolou com gentileza. Os dois pareciam saber exatamente o que fazer. Eu não sabia se devia consolá-la também, ou dizer algo ao meu irmão. Então falei com meu pai em pensamento:

Estou aqui, pai...

Seguiu-se um momento de silêncio, como se cada um de nós estivesse perdido nos próprios pensamentos. Pequenos soluços sofridos ecoavam pelo salão memorial. Outras pessoas além de nós também choravam seus mortos. Um lugar dedicado à tristeza. Ao luto verdadeiro. Fiz a mim mesma a pergunta que costumava fazer aos clientes: o que significa viver?

A vida depois de uma grande perda é feita de luto, raiva e desamparo. Não existe um caminho único. São idas e vindas até a aceitação. Seja num tempo curto ou longo, só nos resta aceitar. Os mortos não voltam. Temos que aprender a conviver com essa tristeza. Isso é o luto, a tarefa dos que ficam. Comigo não foi diferente. Passando por todo esse processo, eu precisava entender que nosso pai não voltaria mais.

Pensei em todas aquelas ligações que já fiz para ele. A esperança vã de que ele voltaria a qualquer momento. A teimosia em não aceitar sua partida. Um coração jovem e obstinado. Meu lugar era no presente. Precisava viver essa tristeza, tentar sobreviver ao momento presente. Assim como as pessoas que conheci, tinha que chorar desesperadamente. As lágrimas vieram. Lágrimas que brotavam do âmago do meu ser, aquecendo e derretendo algo dentro de mim.

Como no dia em que nosso pai se foi, eu não conseguia parar de chorar. As lágrimas escorrendo dos meus olhos eram tão quentes que queimavam meu rosto. Um gemido escapou, como se algo estivesse sendo expulso de dentro de mim. Era como se, em vez de lágrimas, eu estivesse expelindo um nó que estava entalado dentro de mim.

— Ji-an...

Ouvi a voz embargada de Ji-hoon. Já tinha visitado o memorial com meu irmão antes, mas nunca chorei assim. Antes eu sabia que sempre poderia ouvir a voz do nosso pai através do telefone público. Mas agora precisava deixar isso para trás. Os dias em que não conseguia aceitar a partida dele. Dali em diante, o que precisava ouvir não era a voz dele, mas as vozes das pessoas que estavam ao meu lado. Precisava aceitar que esse tinha sido o último desejo do nosso pai. Só assim poderia acreditar que estava vivendo bem. Não podia mais ouvir sua voz, mas ainda podia chorar por ele ali. Por isso, chorei sem parar. O suficiente para juntar forças e seguir em frente.

— Me perdoe, me perdoe... Ji-an, me perdoe. Me perdoe de verdade...

Quando viu que eu não parava de chorar, ela me abraçou. A mulher era mais baixa do que eu. A pele era áspera e os ombros, estreitos. Mas eu pude sentir aquele cheiro familiar me envolvendo. Venci a dormência dos meus braços e a abracei de leve. Não queria soltar. Em meu coração, não havia apenas ressentimento pela minha mãe. Era ressentimento misturado com saudade. Foi só quando a abracei que os sentimentos ocultos dentro de mim se revelaram.

— Sabe por quanto tempo fiquei esperando? Senti tanto a sua falta...

— Também senti sua falta, filha. Sempre quis estar ao seu lado.

— Eu esperei pelo meu pai naquele dia também...

— Me perdoe. Por ter demorado tanto para procurar você.

Ela pedia perdão por cada tristeza que eu mencionava. Mesmo tendo uma nova família e outro filho, sem poder sair de casa direito. Mesmo tendo passado por momentos difíceis. Mesmo tendo perdido o marido por quem tanto suportou. Mesmo quando a filha que finalmente foi visitar despejou tanto ressentimento. Mesmo depois de tudo que tinha vivido, ela só pedia perdão. Se minha mãe tivesse partido deste mundo, eu teria pedido perdão a ela?

Naquele momento, soube que precisava refazer minha vida.

O centro não parou. As luzes se acendiam no horário de sempre e pessoas que perderam seus entes queridos continuavam frequentando o lugar para aliviar suas dores. Às vezes o mundo mergulhava na tristeza, às vezes víamos o fim do abismo e seguíamos em frente. Entre as pessoas que iam e vinham, permaneci guardando o lugar como se fosse um pilar. Não houve mudança em relação ao que eu fizera até então.

Triiim, triiim.

O telefone, que normalmente ficava em modo silencioso, tocou alto. Por ter uma ligação importante para receber, eu o tirei do mudo, mas me esqueci de recolocar depois. Com o toque alto, Ji-hoon também levantou a cabeça e olhou para mim. Era Sang-woo ligando.

— Alô?

Atendi no primeiro toque. Com um olhar, Ji-hoon perguntou quem era. Só mexi os lábios sem fazer som, "Sang-woo", e continuei a conversa.

— Oi, Sang-woo, tudo bem?

— Claro que sim. Que horas são aí?

— Você ligou bem na hora do almoço. Por onde anda?

— Cansei das viagens complicadas e vim para a Tailândia descansar um pouco.

— Ah é... Típico de você, viajar assim sem planejar.

Três meses se passaram desde o aniversário de morte do meu pai. Estávamos chegando no inverno, fim de ano. Nesse meio-tempo, Sang-woo me ligou várias vezes e compartilhei com ele tudo sobre aquele dia e meus sentimentos. Contei inclusive sobre a pergunta que Ji-hoon me fez enquanto voltávamos, depois de levar nossa mãe para casa, no dia do aniversário de morte do papai. A pergunta dele foi simples: como era a mãe de quem eu me lembrava? Falei sobre as recordações da época em que a chamava de "mãe", ou seja, as primeiras memórias da minha vida em família. De quando viajamos juntos. A lembrança dela com o rosto corado pelo sol, passando protetor solar em mim e no meu irmão mais velho. Recordações esparsas de sorrisos sinceros.

— Eu me lembro de estar sorrindo, sem soltar a mão dela. Depois disso fica tudo meio nebuloso, mas naquele momento eu só pensava que queria que todos os dias fossem como aquele. Mesmo tendo sido a última vez.

Ji-hoon respondeu com um sorriso discreto.

— É... Foi assim mesmo.

Com essa resposta breve, percebi que Ji-hoon e eu compartilhávamos as mesmas lembranças da nossa mãe. Não conseguia me lembrar dela abraçando meu irmão mais velho, pedindo desculpas e indo embora, mas seria possível sentir apenas raiva de alguém com quem compartilhamos dias tão felizes, mesmo depois de uma despedida assim? Da mesma forma que os clientes compreendiam os sentimentos daqueles que cometeram suicídio, havia muito o que aprender entre mim, meu irmão e nossa mãe. Se havia alguma diferença, era apenas que um caso tratava da morte e o outro, da vida.

As memórias daquele dia pareciam um passado distante, mas Sang-woo continuava me perguntando como eu estava, em alto e bom som. Falava tão alto que até Ji-hoon seria capaz de ouvir a conversa. Ele me contou que, depois de ter viajado tanto, pretendia ficar em um lugar só por um bom tempo e tinha encontrado um quarto para alugar. Embora, por questões de visto, pretendesse ficar apenas uns dois meses, estava todo animado, dizendo que seria interessante estar em um lugar fixo.

— E se vocês fizessem uma viagem em família por aqui? Eu cuido da hospedagem.

— Uma viagem, assim, do nada?

— Largue tudo e venha descansar, nem que seja só por três dias. Não existe paraíso melhor na Terra.

— Para você, todo dia é o paraíso na Terra?

Quando brinquei com ele, Sang-woo soltou uma risada gostosa. Essa piada só funcionava porque suas histórias de viagem frequentemente pareciam mais um purgatório do que um paraíso. Mesmo concordando comigo, ele insistiu no que queria dizer:

— Falando sério, venha uma vez com sua família. Prometo que vai ser um paraíso de verdade.

— Vou pensar no assunto.

— Pensa mesmo e me dá uma resposta depois, por favor. Sei que você cumpre suas promessas. Então, vou considerar que vai me confirmar ainda esta semana. Combinado?

— Está bem.

Desliguei a ligação e respirei fundo. Lembrando-me da empolgação de Sang-woo, deixei escapar um risinho. Por algum motivo, senti que estava sendo observada. Quando virei a cabeça, meus olhos encontraram os de Ji-hoon. Ele rapidamente desviou o olhar e fingiu estar trabalhando. Será que tinha ouvido a conversa? Fiquei ali, pensativa. Então cheguei à conclusão de que não seria má ideia fazer uma pausa no fim do ano.

— Sang-woo quer que a gente viaje, todo mundo.

Externalizei a preocupação que Sang-woo tinha jogado no meu colo. Quando apertei o botão de bloqueio de tela do celular, o papel de parede chamou minha atenção. Ji-hoon, eu e meu pai. Fiquei encarando a tela. Ji-hoon respondeu como se não soubesse de nada sobre a viagem. Teria mesmo ouvido a conversa?

— Não seria má ideia.

Fiquei olhando para a foto de família por um tempo, até que disse:

— Só um momento.

Saí do centro sem fazer barulho. Meus passos seguiram naturalmente. O beco que aparece depois do mercadinho de esquina. De um lado, uma parede de tijolos acinzentados separando a rua de uma pequena colina. Entre as brechas, plantas que resistiam ao inverno rigoroso. Uma subida estreita, onde mal passava um carro, com uma placa indicando mão única. Uma cabine telefônica pública quase sem movimento. Coloquei algumas moedas e disquei o número deixado na mensagem.

— Alô?

— Mãe.

Pronunciei baixinho aquela palavra que me era tão pouco familiar.

AGRADECIMENTOS

Agora que esta longa história chegou ao fim, não creio que seja necessário ler este texto. Se pelo menos uma frase tiver tocado seu coração, já é o suficiente. Mesmo assim, continuo escrevendo. Pode ser outra história, ou talvez uma continuação da mesma.

A ideia de *A garota da cabine telefônica* surgiu há bastante tempo. Na época, estava internada na ala psiquiátrica e imersa na ideia da morte. Também estava exausta após uma longa batalha contra um transtorno mental. Foi então que conheci o conceito de autópsia psicológica, por meio do livro *Autopsy of a Suicidal Mind* [Autópsia de uma mente suicida], do dr. Edwin Shneidman, e comecei a pesquisar mais sobre o assunto. Então nasceu este livro.

Talvez por ser meu primeiro romance longo, enfrentei muitos desafios. Desenvolvi um conto até transformá-lo em romance e tive de reescrevê-lo três vezes. Houve momentos em que precisei reescrever tudo do zero, apagar ou acrescentar histórias também.

Durante os mais de dois anos preparando o manuscrito, reli o livro do dr. Edwin Shneidman. Na primeira página, encontrei uma carta de suicídio que tinha escrito tempos antes.

Tinha esquecido completamente que minha carta estava ali. Nela, eu dizia que esperava que, após minha partida, as pessoas encontrassem consolo nos livros. No momento em que vi isso, entendi novamente por que estava escrevendo este romance. Queria capturar os sentimentos tanto daqueles que partem quanto dos que ficam. Queria amenizar suas tristezas, mesmo que um pouco. Este não é apenas o propósito deste romance, mas também a razão fundamental pela qual escrevo.

Agora que terminei a escrita de um longo livro, passei de alguém que queria partir para alguém que fica. Tentei imaginar que tristeza eles carregariam e comprimi toda essa dor nestas páginas. Ainda estou em tratamento e, às vezes, quero desistir, mas toda vez que isso acontece foco no trabalho. E pergunto novamente: o que é a coragem de viver?

Meus agradecimentos à editora Jeong-eun Kwon, que revisou o manuscrito e me ajudou inúmeras vezes; à Clayhouse, que tornou este livro possível; e a todas as pessoas que me apoiaram.

Janeiro de 2024
Lee Su-Yeon

Impressão e Acabamento
GRÁFICA GRAFILAR